Kalena Miller

DIE NACHT, IN DER KEINER SEX HATTE

Kalena Miller

DIE NACHT, IN DER KEINER SEX HATTE

Aus dem Amerikanischen
von Catrin Frischer

cbt

Bei diesem Buch wurden die durch das verwendete Material und die Produktion entstandenen CO_2-Emissionen ausgeglichen, indem der cbj Verlag ein Projekt zur Aufforstung in Brasilien unterstützt.
Weitere Informationen zu dem Projekt unter:
www.ClimatePartner.com/14044-1912-1001

FSC www.fsc.org MIX Papier aus verantwortungsvollen Quellen FSC® C014496

Wir produzieren Klimaneutral ClimatePartner.com/14044-1912-1001 Druckprodukt

Penguin Random House Verlagsgruppe
FSC® N001967

1. Auflage 2022
Erstmals als cbt Taschenbuch Juli 2022

Die Originalausgabe erschien unter dem Titel
»The Night When No One Had Sex« bei Albert Whitman & Company
Aus dem Englischen von Catrin Frischer
Umschlaggestaltung: Guter Punkt GmbH & Co. KG
Umschlagmotive © iStockphoto (arvitalya, vladmarko, angelha, Gunay,
yuriky, Kuzma, Печать, LisaAlisa_ill)
skn · Herstellung: AW
Satz und Druck: GGP Media GmbH, Pößneck
ISBN 978-3-570-31474-6
Printed in Germany

www.cbj-verlag.de

Für meine Mutter, die jedes Wort gelesen hat,
das ich je geschrieben habe.

Bester Gruppenchat aller Zeiten

Gruppenchat
23:58

Julia: WER IST BEREIT, ES DURCHZUZIEHEN?
Zoe: Der letzte Tanz – und du schreibst??? Ernsthaft?
Julia: Man nennt das Multitasking. Und du machst das ja auch.
Zoe: Morgan und ich sind abgehauen. Wir warten auf dem Parkplatz.
Heute 00:00: Julia gibt der Unterhaltung den Titel: »LASST ES UNS DURCHZIEHEN!!!«
Morgan: Julia, nun chill mal.
Julia: Ich kann nicht chillen. Weißt du warum?
Kevin: Antwortet nicht darauf.
Madison: Warum? lol
Madison: Sorry Kev
Julia: WEIL JETZT DIE ZEIT FÜR UNSEREN VERDAMMTEN SEX-PAKT GEKOMMEN IST!!!!
Morgan: Nenn das bitte nicht so.
Julia: Na gut. Es wird Zeit für unsere Geschlechtsverkehrsvereinbarung.
Morgan: Schlimmer. Viel, viel schlimmer.

Alex: Können wir vielleicht aufhören, so zu reden, wenn Leah dabei ist? Ich will nicht, dass sie mich für einen Perversen hält.

Julia: Leah hält dich nicht für pervers. Sie findet dich sehr nett und irgendwie still.

Alex: Woher weißt du das????

Julia: Wir haben uns auf dem Mädchenklo unterhalten. WAS SONST?

Alex: Fantastisch. Einfach fantastisch.

Zoe: Wo seid ihr denn? Hier sind zu viele Leute.

Julia: Ich komme!

Alex: Ich auch.

Julia: Yeah!!!

Morgan: Madison? Kommt ihr, Jake und du?

Zoe

»Siehst du sie?«

Ich lasse den Blick über den Pulk von Teenagern in Abendgarderobe schweifen, der sich auf den Parkplatz ergießt. Die Jungs sind nicht voneinander zu unterscheiden, weil sie sich alle den Sonderangebotsanzug von *Men's Warehouse* geliehen haben. Die Mädchen sind nicht viel besser. Als ich mich für Anthrazit entschieden hatte, hielt ich mich für originell, aber offenbar sind dunkle Farben dieses Jahr angesagt. Neunzig Prozent der Mädchen hier tragen dunkelblau oder schwarz.

»Hätte ich doch das rote Kleid nehmen sollen?«, fragt Morgan.

»Du siehst umwerfend aus.« Ich zupfe an ihrem knapp knielangen blauen Chiffonrock. Der Stoff des Oberteils hat ein tolles geometrisches Muster, aber sie hat es geschafft, dieselben Farben zu wählen wie alle anderen Mädchen der Abschlussklasse. »Trends vorherzusagen, ist eine komplexe Wissenschaft«, erkläre ich. »Und wenn man sämtliche Variablen mit einbezieht – Region, sozioökonomische Stellung, Zugriff auf Konsumgüter –, könnte ich mir vorstellen, dass es nahezu unmöglich ist, die Modetrends bei Abschlussballkleidern präzise vorauszusagen.«

»Interessant«, sagt Morgan in einem Tonfall, in dem nicht das geringste Interesse mitschwingt. »Meinst du, Madison fährt mit uns? Oder mit Jake?«

»Keine Ahnung.«

Das ist gelogen. Ehrlich gesagt, bin ich mir ziemlich sicher, dass Madison mit Jake fahren wird, denn:

1. Er ist ihr Freund.
2. Sie sind zusammen hergefahren und
3. in Kevins Minivan ist nicht für uns alle Platz.

Wenn Morgan die Lage logisch betrachten könnte, wäre ihr das klar, aber wenn es um ihre Zwillingsschwester geht, verlässt die Logik meine Freundin meistens.

»Wissen wir genau, dass das hier Kevins Auto ist?«, frage ich. Ablenkung ist die beste Taktik, wenn Morgan anfängt, sich verrückt zu machen. In diesem Jahr ist eine beachtliche Anzahl von Mitschülern in Minivans zum Abschlussball gefahren. Minivans, die ihren Eltern gehören, doch nichtsdestotrotz Minivans.

»Jup!«

»Ey!«, kreische ich, als sich ein verschwitztes menschliches Wesen an meinen Rücken krallt. Ich schüttele meine Schultern frei, drehe mich um und habe eine grinsende Julia vor mir. Sie hat die blonden Haare zum Pferdeschwanz zusammengebunden und ihre Wangen sind ganz rot vor Aufregung. Hinter ihr, den Arm um ihre Taille gelegt, steht Kevin, ihr Freund.

»Alles klar bei euch für heute Nacht?« Julia hüpft auf den

Zehenspitzen auf und ab und zerrt an Kevins Arm wie ein Welpe. »Sex-Pakt! Sex-Pakt! Sex-Pakt!«

Kevin versucht, seine Freundin zu dämpfen, aber ihre Begeisterung ist so ansteckend, dass sie bald beide zusammen herumhüpfen. Morgan seufzt demonstrativ. Für öffentliche Zuneigungsbekundungen hat sie noch nie was übriggehabt. Oder – wie in diesem Fall – für öffentliche Albernheitsbekundungen.

Während wir auf die anderen warten, versuche ich, die Erfolgsaussichten des Sex-Pakts einzuschätzen.

Julia und Kevin, das ist bombensicher. Die waren schon mit drei Jahren beste Freunde und sind zusammen, seit sie fünfzehn sind. Ich finde es erstaunlich, dass sie so lange durchgehalten haben, ohne das volle Programm durchzuziehen, vor allem, weil sie so viel mehr Zeit in besagtem Minivan verbracht haben als beim Mittagessen in der Schulcafeteria. Ihnen würde ich eine Chance von neunzig Prozent geben. Vielleicht fünfundneunzig. Wenn Julia sich mal was in den Kopf gesetzt hat, lässt sie sich selten davon abbringen. Und die Sache mit dem Sex-Pakt war ihre Idee.

»He, Leute.« Vor dem Auto stoßen Alex und Leah zu uns. Julia hält sofort die Klappe, das muss man ihr hoch anrechnen. Alex und Leah sind sich vor fünf Stunden zum ersten Mal begegnet, als wir uns alle bei Alex im Garten versammelt haben, um kitschige Abschlussballfotos zu machen. Er war der Einzige von uns, der kein Date hatte, also hat Julia ihre Zauberkräfte wirken lassen und ihn mit ihrer Laborpartnerin zusammengebracht.

Beim Sex-Pakt machen Alex und Leah ganz klar nicht mit. Zwar würde ich niemanden verurteilen, der bei seinem ersten Date Sex haben will, aber das ist nicht Alex' Stil. Ich musste ihm zwanzig Mal versichern, dass mein Onkel zwei Schränke voll DVDs besitzt und sämtliche vorstellbaren Streamingdienste abonniert hat, ehe er bereit war, bei unserer Übernachtungsparty mitzumachen.

»Können wir los?«, fragt Kevin. »Hier rauszukommen wird Chaos pur.«

»Wir müssen auf Madison warten«, sagt Morgan, ihr Blick huscht suchend auf dem Parkplatz umher.

»Ich dachte, sie fährt mit Jake«, sagt Kevin.

»Genau, ich hab gesehen, wie sie in sein Auto gestiegen ist«, sagt Julia. »Wir haben sowieso keinen Platz mehr.«

Kevin schließt den Van auf und Julia kriecht ganz nach hinten auf den Platz in der Ecke. Ihr lila Kleid bleibt an einer Armlehne hängen. Sie winkt Leah, ihr zu folgen. Kevin ist der einzige Mensch, der das Fahrzeug seiner Mutter benutzen darf, er geht also um das Auto herum zum Fahrersitz.

»Willst du Beifahrerin sein?«, fragt Alex mich. »Ist schließlich die Hütte von deinem Onkel.«

»Nein, die Navigation überlasse ich dir.« Obwohl ich in diversen Bereichen über überdurchschnittliche Intelligenz verfüge, ist räumliche Wahrnehmung nie meine Stärke gewesen. »Ich schicke dir die Adresse, dann kannst du die Karte aufrufen.«

»Klingt gut.« Alex rutscht auf den Vordersitz, mich und Morgan lässt er allein vor dem Van stehen.

»Komm schon.« Ich nehme Morgans Hand. »Madison geht's super.«

»Ganz im Gegenteil. Sie macht mit bei Julias blödem Sex-Pakt – mit ihrem blöden Freund. Wie kann so was denn super sein?«

Das kann ich ihr nicht so leicht beantworten. Aus persönlicher Erfahrung weiß ich, dass Morgan nichts gegen Sex an sich hat, doch sehr wohl etwas gegen Sex zwischen Madison und Jake. Ich teile ihren Standpunkt. Jake ist auf leicht dämliche Art nett, aber er ist auch ein Leistungssportler im Baseballteam, der im Herbst ein Sportstipendium am College antreten wird. Das mit ihm und Madison hat auf Dauer null Potenzial. Aber so wie Morgan und Madison sich in letzter Zeit gefetzt haben, könnte es sein, dass Madison einfach nur Sex haben will, um ihrer Schwester eins auszuwischen.

»Du musst ihr vertrauen.« Das ist ein schwaches Argument, aber mehr habe ich nicht im Angebot. Wenn wir die nächste Stunde nicht im Stau stecken wollen, müssen wir jetzt in die Gänge kommen.

Morgan nickt kaum wahrnehmbar. Ich drücke ihre Hand und wir klettern in die mittlere Sitzreihe.

»Danke«, sagt Morgan, allerdings kann ich sie kaum hören, weil Julia und Leah hinter uns in ohrenbetäubender Lautstärke zum Radio mitgrölen.

»Ich kann nicht mal hören, was für ein Song läuft«, sage ich.

»Keinen, den ich kenne«, sagt Morgan. »Glaubst du, dass sie überhaupt noch schiefer singen können?«

»Das hier geht auf keinen Fall als Gesang durch. Als Geschrei vielleicht.«

»Man kann auch schief schreien.«

Ich bin mir nicht sicher, ob diese Aussage streng genommen korrekt ist, aber ich lasse Morgan in dem Glauben. Dies ist eindeutig eine »Da steckt noch mehr dahinter«-Situation. Ein Auto voller Leute, die aus vollem Hals singen – oder schreien –, ist aber nicht die die richtige Umgebung, um ein sinnvolles Gespräch zu führen.

Als das Duett im hinteren Teil des Wagens eine neue Stufe des Grauens erreicht, dreht Alex sich zu mir um. »Kannst du nicht für Ruhe sorgen?«, brüllt er. »Kevin kann mich kaum verstehen.«

Ich wiederhole Alex' Anfrage für Leah und Julia. Keine Reaktion.

Julia schmettert mittlerweile die Nationalhymne zum Beat von was auch immer für ein Pop-Song gerade läuft. Es ist eine unglückliche Mischung.

Ich versuch's noch einmal. »Wir müssen leiser sein«, sage ich in meinem lautesten Befehlston, aber Julia und Leah sind high vom Abschlussballadrenalin. Für unserer Pläne heute Abend ist das sicher eine gute Sache. Aber wenn es die Sicherheit beim Fahren beeinträchtigt, ist es nicht optimal.

Glücklicherweise habe ich Morgen neben mir. »He! Ihr da! Klappe halten!«, brüllt sie. Auf dem Rücksitz wird es still.

Darum sind Morgan und ich ein gutes Paar. Wir sind so was wie die Mütter der Gruppe. Morgan ist der übervorsorgliche Kontrollfreak, der zu wissen glaubt, was für jeden das Beste ist. Zugegeben, meistens stimmt das auch. Und ich bin die Vernünftige, Logische, die die Stimmung killt, indem sie Sachen sagt wie: »Vielleicht solltest du deinen BH jetzt nicht ausziehen, Madison.« Oder: »Julia, wie werden deine Eltern es finden, wenn du ein Minischwein mit nach Hause bringst?«

»Ich danke euch«, sagt Kevin. »Die Straßen sind megadunkel.«

»Und mein GPS berechnet die Route ständig neu«, sagt Alex. »Zoe, bist du sicher, dass die Adresse stimmt? Wir sind mitten im Nirgendwo.«

»Die Hütte liegt mitten im Nirgendwo, vertrau mir.«

Ich starre aus dem Fenster in die dunkle Nacht. In Eugene gab es Straßenlaternen als Beleuchtung. Aber außerhalb der Stadt ist die Sicht gleich null. Ohne GPS hätte ich keine Chance, mitten in der Nacht Onkel Ross' Hütte zu finden. Aber wenn man Sex im Wald haben will, ist es zwingend erforderlich, durch besagten Wald zu fahren.

Von den zwanzig und ein paar Zerquetschte Mitgliedern meiner entfernteren Verwandtschaft ist Onkel Ross zweifellos der Schlimmste. Er ist arrogant und herablassend und hält mir stundenlange Vorträge über die Unterschiede zwischen einem *Cabernet* und einem *Merlot*, obwohl ich per Gesetz in den nächsten drei Jahren noch überhaupt keinen Alkohol trinken darf. Doch trotz seiner vielen Macken habe ich keine Sekunde daran gedacht, das Angebot auszuschlagen, sein Ferienhaus für unsere Ausschweifungen in der Nacht des Abschlussballs zu nutzen. Er hat uns die Hütte auch nur angeboten, nachdem zwei verschiedene Mieter storniert hatten und mein Dad versprochen hatte, ihm die hintere Veranda zu streichen. Aber immerhin. Besser, als fiese Motelzimmer zu mieten, wie die meisten anderen aus der Abschlussklasse.

»Hier draußen verirrt man sich leicht«, sagt Morgan. Sie lehnt sich zwischen den beiden Vordersitzen nach vorne, damit sie durch die Windschutzscheibe starren kann.

»Wir schaffen das schon«, sagt Alex. »Ich hab neunundneunzig Cent für diese tolle Navigationsapp hingelegt. Die hat mich noch nie im Stich gelassen.«

»Ich mach mir Sorgen um Madison«, flüstert Morgan mir zu.

»Der geht es gut.« Ich drücke die Hand meiner Freundin. Sogar im dunklen Auto kann ich ihre zusammengezogenen Augenbrauen und die gerunzelte Stirn sehen. So langsam gerät sie in Panik. Und wenn Morgan panisch wird, dann ist Madison normalerweise der Grund dafür. Madisons Stimmung. Madisons Gesundheit. Madisons widerlicher Freund. In diesem Fall: Madison in einem anderen Auto mit ihrem widerlichen Freund. Morgan nimmt ihre Rolle als ältere Schwester ausgesprochen ernst. Sie benimmt sich, als wäre sie fünf Jahre älter – und nicht fünf Minuten.

»Das ist echt dunkel«, flüstert Morgan. »Und wenn sie sich nun verirren und ihnen passiert was? Ich war nur mit dem Sex-Pakt einverstanden, weil ich dachte, wir wären alle im selben Haus.«

»Das werden wir auch«, sage ich. »Ich hab ihr und Jake die Adresse geschickt. Wahrscheinlich sind sie ein paar Minuten nach uns losgefahren. Oder vielleicht warten sie auch schon auf uns, wenn wir ankommen.«

»Soll ich ihr schreiben, nur so zur Sicherheit? Was meinst du?«

»Auf gar keinen Fall.« Ich nehme Morgan das Handy aus der Hand und lasse es zurück in ihre Handtasche gleiten. Im Laufe der Jahre habe ich genug Erfahrungen gesammelt, um mit Sicherheit sagen zu können, dass es nicht weise ist, wenn Morgan auf Madison aufpassen will.

»Wisst ihr, was mir gerade aufgegangen ist?« Julia wartet gar nicht erst auf eine Reaktion. »Das hier ist genau wie der Anfang eines Horrorfilms. Eine Gruppe Teenager macht sich auf in den Wald, weil sie Spaß haben wollen, nur spukt es leider in der Hütte oder ein Serienkiller oder so läuft frei herum.«

»Könnten wir jetzt bitte nicht über so was reden?«, fragt Morgan. Sie bearbeitet meine Hand wie einen Stressball. Ich werfe ihr ein mitfühlendes Lächeln zu, das hilft aber nicht gegen das miese Gefühl, das sie wegen Madison und Jake hat. Wenn das Problem doch nur ein irrer Serienkiller wäre. Das wäre zwar furchteinflößender, aber wenigstens gäbe es für diesen Fall handfeste Lösungen.

»Kommt die Abzweigung jetzt bald?«, fragt Kevin.

Alex antwortet nicht. Er ist zu sehr damit beschäftigt, auf das helle Display seines Handys zu gucken.

»Muss ich bald abbiegen?«, fragt Kevin noch mal. »Alex, mach schon, Mann. Ich brauche Anweisungen.«

Alex schüttelt den Kopf. Kevin sieht ihn nur an, dann fährt er rechts ran und hält. Ich schaue von einem zum anderen. Müsste ich einschätzen, wer die stärkste Verbindung in der Gruppe hat, würde ich wohl Alex und Kevin nennen. Eine Bromance wie ihre ist nicht zu toppen. Was auch immer Kevin in Alex' Gesicht gesehen hat, muss was Ernstes sein.

»Was ist los?« Kevin rüttelt an Alex' Schulter. Im ganzen Van ist es still, als wir auf seine Antwort warten. »Nun sag schon, du machst mir Angst.«

Alex schaut auf. Er blinzelt Tränen weg und seine Stimme bricht. »Es geht um meine Großmutter«, sagt er. »Sie hatte einen Herzinfarkt.«

Alex

Ich werfe einen Blick über die Schulter, dann wechsle ich auf die linke Spur, weil ich den silbernen Sportwagen überholen will, der nur fünf Stundenkilometer schneller fährt als erlaubt. Ich dachte, Leute, die tolle Sportwagen fahren, müssten rücksichtslos sein. Irre Raser nennt mein Vater sie. Aber der zukünftige Glatzkopf, der sich in seinen Sitz zurücklehnt, eine Hand lässig über das Lenkrad gelegt, ist das genaue Gegenteil von einem irren Raser. Ist dem denn nicht klar, dass es auf dieser Straße Leute mit betagten Verwandten im Krankenhaus gibt? Okay, vielleicht ist es nicht angemessen zu erwarten, dass irgendwelche dahergefahrenen Leute Einblick in meine Angelegenheit haben, aber ich bin mir sicher, selbst wenn er über Halmoni Bescheid wüsste, wäre es ihm egal, das kann ich schon an seiner gleichgültigen Haltung sehen.

Mühelos zische ich an ihm vorbei, dann fädle ich mich wieder auf die mittlere Spur ein. Ein Blick auf den Tacho. Fünfzehn mehr, als die Polizei erlaubt, riskant, aber wenigstens nicht über Zwanzig. Online habe ich gelesen, dass die Polizei einen rechts ranfahren lässt, wenn man die erlaubte Höchstgeschwindigkeit um zehn Stundenkilometer überschritten hat, und wenn man nur ein kleines bisschen schneller unterwegs ist, kriegt man richtig Ärger. Als ich Halmoni das erzählt habe, hat sie gesagt, dass ich lieber nicht riskieren sollte, auch nur einen Kilometer pro Stunde schneller zu fahren als erlaubt. Normalerweise befolge ich ihre Ratschläge, sogar, wenn ich zu spät zur Schule komme oder Appetit auf mexikanisches Essen von *Chipotle* habe. Heute Abend ist das aber was anderes. Halmoni würde das verstehen.

Ich drücke den Fuß runter und beobachte, wie der Tacho an der Hundertzwanzig vorbeitickt und dann an der Hundertfünfundzwanzig. Ich setze den Blinker und schwenke wieder rüber auf die linke Spur, dieses Mal sause ich an einem staubigen Pick-up mit über die Ladefläche ragenden Holzbalken vorbei.

»Fahr nicht so schnell.« Leah legt mir die Hand auf die Schulter, als ich an einem schwarzen SUV vorbeiziehen will. »Es dauert eben, so lange es dauert. Und das Letzte, das deine Eltern gebrauchen können, ist, dass du einen Unfall hast oder von der Polizei angehalten wirst.«

Das ist ein guter Rat, aber ich will jetzt nichts anderes, als möglichst schnell bei meiner Großmutter sein. Trotzdem zwinge ich mich dazu, das Tempo so weit zu drosseln, dass ich nur ein klein wenig schneller fahre als erlaubt.

»Du musst mich nicht begleiten«, sage ich zum dritten Mal.

»Wir haben allein schon eine Viertelstunde gebraucht,

um dein Auto zu holen, und ich wohne am anderen Ende der Stadt. Selbstverständlich komme ich mit.«

»Es könnte lange dauern«, sage ich.

»Mach dir um mich keine Gedanken«, sagt Leah. »Ich kann immer noch ein Uber nach Hause nehmen.«

»Was ist mit der After-Party, von der du mir erzählt hast? Du wirst sie verpassen.«

Leah beißt sich auf die Lippe, als ich die Party erwähne. Sie hat nur für die Nacht im Wald drauf verzichtet. Ein Wartezimmer im Krankenhaus mit der Familie eines Typen, den man kaum kennt, ist eine ganz andere Sache. Aber dann schluckt sie und lächelt mich beruhigend an. »Alex, hör mir zu. Jetzt müssen wir nur zum Krankenhaus kommen, am besten in einem Stück, alles andere ist nicht wichtig.« Mit einer Kopfbewegung weist Leah auf die Tachonadel, die wieder nach oben kriecht.

Ich hab Schuldgefühle, weil ich unseren Abend so an mich reiße, aber Leahs Argumente sind überzeugend. Ich brauche mich wegen einer sinnlosen After-Party nicht zu stressen. Ich hab Sorgen genug.

Meine erste Sorge ist Halmoni, die kurz davor ist, von einem Ärzteteam aufgeschnitten zu werden. Sie ist jünger als die meisten Großeltern meiner Freunde, aber so richtig jung ist sie auch wieder nicht. Dann mache ich mir Sorgen um meine Mom, die sich Stress macht wegen ihrer Mutter, und meinen Dad, der sich Stress macht wegen seiner Frau, und um die beiden zusammen, die sich Stress machen wegen meiner kleinen Schwester. Mom und Dad prahlen gern damit, wie reif Jenny doch für ihr Alter ist. Aber keine Zehnjährige ist reif genug, um mit unseren neurotischen Eltern klarzukommen, während Halmoni operiert wird. Und ich mache mir Sorgen, dass, wenn das Schlimmste eintreten sollte, ich mich wegen meiner letzten Begegnung mit meiner Großmutter ewig schuldig fühlen werde.

Die war heute Abend, als wir für unsere albernen Fotos im Garten posiert haben. Mom hatte angeboten, ein Foto nur von mir und Halmoni zu machen, aber ich hab Nein gesagt. Ich wollte nicht unhöflich sein oder so, aber wir waren schon spät dran, wir hatten im *Los Dos Amigos* einen Tisch reserviert. Halmoni lächelte unverändert weiter, aber ich wusste, dass sie enttäuscht war. Und jetzt verabscheue ich mich dafür von ganzem Herzen.

Mein Griff ums Lenkrad wird fester. Ich darf so nicht denken. Ich werde Halmoni wiedersehen. Und dann ziehe ich diesen Anzug noch mal an und mache eine Million Selfies mit ihr.

Und zum Schluss ist da noch die Sorge vor der Situation, die mir gleich bevorsteht. Meine Eltern werden Leah kennenlernen.

Meine Eltern sind fromme koreanischstämmige Amerikaner mittleren Alters. Dass sie mich als sexuelles Wesen wahrnehmen, ist einfach nicht drin. Besonders bei meiner Mutter nicht. Eher würde ich meine ganze Sammlung seltener Briefmarken verbrennen, als meiner Mutter von dem Sex-Pakt erzählen, den meine Freunde geschlossen haben. Nicht, dass sie übertrieben streng wäre, aber sie geht zweifellos davon aus, dass ich vor der Ehe – die ich ihrer Vorstellung nach erst mit dreißig eingehe – keinen Sex haben werde. Dass Dad das so eng sieht, ist weniger wahrscheinlich, aber dafür ist es tausend Mal wahrscheinlicher, dass er peinlich wird. Was schlimmer ist. Viel schlimmer. Während wir die Fotos gemacht haben, habe ich das Schlimmste verhindern können, aber wenn mein Dad mit Leah im Krankenhaus festsitzt, wird dies ihm reichlich Gelegenheit bieten, nun ja, eben typisch Dad zu sein.

»Hey, du hast doch gehört, wie Julia von diesem Sex-Pakt geredet hat?« Ich bemühe mich um einen total entspannten Tonfall.

Leah ist vom plötzlichen Themenwechsel überrascht, geht aber ohne Weiteres drauf ein. »Ja. Das war aber ein Witz, oder?«

Meine Miene bleibt neutral. Die beiden mögen ja Laborpartnerinnen sein, aber Leah kennt Julia nicht so wie ich. An ihrer Entschlossenheit, heute Nacht ihre Jungfräulichkeit zu verlieren, ist absolut nichts Scherzhaftes.

»Ja, klar, totales Rumgealbere«, sage ich. »Aber würdest du das bitte nicht vor meinen Eltern erwähnen? Obwohl das natürlich ein Witz war, was sonst?«

»Alex.« Leah legt mir eine Hand auf den Oberschenkel. Das ist eine liebe Geste, wenn auch erstaunlich vertraulich für jemanden, den ich erst vor fünf Stunden kennengelernt habe. »Um mich musst du dir keine Sorgen machen. Ich hatte schon Umgang mit Erwachsenen.«

»Richtig, okay. Tut mir leid. In meinem Kopf geht gerade viel vor.«

»Ich weiß«, sagt Leah. Ihre Stimme ist voll Traurigkeit, und ich weiß, dass sie aus echtem Mitgefühl heraus handelt, und nicht, weil man das so macht, wenn man höflich ist.

Bis vor zwei Tagen hatte ich fest vor, den Abschlussball ausfallen zu lassen. Ich war der Einzige von meinen Freunden, der kein Date hatte, und ich wollte nicht als fünftes Rad am Wagen hinterherdackeln. Oder genau genommen, als siebtes Rad. Abgesehen davon bin ich nicht der Abschlussball-Typ. Ich bin der Typ, der sich ohne groß Eindruck zu hinterlassen durch die Highschool manövriert und dann zum zwanzigjährigen Klassentreffen mit einem millionenschweren Tech-Start-up aufkreuzt. Wenigstens rede ich mir das immer ein, wenn ich beschließe, zu Hause zu bleiben, statt zu Fußballspielen oder Chili-Kochtreffen zu gehen.

Julia wollte nichts davon hören. Das sei mein Abschlussball, sagte sie, und ich würde es ewig bereuen, wenn ich nicht hinginge. Als ich mein Single-Dasein als Ausrede nutzen wollte, hat sie versprochen, das perfekte Date für mich zu finden. Sie hat mir nur gesagt, mein Date sei ein weißes Mädchen mit braunen Haaren. Das war extrem wenig hilfreich, denn in Julias Freundeskreis sind alle weiß (abgesehen von mir und Kevin natürlich) und die meisten haben braune Haare.

Trotzdem war ich angenehm überrascht von Julias Fähigkeiten als Partnervermittlerin. Leah ist süß und hübsch und sie gehört nicht zu den Leuten, die den Abschlussball ernst nehmen. Das weiß ich zu schätzen. Wir haben den größten Teil des Abends damit verbracht, uns über die billige Hollywood-Motto-Deko lustig zu machen und zu brainstormen, wie die Schülervertretung das Geld besser hätte nutzen können – wie etwa zur Bekämpfung des Welthungers oder für bessere Snacks in den Automaten. Aber das Date hätte nicht über die Grenzen der Highschool-Sporthalle oder die Hütte von Zoes Onkel hinausgehen sollen. Den potenziellen Tod meiner Großmutter zu betrauern, war nicht Teil des Plans.

Meine Fingerknöchel werden weiß, als ich von der Autobahn abfahre. Ich bin angewidert von meinem eigenen Gehirn. Dad hat in seiner SMS gesagt, dass Halmoni gute Chancen hat. Leute haben andauern Herzinfarkte, hat er gesagt, und sie haben sie sofort ins Krankenhaus gebracht. Ich sollte mich nicht aufführen, als würde sich Halmoni an der Schwelle des Todes befinden.

»Wie heißt deine Großmutter?«, fragt Leah.

»Ihr Name? Äh, das weiß ich nicht.«

»Wie kann das sein, dass du nicht weißt, wie sie heißt?«

»Ich nenne sie *Halmoni*. So sagt man Oma auf Koreanisch. Nun ja, eigentlich heißt es *weh-halmoni*, aber für mich war sie immer nur *Halmoni.*«

»Okay, und wie nennen deine Eltern sie?«

»Meine Mutter nennt sie *Umma* oder Mutter. Mein Vater nennt sie *Jangmo neem*, das bedeutet Schwiegermutter.«

»Dann muss ich also bloß herausfinden, was das koreanische Wort für *Großmutter meines Abschlussballdates* ist?«

»Genau.« Endlich haben wir das *Johnson Memorial Hospital* erreicht. Ich biege auf den Parkplatz ein und folge den Schildern zur Notaufnahme.

»Ich meine das ernst, Alex.«

»Okay, okay.« Ich parke zwischen einem Polizeiwagen und einem glänzenden Pick-up ein. »Sie heißt Alice.«

Ehrlich gesagt nennen die meisten Leute sie dieser Tage »Alice, die Agitatorin«. Halmoni hat die letzten zwei Jahre damit zugebracht, gegen einen reichen Geschäftsmann zu kämpfen, der ihren Lieblingspark mit dem Bulldozer eingeebnet hat. Sie und ihre betagten Freund*innen haben Protestschilder gemalt und demonstriert, sie sind von Tür zu Tür gegangen und haben sich für öffentliche Grünanlagen eingesetzt. Der Millionär und Dutzende seiner Anwälte mögen gewonnen haben, aber Halmoni ist immer noch die Heldin, die versucht hat, den Elmwood-Park zu retten.

Leah erzähle ich davon aber nichts. Die ganze »Meine Großmutter ist beinahe wegen Protesten gegen kapitalistische Gier verhaftet worden«-Geschichte ist eigentlich kein Stoff für ein erstes Date.

Ich erzähle Leah auch nicht, dass ich keinen Plan habe, wie es weitergeht, wenn sie nach der Operation noch da ist. Im Gegensatz zu meiner Mom geht es Halmoni nicht gegen den Strich, wenn ich date. Tatsächlich ist es eines ihrer liebsten Gesprächsthemen: der böse Mann, der ihren Lieblingspark zerstört hat – und warum ich keine Freundin habe. Wenn sie Leah und mich zusammen sieht, wird sie unsere gesamte Hochzeit schon geplant haben, ehe sie das Bett wieder verlassen darf. Falls sie das Bett denn jemals wieder verlässt.

Nein. So darf ich nicht denken. »Ich muss positive Gedanken haben. Ich darf das Furcht einflößende Zeug nicht in meinen Kopf lassen.«

Mir ist erst klar, dass ich das laut ausgesprochen habe, als Leah wieder mein Bein berührt. »Konzentriere dich auf das Positive, wenn du kannst. Aber es ist schwer, negative Gedanken zu vermeiden. Eine richtige Art, zu fühlen, gibt es nicht.«

»Oh. Äh, danke.« Ich hatte nicht beabsichtigt, Leah zu erzählen, wie ich fühle – normalerweise bin ich nicht der Typ, der seine Gefühle teilt –, aber sie ist erstaunlich gut im Ratgeben.

»Alex?«

»Hm?«

»Gehst du jetzt da rein?«

»Stimmt. Ja.« Ich ziehe den Zündschlüssel raus und streiche meine Frisur vor dem Spiegel zurecht. Ich wünschte, ich hätte normale Sachen zum Umziehen dabei, aber erst mal stecke ich in Jackett und Krawatte fest. Vielleicht finde ich ja eine Trainingshose im Geschenkladen.

»Möchtest du, dass ich gleich mit reinkomme?«, fragt Leah. »Oder soll ich lieber eine Weile im Auto warten?«

»Hm …« Dass Leah im Auto bleiben könnte, hatte ich überhaupt nicht in Erwägung gezogen. Wenn ich ihr die Schlüssel dalassen würde, könnte sie die Klimaanlage anstellen, Radio hören und die Packung Maoam aus meinem Handschuhfach essen. Das wäre wie eine eigene After-Party. Aber dann taucht Halmonis Gesicht in meinem Kopf auf. Sie wäre entsetzt, wenn ich Leah im Auto lassen würde wie einen Hund. Wahrscheinlich würde sie mich verstoßen – falls Großeltern so was tatsächlich tun können.

»Nein, du solltest mit reinkommen«, sage ich, obwohl ich mir meiner Entscheidung nicht so sicher bin. Ich presche mit einer krassen Lüge vor. »Ich weiß, dass meine Eltern dich unheimlich gern kennenlernen möchten.«

Leahs Lächeln reicht von einem Ohr zum anderen und ihre baumelnden Ohrringe klimpern, als sie auf ihrem Sitz auf und ab hüpft. Ich weiß nicht recht, warum, aber sie freut sich echt darauf, meine Eltern kennenzulernen. Deshalb graut mir gleich noch mehr davor. Ich versuche noch mal, die unvermeidlich eintretende Peinlichkeit abzumildern.

»Hör mal, Leah. Ich bin mir sicher, dass meine kleine Schwester dich lieben wird und mein Dad ist auch okay, aber vielleicht solltest du das mit meiner Mom ganz entspannt angehen. Ich will damit nicht sagen, dass meine Eltern klischeehaft konservativ sind oder so, aber wir reden nicht über Mädchen. Oder Dates.«

»Alex, das war nicht gelogen, als ich dir gesagt habe, dass ich schon mit Erwachsenen Umgang hatte. Kannst du mir vertrauen, dass ich mich normal benehme?«

Ich möchte Leah sagen, dass Umgang mit Erwachsenen zu haben nicht dasselbe ist wie Umgang mit meiner Mutter zu haben, aber ich lasse es. Ich möchte Leah auch sagen, dass es ein Fehler war, sie nicht darum zu bitten, bis auf Weiteres im Auto zu warten, aber das lasse ich auch sein.

»Ich weiß. Ich weiß. Du hast recht.«

Die Glastüren öffnen sich und uns schlägt ein Schwall kalter Luft entgegen, der ganz genauso riecht, wie Krankenhäuser immer riechen – Kartoffelbrei aus der Tüte, Latexhandschuhe und zu viele Reinigungsmittel. Ich weiß, es gibt das alberne Klischee, Krankenhäuser würden nach Tod riechen, aber ich fand den Geruch medizinischer Einrichtungen schon immer seltsam tröstlich. Mir gefällt es, zu wissen, dass dort viel schlauere Leute als ich hart dran arbeiten, Probleme in den Griff zu kriegen, die ich nicht verstehe. Meine Mom mag ja Trost bei Gott, in der Religion oder ihrer Bibelgruppe finden, aber mein Gehirn funktioniert so nicht. Ich muss an was Handfestes glauben. Wie etwa die medizinischen Fachleute, die ihr ganzes Leben darauf verwendet haben, die besonderen Fähigkeiten zu entwickeln, die Halmoni retten könnten.

»Da ist der Wegweiser«, sagt Leah. Sie geht auf ein Schild zu, das auf einer Mattglasscheibe montiert ist. Ich folge ihr. Das *Johnson Memorial* ist ein großes Krankenhaus und Dad hat nicht genau gesagt, wo sie warten würden. »Glaubst du, wir sollten nach oben gehen? Oder in …«

»Alex! Oh, Alex.« Meine Mom erscheint in der Tür eines Warteraums und huscht auf mich zu, ein Wirrwarr von Gefühlen quillt in einer Mischung aus Koreanisch und Englisch aus ihr heraus. Ihre kurzen schwarzen Haare sind zum Pferdeschwanz zurückgebunden und sie trägt die Brille mit dem dicken Rand, die sie immer im Bett aufhat. »Bin ich froh, dass du endlich da bist. Wie war der Abschlussball? Dein Vater hat gesagt, du bist gut zurechtgekommen. Warum hast du so lange gebraucht? Mach dir jetzt ja keine Sorgen um deine Großmutter.« Sie schlingt die Arme um mich und küsst mich auf die Stirn.

Nach ein paar Minuten voller Drücken und Küssen und Fragen stellen, die sie mich nicht beantworten lässt, löst Mom sich von mir. Sie wendet sich Leah zu, und ich möchte im Boden versinken, weil ich eine Art Verhör oder einen kritischen Kommentar erwarte. Aber Mom zögert nicht. Sie wirft die Arme um Leah und setzt zum selben verwirrenden Monolog wie eben an.

»Alex' Freundin! Oh, Alex' Freundin. Wie war der Abschlussball? Ich bin so froh, dass ihr endlich hier seid …«

Über die Schulter meiner Mutter hinweg wirft Leah mir einen Blick zu. »Siehst du?«, flüstert sie. »Hab ich dir nicht gesagt, ich würde mich ganz normal benehmen?«

Ich schüttele den Kopf und gehe meinen Dad und meine Schwester im Warteraum suchen. Nichts an dieser Sache ist normal.

Lasst es uns tun!!!

Gruppenchat

00:43

Zoe: Hey Mad, die Oma von Alex hatte einen Herzinfarkt, er fährt also zum Krankenhaus.

Madison: Shit, wird sie durchkommen?

Zoe: Ist nicht sicher. Wir haben ihn bei ihm zu Hause abgesetzt. Er hat gesagt, er schickt ne Nachricht, wenn er da ankommt.

Madison: Alex, das tut mir so leid. Lass mich wissen, wenn ich irgendwas tun kann ♡

Zoe: Wir kommen also erst später zum Haus meines Onkels.

Madison: Verstanden. Jake sagt, ihm tut es echt leid, das mit deiner Großmutter zu hören.

Zoe: Wenn ihr vor uns da seid, wartet einfach draußen. Aber Kevin beeilt sich.

Julia: KEVIN FÄHRT ZU SCHNELL.

Madison: Geht klar, ich glaube, wir halten noch irgendwo und besorgen uns was zum Snacken, wahrscheinlich überholt ihr uns.

Morgan: Wo macht ihr Pause?

Madison: Keine Ahnung. Wo es was zu essen gibt.

Julia: Oooh, kannst du mir was Süßes mitbringen. So was wie Lakritzschnecken oder Gummiwürmer.

Julia: Weißt du was, kauf mir was Saures.

Morgan: Ist denn so spät noch irgendwas offen?

Zoe: Kevin sagt, er will Doritos.

Julia: WENN KEVIN DORITOS WILL, MUSS ER LANGSAMER FAHREN.

Julia: Fahrt nicht zu der Tanke an Ausfahrt Nummer 9. Letzten Monat gab's da nen Überfall.

Morgan: Echt jetzt, Julia?

Julia: Obwohl, wenn man Verbrecher ist, würde man da zweimal dieselbe Tanke überfallen?

Morgan: Julia!!!

Julia: Ich mein ja nur. Das könnte die SICHERSTE Tanke weit und breit sein, weil's die erst vor Kurzem erwischt hat. Man kann nie wissen.

Morgan: So läuft das nicht.

Julia: Kevin fährt jetzt langsamer, du kannst ihm Doritos kaufen. Er will die in der lila Tüte. Und ich will saure Gummiwürmer.

Julia: Ich hab kein Geld dabei, aber ich kenn das Paypal-Log-in von meiner Mom.

Julia: Madison, bist du noch da?

Morgan: Im Van haben wir jetzt Platz genug für dich und Jake, falls ihr mitfahren wollt.

Morgan: Mad?

Alex: Hallo Leute. Leah und ich sind im Krankenhaus angekommen und ich hab meine Eltern gefunden. Meine Großmutter wird gerade auf die Operation vorbereitet. Ich blick nicht so ganz durch, was los ist, aber mein Dad sagt, es ist nicht allzu ernst und der Arzt kommt bald und redet mit uns. Ich glaube, sie wird wieder gesund, aber Genaueres wissen wir erst, wenn sie die OP überstanden hat. Keine Ahnung, wie lange das dauert. Danke, dass ihr uns zu mir nach Hause gefahren habt – und es tut mir leid, dass ich heute Abend nicht bei euch sein kann. Aber zieht bitte eurer Sex-Ding ohne mich durch 😉

Alex: Gott, nicht zu fassen, dass ich das gesagt hab. Bitte beachtet mich gar nicht. Es ist einfach zu spät.

Julia: HAHAHAHA OMG ALEX

Zoe: Danke für das Update. Wir denken alle an dich.

Morgan: Madison, bist du noch da?

Madison

»Mad? Was ist denn, Babe?« Ohne einen Gedanken an die eigene Sicherheit oder die anderer Autofahrer zu verschwenden, lehnt Jake sich über die Mittelkonsole und drückt einen klebrigen Schmatzer auf meine Wange. Ich wische ihn weg.

»Och, Babe. Magst du meine Lippen nicht?«

»Du riechst nach Roastbeef.«

»Fuck, das Roastbeef war mega. Wenn ich von Anfang an gewusst hätte, dass es was zu essen gibt, wär ich begeisterter gewesen.«

Dank zahlreicher Spenden für die Abschlussklasse hat das Eltern-Lehrer-Komitee beschlossen, für den Abschlussball ein Büfett vom Caterer zu organisieren. Sie dachten, Essen würde das Ausmaß unangemessener Berührungen reduzieren, aber der Plan ist nicht aufgegangen. Roastbeef aus dem Smoker und Obstsalat haben alle eine Zeitlang abgelenkt, doch sobald das Büfett geplündert war, ging das Gefummel auf der Tanzfläche weiter. Mit der unangenehmen Zugabe von Zwiebelatem.

»Och, Babe. Bist du sauer, weil ich mich nicht genug um dich gekümmert hab?«

Ich schüttele den Kopf. Einen guten Teil des Abschlussballs habe ich mit dem Rücken an die Holzwand der Sporthalle gelehnt zugebracht, während Jake Miniburger runtergeschlungen und einen Klassenstreich erörtert hat, für den ein Alpaka, Pfirsichlikör und die Feuerleiter benötigt wurden, aber das machte mir nichts aus. Ich hing gern den ganzen Abend mit Zoe und Morgan ab. Seit ich Ballett an den Nagel gehängt habe, ist Tanzen nicht mehr mein Ding. Ich bin immer überwältigt von der Intensität meiner widerstreitenden Gefühle, mal will ich die Körperhaltung der Leute korrigieren, mal hysterisch schluchzen. Man hat mir gesagt, dass das nicht so cool rüberkommt.

»Was ist dann los? Du kannst es mir ruhig sagen.« Jake lehnt sich wieder über die Mittelkonsole, sein Auto schlingert auf die Fahrradspur.

»Jake, pass doch auf.« Ich schubse ihn zurück auf seinen Sitz. Mein Freund hat viele, viele Eigenschaften, die ich an ihm schätze. Dass er grundlegende Verkehrsregeln total ignoriert, gehört nicht dazu.

»Nur, wenn du mir erzählst, was nicht stimmt«, sagt Jake, der weiterhin trotzig nicht auf die Straße schaut.

»Mann, okay. Pass einfach auf, wo du hinfährst«, sage ich, als wieder eine Nachricht auf meinem Handy aufleuchtet. »In dem Gruppenchat mit meinen Freunden waren haufenweise Nachrichten. Alex' Oma ist im Krankenhaus. Sie hatte einen Herzinfarkt.«

»Welcher ist Alex? Der dünne Typ oder der nicht so dünne Typ?«

»Lass das, Jake. Sei doch nicht so.«

Als einer der schwersten Jungs unserer Klasse kriegt Kevin jede Menge fiese Bemerkungen über sein Gewicht zu hören. Normalerweise prallen ignorante Kommentare an ihm einfach ab, aber Julia hat was von einem Kampfhund, wenn es gilt, ihren Freund zu verteidigen. Sie wird schon wütend, wenn Kevins Kleidergröße auch nur erwähnt wird, das muss nicht mal abwertend gemeint sein.

»Ich meine es ernst, Mad. Du weißt doch, dass ich mir Namen schlecht merken kann.«

»Ich sage ja nur, dass du dein Gehirn einschalten sollst, bevor du redest.« Ich seufze. »Na gut. Kevin ist der dickere chinesisch-amerikanische Typ, ständiger Begleiter von Julia. Sie ist das blonde Mädchen«, füge ich hinzu, als Jake immer noch verwirrt aussieht. »Alex ist der große dünne koreanisch-amerikanische Typ, der mit Leah zusammengesessen hat. Ihr beide habt über *League of Legends* geredet.«

»Ohh, Alex!« Jake klatscht mich ab, als wäre ihm was Großes gelungen. »Der ist mein Bro. Wir beide wollen zusammen streamen.«

»Also, die Oma von deinem Bro ist im Krankenhaus.«

»Fuck, das ist scheiße. Sag ihm, ich hoffe, sie stirbt nicht.«

Ich tippe eine gefälligere Version von Jakes mitfühlenden Worten in den Gruppenchat. Alex wird das zu schätzen wissen, auch wenn die Mädchen das nicht tun. Morgan war mal die Einzige, die ein Problem mit Jake hatte, aber ich glaube, mittlerweile hat sie Julia und Zoe von seinen Fehlern überzeugt. Ich hab ihre Negativität so satt. Ich versuche bloß, mein Abschlussjahr zu genießen, alles mitzunehmen, was der angebliche Höhepunkt der Schulzeit so mit sich bringt. Und Jake ist ein guter Typ. Im Gegensatz zu Julia, Morgan und Zoe bin ich nicht so verblendet zu glauben, dass ich mit meiner Highschool-Liebe den Rest meines Lebens verbringen werde. Wir sind ja nicht mehr in den Achtzigern.

Aber Morgan ist überzeugt davon, dass mein Überleben durch alles, was ich nur tue, gefährdet ist. Als ich mit dreizehn die Diagnose Lupus bekam, hat sie sich zu meinem Schutzengel erklärt. Das war schön, für zirka zwei Wochen. Dann fing es an zu nerven. Sie hat sich immer neben mein Bett gesetzt, sogar wenn ich allein sein wollte. Sie ist zu Arztterminen mitgekommen und hat die Ärzte angeschrien, wenn sie nichts gegen meine Schmerzen machen konnten. Mehr als einmal hat sie die Schule geschwänzt, wenn ich zu erschöpft war hinzugehen.

Sogar als die Behandlung anschlug und ich wieder ein annähernd normales Leben aufnehmen konnte, hörte Morgans nervtötende Beschützerei nicht auf. Die Ärzte erklärten ihr, dass ich mit einigen kleinen Einschränkungen wieder absolut gesund werden würde. Meine Mom hat Morgan gesagt, dass ich Glück hatte, so eine moderate Form der Krankheit zu haben. Ich hab ihr gesagt, dass es mir total gut ginge und sie mich verdammt noch mal in

Ruhe lassen müsse. Okay, das Letzte hab ich geschrien. Aber sie hat trotzdem nicht zugehört. Sie mag ja aufgehört haben, sich mitten in der Nacht in mein Zimmer zu schleichen, mir irgendwelches Gemüse zu bringen und mir Sonnencreme aufzunötigen, wann immer sich eine Lücke in der Wolkendecke von Oregon zeigte. Aber die besorgten Blicke, die subtilen Fragen und dass sie sich wie auf rohen Eiern bewegt, als wäre ich eine Porzellanpuppe, die Risse kriegen könnte? Diese Dinge haben nie aufgehört.

Jake ist auf jede nur denkbare Weise das genaue Gegenteil von Morgan. Er war nicht dabei, als ich in der siebten Klasse zusammengebrochen bin. Er ist nicht bei mir, wenn ich jeden Morgen all die Tabletten nehme, die ich verschrieben bekommen habe. Über meine Diagnose weiß er Bescheid, aber sie bringt ihn nicht aus der Fassung.

Als das zwischen uns anfing, habe ich Jake in der Mittagspause erzählt, dass ich eine Krankheit habe, die meinen Körper dazu bringt, sein eigenes Immunsystem anzugreifen. Zuerst wollte er wissen, ob das tödlich wäre. Manchmal, hab ich gesagt, aber nicht in meinem Fall. Dann hat er gefragt, ob ich meine Pommes noch aufessen wollte. Ja, hab ich gesagt, er müsse sich selber Pommes holen. Seitdem hat er kein Wort mehr darüber verloren.

»Willst du Snacks? Ich will Snacks.« Jake fährt auf den Parkplatz vor einem *7-Eleven*.

»Wie kannst du hungrig sein?«, frage ich. »In den letzten sechs Stunden hast du zwei Mal gegessen.«

»Ich muss fünftausend Kalorien am Tag essen, Babe. Hat der Trainer angeordnet.«

Ich verdrehe die Augen und folge Jake in den Kiosk. Es ist nicht das erste Mal, dass er dieses kleine Detail erwähnt hat. Ich werde nie verstehen, warum Sportler so stolz darauf sind, welche Mengen an Essen sie vertilgen.

»Komm, wir beeilen uns«, sage ich.

Ich würde so gern bei der Hütte ankommen, ein Zimmer für mich beanspruchen und schon mit Jake rummachen, ehe Morgan die Chance hat, mich in Handschellen nach Hause zu schleppen. Leider beinhaltet Jakes Version von Beeilen, durch jeden Gang des grell erleuchteten Ladens zu schlendern und eine breite Palette neonfarbiger Snacks auszuwählen. Saure *Skittles. Pringles. Twinkies.* Künstlich aromatisierte Knabberfischlis. Echt, er stürzt sich auf alles Essbare, das genug Konservierungsmittel enthält, um einen Atomangriff zu überstehen. Aber dank seines täglichen strengen Trainingsplans wirken sich seine grauenhaften Ernährungsgewohnheiten trotzdem nicht auf Jakes physisches Erscheinungsbild aus. Der Typ hat den Bizeps eines griechischen Gottes und die Bauchmuskulatur eines Hollister-Models – wieder was, das meine Schwester nicht zu schätzen weiß.

»Willst du irgendwas?«, fragt Jake.

»Öh …« Während ich die Regale nach was – irgendwas – absuche, das ich essen könnte, schleicht sich ein Chor besorgter Stimmen in meinen Kopf.

Iss nicht so viele Transfette und industriell verarbeitete Lebensmittel.

Finger weg von frittierten Sachen.

Weißt du, wie viel Salz das enthält?

Ich versuche, die Stimmen aus dem Kopf zu drängen. Es ist, als hätte ich ein hyperaktives Lupus-Gewissen, das mich daran hindert, wie ein normaler Mensch zu funktionieren. Selbst wenn ich nicht mit Morgan und meiner Mom zusammen bin, sind ihre Stimmen da, ständig machen sie sich Sorgen um mich und diktieren jede meiner Bewegungen. Das ist verdammt nervig.

»Hier.« Ich schnapp mir das Erstbeste, auf das mein Blick fällt – eine Jumbotüte *Hot Cheetos* –, und lege es auf Jakes Haufen. Salz, Transfette und industriell verarbeitet, alles auf einen Schlag. Nehmt das, ihr blöden Stimmen.

»Mega. *Hot Cheetos* sind legendär.«

Jake und ich gehen noch mal durch den ganzen Laden. Das Junkfood türmt sich in seinen Armen und ich habe keinen Schimmer, was er noch brauchen könnte. Aber er bleibt im Drogeriegang stehen, vor den Kondomen und dem Gleitgel. Er nimmt eine Packung Kondome.

»Okay so?«, fragt er mich.

Der Sex-Pakt war Julias Vision, aber Kevin, Zoe und ich waren von der Idee schnell überzeugt. Morgan war die Einzige, die Einwände hatte. Nicht, dass meine Schwester prüde wäre. Ich weiß genau, dass sie und Zoe es schon getan haben. Ich hatte nämlich das Vergnügen, im Raum nebenan zu sein, während sie zugange waren. Aber wenn es um mich geht, ist sie prüde. Sie denkt, dass die arme, kranke Madison für Sex zu zerbrechlich ist.

Die besorgten Stimmen bedrängen mich wieder. Dieses Mal ist es Morgan allein, die mir den Vorwurf macht, mich verantwortungslos zu benehmen.

Die wirst übermüdet sein und einen Schub kriegen.

Und du hast einen besseren Typen als Jake verdient.

Du solltest noch damit warten. Du solltest wirklich warten. Echt.

Sex ist überbewertet. Du solltest in dieser Nacht schlafen und deine Batterien wieder aufladen.

»Mad?«, fragt Jake mit den Kondomen in der Hand.

Nein, sage ich den Stimmen. *Ihr werdet mich nicht kontrollieren. Ich war einverstanden mit dem Sex-Pakt und ich werde das durchziehen. Es wird schön sein, Sex mit Jake zu haben. Und ich will es – genau wie Julia – tun, bevor ich aufs College gehe.*

»Ja. Klar.«

Aber es geht nicht einfach nur darum, es durchzuziehen.

Ich *muss* heute Nacht Sex haben. Nicht, um Jake einen Gefallen zu tun, nicht, um Morgan eins auszuwischen, nicht als Unterstützung für Julia.

Nein, ich muss es für mich tun. Ich will beweisen, dass ich dazu in der Lage bin.

Julia

»Zoe, dieses Haus ist der Wahnsinn! Und das gehört deinem Onkel?«

»Echt, wie kommt's, dass wir hier noch nie waren?«, fragt Morgan.

»Er vermietet es, wenn er nicht selbst hier wohnt, aber letzte Woche hat jemand abgesagt. Eine Schwägerin von irgendwem hat vorzeitig Wehen bekommen.« Zoe streift durchs Wohnzimmer, macht Lampen und Ventilatoren an. »Keine Klimaanlage, leider. Ist aber trotzdem schön.«

»Schön?! Dieses Haus ist umwerfend!«

Ich übertreibe nicht. Als Zoe erzählt hat, ihr Onkel habe ein Haus im Wald, hatte ich was Primitives erwartet. Nackte Dielen, Holzpritschen, Teppiche aus Tierkadavern. Was in der Richtung.

Aber dieses Haus ist die Art Landhaus, die man auf Pinterest sieht. Riesige Holzbalken an der Decke, Küchenarbeitsflächen aus Granit, ein eleganter Kamin, den Zoe anwirft, indem sie einen Schalter umlegt. Und so viele kuschelige Wolldecken. Ich hab das Gefühl, ich stehe mitten in einem »Schöner Wohnen«-Laden.

»Gibt es Hausregeln oder so?« Ich bin ja nicht gern diejenige, die so was fragt, aber am unbeschwertesten hab ich

Spaß, wenn ich eine genaue Vorstellung davon habe, in welchem Rahmen sich der Spaß bewegen darf.

»Was meinst du damit?«, fragt Zoe.

»Gibt es Bereiche, in die wir nicht gehen sollten? Sachen, die wir nicht anfassen sollten?«

»Wahrscheinlich.« Zoe zuckt mit den Schultern. »Ist mir aber eigentlich scheißegal. Mein Onkel ist das totale Arschloch. Mir macht's nichts aus, wenn wir diese Hütte in Schutt und Asche legen.«

»Sollten wir dann vielleicht hier und da zündeln?«, fragt Morgan. »Das macht bestimmt Spaß.«

»Nein, nichts ganz so Dramatisches«, sagt Zoe. »Ich will nicht, dass er die ganze Kohle von der Versicherung kassiert. Ich denke eher an kleinere Akte des Widerstands. Zum Beispiel eine leere Klopapierrolle nicht zu ersetzen. Oder Bilderrahmen einen kleinen Schubs geben, sodass sie ein wenig schief hängen.«

»Ooh, was für eine Rebellin«, sagt Morgan.

»Halt die Klappe.« Zoe schlägt Morgan mit einem Sofakissen. »Kommt, ihr kriegt 'ne Führung.«

Zoe führt uns durchs Haus, zeigt uns Zimmer, Bäder und eine von Garth Brooks signierte Platinschallplatte.

»Ist die echt?«, fragt Kevin.

»Ist sie. Mein Onkel hat sie auf einer Wohltätigkeitsauktion für ein Vermögen ersteigert. Und davon redet er ohne Unterlass. Es ist so nervtötend.«

Zoe nimmt uns mit in ein kleines Büro, das sie »das

Atelier« nennt, und in ein drittes Schlafzimmer mit imposantem Himmelbett, das an ein Bad mit Marmorwaschtisch und Badewanne mit Löwenfüßen angrenzt. Dann gehen wir eine schmale, mit Teppich ausgelegte Treppe runter zum – wie Zoe findet – coolsten Teil des Hauses.

Das Wohnzimmer im Untergeschoss wirkt ziemlich alltäglich (wenn man Ledersofas und eine voll ausgestattete Bar alltäglich findet, was ich ganz bestimmt nicht tue), aber Zoe schenkt alldem keine Beachtung. Stattdessen geht sie mit großen Schritten quer durch den Raum und reißt eine holzgetäfelte Doppeltür auf.

»Ta-da!«, schmettert sie und macht einen Schritt zur Seite, damit wir eintreten können.

»Oh mein Gott …«

Ich gehe durch die Tür und habe das Gefühl, ich bin in einer anderen Dimension gelandet. Der Raum ist ein riesiges Kino, das über mindestens zwei Etagen zu gehen scheint, was architektonisch nicht möglich sein kann. Es gibt Reihen mit Ledersesseln, eine altmodische Popcornmaschine, einen Stand mit Süßigkeiten und eine gigantische Leinwand, die dem *Cinemark*-Kino in der Stadt Konkurrenz macht.

»Das ist ja so cool!« Morgan holt sich *Milk Duds* vom Naschstand und steckt sich ein paar davon in den Mund. »Wenn ich dein Onkel wäre, würde ich immer hier wohnen.«

»Du solltest mal sein richtiges Haus sehen«, sagt Zoe. »Das ist noch extravaganter.«

»Kev, wäre das hier nicht cool zum Zocken? Das ist wie ein riesiger Monitor. Kevin?«

Ich gucke mich um, aber Kevin ist nicht zu sehen. Ich hätte seine Abwesenheit gleich bemerken müssen, als er nicht ausgeflippt ist wegen des Kinos. Luxuselektronikartikel ist eins seiner liebsten Gesprächsthemen.

»Habt ihr gesehen, wo Kevin hin ist?«, frage ich Zoe und Morgan. Beide schütteln den Kopf. »Er muss oben geblieben sein. Ich geh ihn suchen.« Ich schnappe mir eine Schachtel *Sno-Caps* und verschwinde durch die Doppeltür.

»Schrei, wenn du dich verirrst«, sagt Zoe.

»Ja, wir stoßen dann in ein paar Tagen zu dir!«

Das Wohnzimmer finde ich, ohne irgendwo falsch abzubiegen, dann wird es schwieriger. Vermutlich macht mich das zu einer furchtbaren Freundin, aber ich weiß nicht mehr, wann Kevin das letzte Mal bei uns gewesen ist. Ich war derart von der Großartigkeit des Hauses überwältigt. Prunk hat diese Wirkung auf manche Menschen. Die Garth-Brooks-Platte hatte Kevin kommentiert, das weiß ich, aber ob er sonst noch irgendwas gesagt hat, weiß ich nicht mehr. Ich sollte eindeutig aufmerksamer sein. Die Großmutter seines besten Freundes ist im Krankenhaus und ich flippe wegen einer Popcornmaschine aus.

»Kev?!«

Ich laufe den Flur entlang, dabei öffne und schließe ich alle Türen. Jede Tür ist mit Schnitzereien verziert und hat einen blanken Knauf, es ist also unmöglich, Schlafzimmer und Abstellkammern auseinanderzuhalten. Mehr als einmal stehe ich vor Eimern und Reinigungsmitteln. Endlich, am Ende des Flurs, finde ich Kevin. Er ist in dem Raum mit dem Himmelbett und dem Marmorbad. Ich hab doch immer gewusst, dass mein Freund Geschmack hat.

»Hey, was ist los?«, frage ich.

Kevin sitzt auf einem Sessel, er hat den Kopf in die Hände gestützt. Seine struppigen schwarzen Haare stehen in alle Richtungen ab und er hat den lila Schlips gelockert, den wir passend zu meinem Ballkleid gekauft haben. Ich hocke mich auf die Sofakante.

»Sorry, mir ging's nicht so toll, da hab ich euch vorgehen lassen.«

»Und damit hast du das beste Schlafzimmer für uns besetzt. Ich seh schon, das hast du geschickt eingefädelt.«

Kevin ringt sich ein Grinsen ab, rührt sich aber nicht.

»Machst du dir Sorgen wegen Alex?«, frage ich.

»Ja, glaub schon. Ich wüsste gern, wie es läuft.«

»Er hat gesagt, er schreibt, wenn er irgendwas erfährt. Aber das könnte noch eine Weile dauern.«

»Ich weiß, ich weiß.« Kevin atmet durch die Nase aus und lehnt sich im Sessel zurück. »Leute überleben andauernd Herzinfarkte. Ich hasse es nur, mich so nutzlos zu fühlen. Ich wünschte, ich könnte helfen, aber ich will ihm nicht auf den Wecker gehen, indem ich ihm ständig texte.«

»Willst du rüberfahren zum Krankenhaus? Seine Familie würde dich bestimmt gern sehen.« Ich versuche meine Enttäuschung zu verbergen. Es ist egoistisch, ich weiß, aber ich hatte mir die perfekte Nacht für uns vorgestellt (die perfekte Nacht für uns alle, eigentlich) und nichts läuft so ab, wie ich es erwartet hatte. Aber, ganz klar, wenn Kevin bei Alex und seiner Familie sein will, dann sollte er da auch hin.

»Ich werde das hier auch allein genießen«, sage ich, dieses Mal mit mehr Überzeugung.

»Das ist lieb von dir, Jules.«

»Ernsthaft. Du weißt, dass ich mit ansprechender Unterhaltung durchaus in der Lage bin, mich mit mir selbst zu beschäftigen.«

Kevin lächelt und zieht mich zu sich auf den Sessel. Ich sitze rittlings auf seinen Schenkeln und unsere Nasen berühren sich praktisch.

»Hey, und ich hatte gedacht, ich wäre Teil von diesem Sex-Pakt. Möchtest du mir etwa zu verstehen geben, dass du lieber Pornos gucken und dich selbst auf Touren bringen willst?«

»Igitt, Kevin! Wie kommst du nur auf so was? Ich meinte natürlich, dass ich Netflix gucken würde.«

Nicht, dass ich nicht gelegentlich samstagabends allein zu Haus schon mal in Versuchung gewesen wäre, nach Pornos zu suchen. Aber ich bin zu paranoid und stelle mir immer gleich vor, dass meine gewagte Google-Suche irgendwie auf unserer Internet-Rechnung auftauchen könnte. Und so ein Gespräch möchte ich nicht mit meinen Eltern führen – nicht in diesem Leben.

»Hey, dank deiner Spezialkenntnisse in Sachen Netflix könntest du, während ich weg bin, bestimmt was zum Gucken finden, das sexy genug ist.« Wir fangen beide an zu lachen, aber dann berühren sich unsere Lippen und wir küssen uns, beim Lachen. Ich spüre Kevins Zunge, aber ich kriege wieder einen Lachanfall und unsere Zähne stoßen aneinander.

»Au.« Kevin zieht den Kopf ein bisschen zurück. Er macht eine große Show daraus, sich den Schneidezahn zu reiben. »Ich weiß nicht recht, Jules. So eine Solonummer könnte sicherer sein. Ich hatte gehofft, am Ende der Nacht noch ein vollständiges Gebiss zu haben.«

»Ach, hör auf zu jammern. Das war nur ein kleiner Stupser.« Ich schmiege mich wieder an ihn, um die romantischen Aktivitäten fortzusetzen, halte aber inne, als mir Alex' Großmutter wieder einfällt. »Bist du sicher, dass du das hier tun willst? Wenn du stattdessen lieber ins Krankenhaus fahren möchtest, geht das absolut klar wegen mir.«

»Ich bin sicher.« Kevin streicht mir den Pony aus dem Gesicht. »Alex schickt Updates, sobald er kann, und bis dahin könnte ich angenehme Ablenkung gebrauchen.«

»Ausgezeichnet. Dann lass die angenehme Ablenkung beginnen.« Ich lehne mich wieder zu ihm rüber, aber irgendwas an Kevins Miene stoppt mich. »Was hast du denn? Hast du Bedenken, mit mir zu schlafen?«

Der Sex-Pakt war meine Idee und Kevin ist eindeutig begeistert von dem Plan gewesen. Dennoch lässt sich nicht leugnen, dass er bei den körperlichen Dingen immer ein bisschen zögerlicher ist als ich. Vielleicht hat er sich die Sache noch mal überlegt und festgestellt, dass es zu früh ist. Natürlich würde ich seine Wünsche respektieren, aber es wäre schon echt scheiße, wenn wir das einzige Paar wären, dass den Pakt nicht durchzieht.

»Kevin, rede mit mir.« Ich pike ihm in die Brust.

»Es ist nicht der Sex, der mir Sorgen macht.« Kevin guckt irgendwie komisch – und er starrt mir über die Schulter. »Aber es beunruhigt mich schon ein wenig, wie du reagieren wirst, wenn du die Katze auf dem Bett siehst.«

»Was?« Ich drehe mich um und sehe, wovon Kevin spricht. Dann kreische ich aus vollem Hals. Kein Zweifel, da sitzt eine Katze mitten auf dem verdammten Bett. Eine struppige, orangefarbene, gut genährte Katze, der es durchaus zuzutrauen ist, dass sie mich im Schlaf erstickt.

»Oh mein Gott. Das ist ein Katzendämon!« Ich rutsche von Kevins Schoß und stelle mich so dicht neben die Tür, wie ich nur kann, ohne die Katze aus dem Blickfeld zu verlieren. Irgendwas sagt mir nämlich, dass das ein Fehler wäre.

»Och, irgendwie find ich ihn süß!«

»Was ist denn süß an dem Ding? Siehst du, wie er die Augen zusammenkneift, wenn er mich anguckt? Du hast einen Katzendämon vor dir.«

»Ich vergesse immer, wie komisch du auf Katzen reagierst.« Kevin nähert sich vorsichtig dem Bett, dann nimmt er das Bündel in die Arme wie einen Welpen – und nicht wie die Ausgeburt des Bösen, das auf Mord sinnt.

»Bist du nicht ein kleiner Süßer? Wir werden noch herausfinden, wem du gehörst.« Kevin redet mit einer Babystimme, die ich echt niedlich finden würde, wenn er damit nicht das Ding in seinen Armen ansprechen würde. »Bis dahin kannst du bei Onkel Kevin abhängen. Deine Tante Julia reagiert ein kleines bisschen nervös auf Katzen, aber sie liebt dich auch, versprochen.«

»Red dem Ding nicht ein, dass ich es lieb habe.« Rückwärts weiche ich bis auf den Flur zurück. »Und ich bin auf völlig angemessene Weise nervös.«

Kevin hört mich nicht. Er ist zu sehr damit beschäftigt, dem Katzendämon die Ohren zu kraulen.

Dieser Abend läuft wirklich nicht so, wie ich gewollt habe.

Zoe

Morgan behält ihre Gedanken volle zehn Sekunden für sich. Das könnte ein Rekord für sie sein. Aber in dem Moment, in dem wir Julias Schritte auf der Treppe hören, explodieren ihre aufgestauten Sorgen.

»Ich vertraue Jake nicht. Kein Stück. Warum zur Hölle gehen die irgendwo was essen – nachts um eins? Auf dem Ball gab's was zu essen, Jake hat den ganzen Abend zugelangt, ich hab's gesehen. Übrigens hat er währenddessen meine Schwester vernachlässigt.«

Morgan hat einen irren Blick, und weil sie hektisch mit den Armen fuchtelt, fliegen die *Milk Duds* durch die Gegend. »So eine x-beliebige Tankstelle ist kein sicherer Ort um diese Zeit. Besonders, wenn Julia sagt, dass es da einen Überfall gegeben hat. Und warum hat Madison nicht auf meine Nachricht geantwortet? Denkst du, ich sollte meine Mom anrufen? Wir könnten diese ganze Sache noch abblasen. Verdammt noch mal. Ich bin so blöd.«

»Pssst, Morgan.« Ich lege ihr einen Finger auf die Lippen und nehme ihr die halb leere Schachtel *Milk Duds* aus der Hand. »Wenn du dich aufregst, bringt das gar nichts. Du musst dich beruhigen.«

Schon bevor ich ausgesprochen habe, wird mir klar, was

ich gesagt habe. Im Laufe der letzten achtzehn Monate habe ich gelernt, dass es fast immer ein Fehler ist, Morgan zu sagen, dass sie sich beruhigen soll. Sie findet, dass ich ihre Gefühle nicht anerkenne. Aber in Wirklichkeit versuche ich bloß, sie vom Hyperventilieren abzuhalten. Es ist ein schmaler Grat.

»Wie kannst du mir sagen, dass ich mich beruhigen soll?!«, antwortet Morgan dann auch wie auf Stichwort.

»Sorry, sorry.« Ich drücke sie schnell. »Das wollte ich nicht sagen. Ich versteh ja, dass du dir Sorgen um Madison machst, aber es ist kein Grund zur Panik. Sie ist mit Jake in einem *7-Eleven*. Und das heißt, dass sie sich wahrscheinlich besinnungslos langweilt, weil sie sich anhören muss, wie er über seine Bauchmuskulatur redet. Aber in Gefahr ist sie nicht.«

Morgan nickt und atmet durch.

Man muss sein Publikum kennen, nur darum geht's. Das heißt bei Julia, dass man Interesse für ihre neueste Leidenschaft zeigen muss, ob es sich nun um Hula-Hoop-Wettbewerbe, Fantasyromane von exzessiver Länge oder diesen europäischen Sänger handelt, von dem sie ganz im Ernst besessen ist. Madison redet gern über die Zukunft, welche Art Wohnung sie mal haben will, wo im Ausland sie studieren wird, was für ein Auto sie kauft, wenn sie genug Geld hat. Und bei Morgan kann ich immer ganz leicht punkten, wenn ich mich über Jake lustig mache. Eigentlich habe ich nichts gegen den Typen. Länger als dreißig Sekunden würde ich kein eins zu eins Gespräch mit ihm führen wollen, aber ich finde, er ist süß. Doch Morgan sieht alles in Madisons Leben als potenzielle Gefahr an. Ganz besonders Jake.

»Wenn es ihr gut geht, warum schreibt sie dann nicht zurück?«

»Na ja …« Ich überlege, wie ich die Wahrheit einpacken soll. »Du hast ziemlich viele Fragen gestellt. Auf eine Art, die man als kontrollierend wahrnehmen könnte.« Morgan macht den Mund auf, weil sie protestieren will, aber über uns höre ich Schritte, gefolgt von Lachen.

»Hörst du das? Sie müssen hier sein.« Ich versuche das selbstzufriedene Lächeln zu unterdrücken, ohne Erfolg.

»Wie ich es hasse, wenn du recht hast«, murmelt Morgan.

»Mittlerweile solltest du dich dran gewöhnt haben, findest du nicht?« Morgan guckt mich giftig an und schnappt sich ihre *Milk Duds* wieder. Wir steigen die Treppe hoch, aber ehe wir oben ankommen, bleibe ich stehen.

»Wie wär's, wenn du es mir überlässt, sie durchs Haus zu führen?«, frage ich. »Dann kannst du Madison ein bisschen Raum geben?«

»Warum?« Morgan guckt tatsächlich verwundert.

Ich habe genug Zeit mit Morgan verbracht, um zu wissen, dass ihr zwanghaftes Bedürfnis, ihren Zwilling zu beschützen, auf Liebe beruht. Aber ich habe auch viel Zeit mit Madison verbracht. Die des Öfteren davon fantasiert, ohne ihre Schwester auszuwandern und sich in einem anderen Land niederzulassen.

»Weißt du noch, dass ich gesagt habe, man könnte dich als kontrollierend wahrnehmen? Lass mich den beiden einfach alles zeigen.«

»Gut. Aber die Naschvorräte von deinem Onkel könnten noch vor Ende der Nacht verschwunden sein.« Morgan drückt meine Hand und läuft die Treppe wieder runter.

Ich warte, bis ich höre, dass die Tür zum Kino geschlossen wird, erst dann biege ich um die Ecke und stehe Madison von Angesicht zu Angesicht gegenüber. Na ja, von Hintern zu Angesicht eher. Madison hat die Beine um Jakes Hüfte geschlungen und die beiden sind sich meiner Anwesenheit überhaupt nicht bewusst. Das ist ein Vorteil, wenn man mit einem künftigen College-Spitzensportler zusammen ist. Das intensive Trainingsprogramm eröffnet eine erstaunliche Vielfalt an Sex-Stellungen.

Von hinten ist Madison das Spiegelbild ihrer Schwester. Schlanke Beine und Arme, ein langer Oberkörper und dicke, kastanienbraune Haare, die sie und Morgan sich heute Abend gelockt haben. Ich kann die Zwillinge an ihren Gesichtern unterscheiden. Madisons Lippen sind schmaler, ihre Augenbrauen haben einen dramatischeren Schwung, aber da weiß ich nicht genau, ob das ein natürliches Phänomen ist oder das Resultat sorgfältigen Zupfens. Morgans Augen sind größer, ihre Wangen runder und ihr Gesicht ist dank Feldhockey gebräunter. Die Zwillinge sind nie getestet worden, wissen also nicht, ob sie eineiig sind oder bloß zweieiige Zwillinge mit bemerkenswerter Ähnlichkeit. Die meisten Leute sind für eineiig, aber ich neige eher zu zweieiig. Doch vielleicht bin ich es einfach nur gewohnt, sie auseinanderzuhalten.

Dank des Bildes, das ich gerade vor mir habe, kann ich auch zu Protokoll geben, dass sie einen völlig anderen Stil beim Herummachen haben. Morgan würde niemals auf mich draufspringen, nicht mal wenn ich stark genug wäre, sie halten zu können. Und das bin ich ganz bestimmt nicht. Als stattliches Mädchen von mittlerer Statur mag ich ja denselben BMI haben wie Jake, aber definitiv nicht die Muskelkraft.

Ich räuspere mich. Madison und Jake sehen aus, als würden sie gleich hier im Wohnzimmer übereinander herfallen, wenn ich ihnen noch ein paar Minuten Zeit lasse. Doch das habe ich nicht vor.

»Oh, hey.« Madison dreht den Kopf, um mich zu begrüßen.

Jake, der mich immer noch nicht wahrgenommen hat, beginnt an ihrem Ohr zu nuckeln. »Jake, stopp.« Madison hüpft von seiner Hüfte und umarmt mich. Ich kann Jakes Roastbeef-Atem an ihrem Hals riechen. Ist nicht schön.

»Tut mir ja leid«, sage ich. »Aber ich wollte euch das Haus zeigen.«

»Nein, uns tut es leid.« Madison holt einen Labello aus dem BH und trägt ihn auf. »Stimmt doch, Jake?«

Jake stößt einen Pfiff aus. »Verdammt, das Haus ist krass! Und du wohnst hier?«

»Nein, das Haus gehört meinem Onkel. Meistens vermietet er es.«

»Der Onkel, den du nicht leiden kannst? Der, der …«

Ich nicke kurz und unterbreche Madison mitten in ihrem Gedanken. Ich mag ja die ganze Nacht im Haus meines Onkels festsitzen, aber ich würde doch gern vermeiden, von ihm zu reden. Besonders jetzt.

»Kommt mit, ich führe euch herum.« Ich nehme Madisons Hand und gehe den Hauptflur entlang voran. Jake dackelt uns hinterher, lässt sich bewundernd fluchend über das Haus aus und fährt mit den Händen über die getäfelten Wände. Hoffentlich macht er überall Fettflecke.

»Dies ist das Atelier. Was immer das heißen mag. Und da ist ein Schlafzimmer, aber ich glaube, das haben Julia und Kevin schon belegt. Hier ist noch eins.« Ich stoße die Tür zum kleinsten Schlafzimmer auf, das ich immer am wenigsten gemocht habe.

»Heilige Scheiße.« Jake rennt ins Zimmer wie ein Kind, das im Spielzeugladen losgelassen wird. »Ist das abgefahren. Madison, dieses Zimmer müssen wir einfach belegen. Mann, ich wollte schon immer auf Jagd gehen.«

Madison zieht die Nase kraus, ihr Gesicht spiegelt genau den Ekel, den ich immer empfinde, wenn ich in diesen Raum komme. Ehrlich gesagt, wenn wir zu Familienfeiern zusammenkommen, meide ich diese Ecke des Hauses bewusst. Jede Wand ist mit einer Vielzahl von Tierköpfen geschmückt – Hirsch und Bison, drei verschiedene Bärenarten und ein Nashornkopf, den mein Onkel illegal importiert hat. Sie sind alle auf Holzscheiben montiert, mit offenen Mäulern, in bedrohlichen Posen. Alles unglaublich abstoßend.

»Das ist echt krasse Beute«, sagt Jake, der einen Elchkopf bewundert. »Jagt dein Onkel?«

»Nee, er ist sehr gegen Waffen. So was kauft er online von Sammlern.« Der Mann ist die fleischgewordene Heuchelei. Wahrscheinlich leidet er unter Wahrnehmungsstörungen.

»Ist das cool.« Jake wendet sich wieder an Madison. »Babe, lass es uns unter der Antilope tun. Das muss doch Glück bringen.« Dann, als er Madisons entsetzten Blick bemerkt, sagt er noch: »Nur wenn du willst.«

Madison beißt sich auf die Unterlippe. Ich weiß, dass sie abwägt zwischen ihrem Wunsch, sich einverstanden zu erklären, und den völlig berechtigten Bedenken, ihr erstes Mal in einem Raum voller Tierköpfe zu erleben. Ich will ihnen gerade die andere Schlafzimmeroption zeigen, als mein Handy summt.

»Moment mal, Leute.« Ich angele das Telefon aus der hinteren Hosentasche und meine Hand krampft sich zusammen, als ich sehe, wer anruft. »Sorry, da muss ich rangehen.«

Ich ziehe mich auf den Flur zurück, ehe ich den Anruf annehme. »Hallo, Onkel Ross«, sage ich mit meiner muntersten Stimme. »Was gibt's denn?«

»Zoe, ich hab es eben erst gehört!« Die Stimme meines Onkels dröhnt durchs Handy. Ich gehe in die Küche, damit niemand mithören kann.

»Das sind ja aufregende Neuigkeiten!« Ich lege das Handy auf die Granitarbeitsplatte und stützte den Kopf in die Hände. Ich muss nicht mal auf Lautsprecher stellen. So laut ist mein Onkel Ross.

»Deine Eltern haben mir erzählt, dass wir eine weitere Elitestudentin in der Familie haben«, fährt er fort. »Und nicht nur die Studentin irgendeiner Eliteuniversität, Zoe. Sondern der besten! Die Crème de la Crème aller Bildungseinrichtungen! Die Universität von Yale. Meine Alma Mater, die Alma Mater deines Vaters, deines Großvaters, deines Urgroßvaters …«

»Hör mal, Onkel Ross …« Wenn ich doch nur einen Bruchteil der Begeisterung empfinden könnte, die mein Onkel da verströmen lässt. Aber seit ich diese E-Mail geöffnet habe – die E-Mail, von der jeder auf der Warteliste träumt –, habe ich dieses Gefühl von Unbehagen nicht abschütteln können. Ich weiß nicht, warum mir beim Gedanken an Yale so schlecht wird. Ich weiß nicht, warum ich es Morgan nicht erzählt habe. Im Moment scheine ich rein gar nichts zu wissen.

»Klar, das war ein harter Schlag, dass du beim ersten Versuch auf die Warteliste gekommen bist«, sagt Onkel Ross. »Vor allem, weil der Rest der Familie sofort angenommen worden ist.« Ich hämmere mit der Faust auf den Granit.

Wie ich ihn hasse! Ich glaube, das ist das Eine, das ich genau weiß. »Aber es kommt ja nur darauf an, wo du schließlich landest. Und in Yale wird niemand wissen, dass du zuerst abgelehnt worden bist. Diese kleine Peinlichkeit bleibt in der Familie.«

»ONKEL ROSS!« Ich schwöre, ich werde dieses Haus niederbrennen. Ich werde das Haus meines Arschlochonkels in Schutt und Asche legen.

»Was, Liebes? Hast du was gesagt?«

Es gibt so viel, das ich wünschte, meinem Onkel sagen zu können. Ich würde ihm gern erklären, dass

1. nur weil er Yale für die beste Uni auf dem Planeten hält, nicht jeder dahin möchte, dass man sich
2. nicht dafür schämen muss, auf der Warteliste zu stehen, und dass es
3. Millionen mal schwerer ist, auf einer Uni aufgenommen zu werden, als vor fünfzig Jahren.

Der Gedanke, das einfach rauszulassen, ist verlockend. Aber dann atme ich zittrig durch und erinnere mich daran, wie peinlich künftige Familientreffen werden, wenn ich irgendeinen der Punkte zur Sprache bringe. Ich muss ruhig blieben, höflich sein und darf höchstens ein paar passivaggressive Kommentare abgeben. Irgendwann später können meine Mom und ich bei einer Diät-Limo und Bananenbrot über unseren Hass auf ihn sprechen.

»Ich frage mich nur, warum du so spät nachts anrufst«, sage ich. »Ob es vielleicht einen weiteren Grund dafür gibt, meine ich. Abgesehen davon, dass du mir gratulieren wolltest, wofür ich mich natürlich herzlich bedanke.« Ich lasse einen Anflug von Sarkasmus durchklingen. Gerade genug, um mich besser zu fühlen, aber nicht so viel, dass ein Drama draus werden könnte. Wahrscheinlich nicht mal so viel, dass er es merkt.

»Nun, ehrlich gesagt, da ist noch was anderes. Ich habe vergessen zu erwähnen, dass meine Katze im Haus ist. Ich fürchte, deine Tante hatte ein paar Probleme mit Allergien, wir versuchen es also mit einer vorübergehenden Trennung. Sorgst du bitte dafür, dass Bulldog Futter und Wasser bekommt?«

»Moment mal, ich bin verwirrt. Hier ist eine Katze? Und ein Hund?«

»Nein, nur eine Katze. Die Katze heißt Bulldog. Ich hab sie auf den Namen des Yale-Maskottchens getauft, der mächtigen Bulldogge.«

»Natürlich, Onkel Ross.« Ich seufze. »Wie könnte es anders sein.«

Madison

Ich kann ja den Reiz darin sehen, zum Überleben auf die Jagd zu gehen. Leute, die im Wald ihr eigenes Fleisch erjagen, statt im Supermarkt Hamburger zu kaufen, sind so was von badass. Leider ist es schwer, Rechtfertigungen fürs Jagen zu finden, wenn die eigene Familie sehr gegen Waffen ist, selbst wenn das die umweltbewussteste Art ist, Fleisch zu konsumieren.

Aber ich begreife überhaupt nicht, wie man den toten Körper von irgendeinem Tier, das man getötet hat, nehmen kann, ihm den Kopf abschneidet, um einem Taxidermisten dann einen Haufen Geld zu zahlen, damit eine Trophäe überm Bett hängt. Oder, schlimmer noch, wie man sich so eine Trophäe im Internet kaufen kann. Was für ein blutrünstiger Perverser will sich denn was Totes an die Wand schrauben? Nun ja, Zoes Onkel offensichtlich. Laut ihren Berichten scheint der Mann ein bisschen abgedreht zu sein, aber für den Typ Leiche-an-der-Wand hätte ich ihn nicht gehalten.

Ich schließe die Augen und versuche, mich auf Jake zu konzentrieren, nicht auf die leblose Antilope, die auf mich runterglotzt. Jakes Lippen sind weich und zärtlich, aber die Intensität, mit der er mich küsst, ist ganz das Gegenteil.

Ein leises Keuchen entschlüpft mir. Es ist so schön, wie ein normaler Mensch behandelt zu werden, nicht wie eine hilflose Puppe. Ich schiebe meine Zunge in Jakes Mund, doch im selben Moment weicht er zurück.

»Alles okay mit dir. Du hast ein Geräusch gemacht.«

Ich kneife die Augen zu, die Wut rauscht durch meinen Körper. Ich hab es so satt, dass alle so verdammt vorsichtig mit mir umgehen. Aber dann mache ich die Augen auf und sehe die ganz echte Sorge im Gesicht meines Freundes. Da wird mir klar, dass Jake nur ein guter Mann sein will. Und natürlich ärgert mich das auch, denn warum können meine Schwester und meine Freunde nicht sehen, wie sanft und verantwortungsvoll Jake sein kann? Warum müssen sie über einfach alles urteilen, was ich nur mache?

»Mad?«

»Mir geht's gut«, sage ich. »Ehrlich gesagt, besser als gut. Das war … äh … echt schön.«

»Gut. Ich hatte schon Sorge, dass du Panik kriegst wegen der Tierköpfe und …« Jake bricht ab. »Och, Scheiße.«

»Was?« Ich wälze mich auf die Seite. Vielleicht geht Jake endlich auf, wie gruselig es ist, Sex zu haben, während man von toten Tieren angeglotzt wird.

»Ich hab die Snacks im Auto gelassen.«

Ich verdrehe die Augen. Nur Jake kann an Chips denken, während er mit mir rummacht.

»Ist nur so … dass die Kondome in der Tüte sind. Die

sind ja irgendwie notwendig. Es sei denn, ohne geht klar mit dir?«

»Hm, nein. Die sind absolut notwendig.« Morgan nimmt seit letztem Jahr die Pille, soll gegen Krämpfe helfen, aber mein Spezialist hat mir abgeraten. Abgesehen davon reden Jake und ich nicht viel über vergangene Beziehungen. Die Chancen stehen gut, dass er rumgekommen ist, wie meine Mutter sagen würde, und noch eine Krankheit ist das Letzte, das ich gebrauchen kann.

»Ich hol die Tüten«, sagt Jake. »Du bleibst hier bei Melvin.«

»Ist Melvin die Antilope?«

»Nee.« Jake grinst. »Die Antilope habe ich Theodor getauft. Melvin ist der Polarfuchs.«

Ich lasse mich aufs Bett zurück fallen und lege mir ein Kissen aufs Gesicht, um Theodors leblosem Blick zu entgehen. Jake schließt die Schlafzimmertür hinter sich und innerhalb von Sekunden versiegt alle Energie in meinem Körper. Eben noch habe ich mit Jake rumgemacht und jetzt bin ich erschöpft. Ich sage mir, dass das alles psychologisch ist und ich mich wieder energiegeladen fühlen werde, wenn Jake zurückkommt. Lupusschübe treten nicht spontan auf. Aber dann spüre ich den vertrauten dumpfen Schmerz in den Handgelenken und Fingern. Ich schiebe die Hände unter den Hintern. Plötzlich kann ich nur noch an Moms blöde Liste von Symptomen denken.

Nach einem heftigen Lupusschub vor ein paar Jahren und Stunden in der Notfallklinik hat meine Mom mir eine laminierte Liste mit Symptomen an meine Pinnwand geheftet. Das war total erniedrigend. Ich kam mir vor wie eine Sechsjährige, die sich nicht mehr dran erinnern kann, wie man sich die Schuhe zubindet, nicht wie eine hochintelligente Fünfzehnjährige mit einer chronischen Krankheit. Aber jetzt taucht jedes Mal, wenn mir was weh tut oder mir nicht gut ist, sofort diese Symptomliste in zwölf Punkt Helvetica in meinem Kopf auf.

1. Ungewöhnliche Schmerzen oder Schwellungen der Gelenke.
2. Andauernde oder extreme Müdigkeit.
3. Plötzlich auftretendes Fieber von mehr als 37,8.
4. Entstehen eines schmetterlingsförmigen Ausschlags.
5. Geschwüre in Mund oder Nase.
6. Schwindel oder Schwierigkeiten beim Konzentrieren.
7. Verdauungsprobleme oder Bauchschmerzen.

Im Moment habe ich zwei von den sieben. Und da ich den Schmetterlingsausschlag, die Geschwüre oder die Bauchschmerzen nie kriege, bin ich im Grunde schon auf halbem Weg.

»Nein, nein, nein!« Ich schleudere das Kissen durch den Raum und zwinge mich in eine aufrechte Position. Bewegungen fallen mir schwer, sind aber nicht unerträglich. Ich hab so das Gefühl, dass Jake ohnehin lieber oben ist.

»Du hörst mir jetzt mal gut zu, Theodor.« Ich drohe dem Antilopenkopf mit dem Finger. »Diese Nacht lasse ich mir durch nichts kaputt machen. Nicht von meinem blöden Körper, nicht von meiner Mom und ihrer Symptomliste, nicht von Morgan und ihren ständigen Sorgen. Hast du mich verstanden?«

Theodor schaut ernst und verständnisvoll auf mich herab. Wenn jemand meinen Schmerz versteht, dann Theodor. Ehrlich gesagt, meine Probleme kommen ihm vielleicht banal vor. Theodor wurde der Kopf abgehackt und er wurde zu kitschigem Heimdekor umfunktioniert. Er ist eine Antilope mit echten Problemen.

Es klopft an der Tür und ich fahre mir mit den Fingern durch die Haare, damit sie noch ein bisschen so sitzen wie zu Beginn des Abends. Es mag ja zwei Uhr morgens sein, aber ich will immer noch schön aussehen.

»Jake? Mann, Klopfen ist echt nicht nötig.«

Die Tür öffnet sich einen Spalt und Zoe steckt den Kopf ins Zimmer. Hinter ihr schnauft meine Schwester. Sie hasst es, wenn ich so rede wie Jake, aber darauf habe ich mittlerweile keinen Einfluss mehr. Zuerst war es eine Art Ironie, wenn ich mein Vokabular mit »Dude« und »Bruder« und so weiter gesprenkelt habe, aber man kann kein ganzes Jahr mit jemandem verbringen, ohne einige von seinen Eigenarten zu übernehmen.

»Ach. Du bist das.« Die Wörter kommen gröber rüber als beabsichtigt, also beeile ich mich, richtigzustellen: »Ich hab nicht dich gemeint, Zoe. Ich rede von …« Ein verletzter Ausdruck zuckt über Morgans Gesicht und mir wird klar, dass ich die Lage verschlimmert habe.

»Wir wollten wirklich nicht stören«, sagt Zoe. »Ich habe gerade mit meinem Onkel telefoniert – und seine Katze wohnt hier. Nun könnte man meinen, dass er diese wesentliche Information Gästen vorab mitteilt, aber er hat beschlossen, mich mitten in der Nacht über unseren tierischen Mitbewohner in Kenntnis zu setzen. Unter anderem.«

Zoe spitzt die Lippen und ich frag mich, was dieser Mistkerl von Onkel sonst noch zu ihr gesagt hat. Seit sie Anfang des Jahres in Yale auf die Warteliste gekommen ist, lässt er fiese Bemerkungen und subtile Beleidigungen gegen Zoe ab. Als ob es nicht schon schmerzlich genug wäre, nicht auf die Alma Mater der Familie zu kommen.

»Also, habt ihr irgendwo eine Katze gesehen?«, fragt Zoe.

Ich will gerade sagen, dass eine Katze wahrscheinlich einen Raum mit Tierköpfen an der Wand meiden würde, als ich einen schrillen Schrei höre.

»Ist das Julia?« Ich springe vom Bett, ignoriere dabei den Schmerz im Knie, mache mir aber gleich Vorwürfe, weil ich mich so schnell bewegt habe.

»Klingt wie Julia«, sagt Morgan.

»DA, DAS IST EINE HÖLLENKATZE, GENAU DA!« Julias Stimme gellt durch den Flur.

»Sollen wir die Katze vor Julias Zorn in Sicherheit bringen?«, fragt Zoe Morgan.

Meine Schwester, die anscheinend keinerlei Absicht hat, weiter mit mir zu interagieren, ist den Flur schon halb runter. Zoe dreht sich zu mir um. »Genieß die Nacht mit Jake, okay? Und ganz im Ernst, wenn dieser Raum zu gruselig ist, dann zieht doch nach nebenan.«

»Danke. Tut mir leid, dass ich dich vorhin angeblafft habe.«

»Kein Problem. Ich erinnere mich nicht mal mehr dran«, sagt Zoe mit einem Seufzer.

Sie fasst das perfekt geglättete Haar zum Pferdeschwanz zusammen und lässt ein paar schwarze Strähnen über die Schultern fallen. Ich schaue mir meine Freundin genauer an und zum ersten Mal bemerke ich die Schatten unter ihren Augen. Die Kombination von lilafarbigen Halbkreisen und Blässe gibt ihrem Gesicht was. Zoe ist der Typ Mensch, der sich immer zu viel abverlangt und nie genug Schlaf bekommt, weil sie für extra Punkte in Physik arbeitet. Aber normalerweise sieht sie nicht so erschöpft aus.

»Hey, Zoe?«, sage ich, als sie den Raum verlassen will. »Alles in Ordnung mit dir?«

»Mir geht nur gerade viel durch den Kopf.« Zoe zuckt die Achseln und ringt sich ein Lächeln ab. »Mach dir um mich keine Sorgen.«

Alex

Der zweite Warteraum ist identisch mit dem ersten. Der gleiche fleckige Teppich, die gleichen monatealten Zeitschriften, die gleichen zerkratzten Sofas. Aber dieser Warteraum liegt im dritten Stock. Er ist dem Raum näher, in dem der Chirurg Halmoni operiert, und weit weg von den verstörten Familien und kranken Kindern, die durch die automatischen Glastüren strömen. Eine freundliche Rezeptionistin hat uns einen friedlichen Wartebereich versprochen und uns hierhergeführt, aber die Stille dieses Raumes fühlt sich schlimmer an als das Chaos im Erdgeschoss. Die unausgesprochenen Worte schrillen lauter als verzweifeltes Babygeschrei und klingelnde Telefone.

Leah und Jenny sitzen zusammen auf dem Sofa und lösen eins von diesen »Finde 10 Fehler«-Bilderrätseln in einer alten Fernsehzeitschrift. Normalerweise beharrt Jenny darauf, dass Viertklässler zu alt für solche Kleinkinderspiele sind, aber als Leah vorgeschlagen hat mitzuspielen, ist sie sofort einverstanden gewesen. Seitdem starrt Jenny obsessiv auf Leahs manikürte Nägel und ihr Paillettenkleid. Jenny hängt sich immer an die Mädchen in meinem Freundeskreis, bei Leah macht sie keine Ausnahme. Hoffentlich fragt sie Leah nicht nach ihrem Kinderwunsch (wie sie es bei Julia gemacht hat) und fängt an, ihre Haare zu betatschen (ein ständiges Vorkommnis bei Madison und Morgan).

Mom läuft vorm Kaffeeautomaten im Kreis herum und tippt wild auf ihr Handy ein. Meine Mom hat zwei ältere Brüder, die beide in Korea leben. Ich nehme also an, dass sie Updates zu Halmoni verschickt. Es wurde davon gesprochen, dass meine Onkel sich ins Flugzeug setzen und nach Oregon fliegen würden, aber Dad hat immer wieder »so ernst ist es noch nicht« gesagt. Ich weiß nicht, was »noch« in diesem Zusammenhang bedeuten soll, aber ich weiß genau, dass ich es nicht herausfinden möchte. Für einen kurzen Augenblick hält Mom inne und macht einen ungeduldigen Schnalzlaut mit der Zunge, aber dann steckt sie sich ein paar lose Haarsträhnen hinters Ohr und läuft weiter im Kreis.

Dad und ich sitzen auf unserem eigenen Sofa gegenüber von Leah und Jenny. Sein Blick ist ständig zwischen mir und Leah hin und her gewandert, mit einem Lächeln auf den Lippen. Schließlich lehnt er sich zu mir rüber und lässt die Frage raus, die er mir schon die letzten zwanzig Minuten stellen will.

»Ist diese Leah nun deine Freundin?«

Ich kicke eine Falte im Teppich. Ich möchte Dad sagen, dass seine Schwiegermutter gerade operiert wird und damit jetzt nicht der richtige Zeitpunkt für Tratsch ist, aber ich weiß, das würde nicht gut ankommen. Stattdessen antworte ich ehrlich: »Nein. Ich habe sie heute Abend erst kennengelernt.«

»Sie könnte doch noch deine Freundin werden.« Dad lässt die Augenbrauen anzüglich wackeln. Und ganz offen gesagt: Es ist peinlich, wenn ein Mann mittleren Alters etwas Anzügliches mit seinen Augenbrauen anstellt. »Wenn du irgendwie Ähnlichkeit mit mir oder deiner Mutter hast …«

»Dad. Ich weiß, was jetzt kommt.«

Das ist die Lieblingsgeschichte meines Dads, die er gern auf Dinnerpartys zum Besten gibt. Und auf Elternabenden, wenn der Lehrer den Fehler macht, auf Biochemie zu sprechen zu kommen.

Meine Eltern waren die einzigen koreanischen Studierenden in ihrer aus sechzig Leuten bestehenden Chemie-Laborgruppe Ihr Professor, der wegen seines nicht gerade subtilen Rassismus zwei Jahre später suspendiert wurde, ließ sie zusammenarbeiten, denn er ging davon aus, dass ein Asiate und eine Asiatin in der Lage sein würden, sich zu verständigen. Meine Mom, internationale Studentin aus Daejeon, sprach fast kein Englisch, und mein Dad, ein Pfadfinder aus Park City, Utah, sprach noch weniger Koreanisch. Aber da war sofort ein Draht, behauptet Dad immer. Mom lächelt nur, nickt und bestätigt seine revisionistische Geschichte stumm.

Die Sprachbarriere war kein Problem für sie, prahlt Dad. Dann beendet er die Geschichte mit dem Einzeiler, der bei meinen Freunden ein Kichern hervorruft, bei meinen Lehrern peinliches Schweigen und beim Zahnarzt vermutlich die Aufforderung, jetzt mal gaaaanz weit aufzumachen: *Denn geredet haben wir nicht so viel, wenn Sie wissen, was ich meine,* sagt Dad zwinkernd und wackelt mit den Augenbrauen. Immer dieses Augenbrauenwackeln.

»Ich sag ja nur, Liebe auf den ersten Blick gibt es.«

»Okay, gut«, lenke ich ein. »Aber hier gibt es das nicht. Leah ist eine Freundin von Julia. Das Date hat sich zufällig ergeben, weil ich keine Begleitung für den Abschlussball hatte.«

»Nun können du und Leah Doppeldates mit Julia und Kevin verabreden.« Dad hat überhaupt nicht kapiert, was hier los ist. »Doppeldates sind gut für junge Leute. Dabei bleibt alles ganz entspannt.«

»Können wir über was anderes reden?«, frage ich. Wir sind gefährlich nah dran, meine sexuellen Aktivitäten zum Thema zu machen, ein Elterngespräch, das ich für den Rest meines Lebens zu vermeiden gehofft hatte.

»Deine Mutter mag sie. Das ist gut. Es ist wichtig, dass die Frauen in deinem Leben miteinander auskommen.« Er nickt weise, hochzufrieden mit seiner Analyse.

»Mom ist im Schockzustand«, sage ich. »Allein deshalb hasst sie Leah nicht.«

»Deine Mutter ist eine sehr aufgeschlossene Frau.«

Ich tu so, als würde ich husten, damit ich nicht loslache. Meine Mutter ist gegenüber allem auf der Welt aufgeschlossen, die Verabredungsgewohnheiten ihres Erstgeborenen ausgenommen. Hand aufs Herz, eher stimmt sie Jennys Verlobung zu, bevor sie auch nur den Gedanken an mich mit einem Mädchen zulassen würde. Einmal ist sie in mein Zimmer gekommen, als Kevin und ich *Grey's Anatomy* geguckt haben, und hätte fast einen Herzinfarkt gekriegt, weil sie dachte, es wäre Porn.

Ich runzele die Stirn, als mir diese Worte im Kopf rumschwirren. Wann ist »einen Herzinfarkt kriegen« eigentlich zu einer Redewendung geworden? Herzinfarkte sind ernsthafte Angelegenheiten. Nichts, worüber man Witze macht. Mental lege ich das Gelübde ab, diese Redewendung für immer aus meinem Vokabular zu streichen.

»Alex …« Dad lehnt sich weit zu mir rüber und hält die Hand so an den Mund, als wollte er ein Geheimnis enthüllen. »Du und Leah, ihr wisst doch, wie ihr auf Nummer sicher geht, oder? Denn …«

»Toilette!«, verkünde ich zu laut, als ich von meinem Platz aufspringe. Alle im Warteraum starren mich an. Ich senke die Stimme. »Ich meine, ich muss mal zur Toilette. Ich bin gleich wieder da.« Ich beeile mich, aus dem Zimmer zu kommen, ehe mein Dad etwas sagt, das ich nie wieder aus dem Gedächtnis löschen könnte.

Vor der Tür bleibe ich stehen, mein Blick sucht den Flur nach den Toiletten ab, aber ich kann nur andere Warteräume entdecken, einen leeren Schwesterntresen und Türen, auf denen »Zugang nur für Krankenhauspersonal«

steht. Ich biege nach links ab und halte auf den Fahrstuhl zu. Eben habe ich der ganzen Welt verkündet, dass ich aufs Klo gehe, da kann ich das auch umsetzen.

Ich starre auf den Plan, der neben dem Fahrstuhl aushängt, und versuche mich in diesem Labyrinth von Krankenhaus zurechtzufinden. Und ich bin schon fast vollständig orientiert, als ich hinter mir Schritte höre.

»Alex, warte.« Ich drehe mich um und sehe Leah, die auf mich zugejoggt kommt.

»Ich gehe zur Toilette«, sage ich.

»Ja, das weiß das ganze Wartezimmer«, sagt sie. Peinlich berührt zucke ich zusammen, aber Leah lächelt und zupft an meiner Hand, um mir zu verstehen zu geben, dass sie einen Witz gemacht hat. »Ich dachte daran, zu gehen, um …«

»Du gehst!?« Wieder sind meine Worte lauter, als ich beabsichtigt hatte, aber der Gedanke, dass Leah mich verlässt, erfüllt mich mit erstaunlich viel Grauen. Vor weniger als einer Stunde habe ich ernsthaft erwogen, sie im Auto sitzen zu lassen. Jetzt habe ich das Gefühl, der labile Frieden im Warteraum könnte zerbrechen, wenn sie nicht da ist. Ich räuspere mich und bemühe mich darum, ruhig zu wirken.

»Sorry, bin nur überrascht. Es ist total in Ordnung, wenn du gehen willst. Du hast da diese After-Party, stimmt's? Da solltest du definitiv hingehen. Übrigens, warum nimmst du nicht mein Auto? Also, nicht auf Dauer, denn genau genommen ist es das Auto meiner Mom, aber für heute Nacht.« Ich fasele, aber ich halte die Autoschlüssel hoch, um meine Worte zu unterstreichen.

»Alex, chill mal«, sagt Leah. »Die Party lasse ich sausen. Ich hab Jenny gesagt, dass wir als Nächstes das Silbenrätsel machen, und ich nehme meine Rätsel-Versprechen ernst.«

Ich atme laut aus und versuche nicht mal, meine Erleichterung zu verbergen. »Was ist mit der Party.«

»Äh, Jason Womack schmeißt sie und irgendwie ist der ein Blödmann.« Leah zuckt mit den Schultern, aber ich kann die Enttäuschung in ihrem Gesicht sehen.

Wäre ich ein besserer Mensch, würde ich Leah sagen, dass es mir ausgezeichnet geht, und sie zwingen, zu der Party zu fahren, was eindeutig das ist, was sie machen möchte. Aber weil ich in diesem Krankenhaus bin, die Panik meiner Mom höre, meinen Vater mit sinnlosen Gesprächen beruhige, während Halmoni um ihr Leben kämpft ... habe ich das Gefühl, ich ertrinke und Leah ist meine Rettungsweste. Völlig ausgeschlossen, dass ich schon ganz allein schwimmen könnte.

»Bist du sicher?«, frage ich. »Ich hätte Verständnis dafür,wenn du gehen willst ...« Ich lasse den Satz ins Leere laufen.

»Nein, wirklich, die Party ist mir ganz egal«, sagte Leah und das hört sich jetzt tatsächlich an, als würde sie es so meinen. »Aber ich dachte, ich verschwinde mal ein paar Minuten und hole was zu essen für deine Familie. Es ist schon Stunden her, seit ihr das letzte Mal was gegessen habt, und ich habe den Magen deiner Schwester knurren hören.«

»Oh. Das musst du nicht tun.« Ich schaue auf meine Füße, damit Leah die Hitze in meinem Gesicht nicht sieht. Das ist ein nettes Angebot, zu nett vielleicht. »Also, das wäre cool, aber wenn es zu viel Mühe macht …«

»Das macht überhaupt keine Mühe«, sagt Leah. »Ich hab auf mein Handy geguckt – und da ist ein IHOP-Schnellrestaurant auf der anderen Straßenseite. Sag mir einfach, was du haben willst.«

»Hm, keine Ahnung. Einen Salat?«

»Kein Mensch isst Salat bei IHOP.« Leah unterdrückt ein Lächeln. »Vergiss es. Ich hol dir Pfannkuchen mit Schokostückchen.«

Als sie Pfannkuchen mit Schokostückchen erwähnt, läuft mir die Spucke im Mund zusammen. Das Essen beim Abschlussball sah zu eklig aus, um es anzurühren, und mittags hatte ich nichts weiter als ein Erdnussbuttersandwich.

»Hier, lass mich dir wenigstens Geld geben.« Ich ziehe das Portemonnaie aus der Tasche.

»Kommt nicht infrage.« Leah schiebt mein Portemonnaie weg, nimmt aber die Autoschlüssel, die immer noch an meinen Fingern baumeln. »Mein Dad hat mir zweihundert Dollar in die Hand gedrückt, bevor ich aus dem Haus gegangen bin. Ich komme aus.«

»Wie kommt dein Dad darauf, du würdest zweihundert Dollar für den Abschlussball brauchen?«

»Keine Ahnung.« Leah grinst. »Aber ablehnen wollte ich auch nicht.« Sie drückt den Abwärtsknopf am Fahrstuhl. »Du entspannst dich und ich bin gleich wieder da mit dem Essen.«

»Okay, tausend Dank auch.«

»Kein Problem.«

»Nein, im Ernst.« Ich nehme ihre Hände und schaue ihr direkt in die Augen. »Danke.«

Als ich zurück zum Warteraum gehe, ruft Leah mir hinterher. »Auf dem einen Bild ist die Ente grün, auf dem anderen braun.«

»Hä?« Ich drehe mich um.

»Deine Schwester kann den letzten Fehler auf den Bildern nicht finden. Sag ihr, sie soll sich die Ente ansehen.«

»Oh, gut.«

»Und … Alex?«

Wieder drehe ich mich um.

»Direkt hinter dir ist eine Toilette.«

Lasst es uns tun!

Gruppenchat
01:27

Zoe: Update zum Katzenproblem. Die Katze meines Onkels hält sich hier auf, weil meine Tante allergisch ist. Ich weiß nicht genau, wie das funktioniert, aber es bedeutet, dass wir uns heute Nacht um die Katze kümmern müssen.

Julia: DIESE KATZE IST EIN VERDAMMTER DÄMON

Zoe: Die Katze ist eine Wohnungskatze und darf unter keinen Umständen raus, also macht die Fenster nicht auf und behaltet die Türen im Auge!

Julia: Was ist, wenn ich ihr zufällig die Tür vor den Kopf knalle?

Morgan: WTF Julia?!?! Das ist eine unschuldige Katze.

Julia: JULIA HAT EINE SEHR VERNÜNFTIGE UND BERECHTIGTE ANGST VOR KATZEN

Morgan: Warum sprichst du in der dritten Person von dir?

Julia: WEIL JULIA GESTRESST IST

Morgan: Kev, ist mit Julia alles okay?

Kevin: Ja, es geht ihr bestens. Wie sieht es mit meinen Doritos aus?

Heute 1:33: Julia gibt dem Chat den Titel: »ALLE KATZEN SIND BÖSE«

Madison: Sorry, hab vergessen euch zu sagen, dass die Doritos und Gummiwürmer in der Küche sind.

Kevin: Du bist meine Heldin.

Morgan: Im Ernst, Julia??

Madison: Ich weiß, dass ich das bin.

Zoe: Wie ich schon sagte, achtet auf Türen und Fenster. Morgan und ich kümmern uns um das Katzenklo.

Kevin: Weil einen nichts mehr antörnt, als Katzenklos sauber zu machen.

Madison: Iiihhh

Heute 1:47: Morgan gibt dem Chat den Titel: »JULIA MUSS SICH VERDAMMT NOCH MAL ABREGEN«

Alex: Es gibt ein Katzenproblem?

Zoe: Ja, mein Onkel hat seine Katze hiergelassen und ich soll mich drum kümmern.

Alex: Ach, das hört sich ja süß an.

Kevin: Erzähl das mal Julia.

Alex: Haha, die hat was gegen Katzen, oder?

Heute 1:49: Julia gibt dem Chat den Titel: »MORGAN SOLLTE JULIAS KATZENPHOBIE LIEBER ERNST NEHMEN«

Kevin: Wie läuft es bei dir im Krankenhaus?

Alex: Jede Menge Warterei. Wird noch eine ganze Weile dauern, bis wir was Neues erfahren.

Julia: Ist Leah noch bei dir?

Alex: Ja, sie war fantastisch. Sie hat mit meiner kleinen Schwester gespielt und gerade ist sie losgezogen, um was zu essen für uns zu besorgen.

Morgan: Anbetungswürdig.

Julia: Wir haben hier Seelenverwandte zueinander geführt 😉

Alex: Gott, ihr seid schlimmer als mein Dad.

Kevin: Versucht er, euch zu verkuppeln?

Alex: Es ist so seltsam. Sogar meine Mom scheint Leah zu mögen. Aber ich glaube, sie kann nicht klar denken angesichts der Umstände.

Kevin: Sorry

Alex: Julia, hast du Leahs Handynummer? Nur für den Notfall. Ich hab vergessen, sie zu fragen.

Julia: Nur für den Notfall, was? 😉😉😉

Alex: Lässt du das mit den Zwinkeremojis bitte?

Julia: Sorry, wollte dich nur aufmuntern ☹️☹️☹️

Alex: Die traurigen Emojis sind genauso schlimm!

Julia: Okay, okay, ich hör schon auf. Ich schicke dir Leahs Nummer.

Alex: Danke! Ich hoffe, ihr fahrt drauf ab, wenn eine Katze euch dabei zuguckt 😉

Julia: ALEXANDER MICHAEL SONG. DAS IST EINDEUTIG EINE HÖLLENKATZE.

Kevin: lol

Heute 1:57: Morgan gibt dem Chat den Titel: »JULIAS FLOTTER DREIER MIT KATZE«

Julia

»Die Katze ist weg, Jules.«

»Wahrscheinlich sitzt sie auf dem Flur und weidet sich an meinem Elend.«

Mein Blick weicht nicht vom Schlitz zwischen dem unteren Teil der Tür und dem Teppich.

Als ich acht Jahre alt war, wollte ich die Nachbarskatze streicheln. Ich fand, sie war hinreißend – damals. Sie hatte langes graues Fell, strahlend grüne Augen und einen Schwanz so dick und flauschig wie ein Staubwedel. Aber als ich versuchte sie zu streicheln, flippte die Katze aus. Sie zischte und fauchte und zerkratzte mir Gesicht und Arme so übel, dass ich in die Notaufnahme musste. Obwohl die Ärzte feststellten, dass ich weder Tollwut noch Katzenkratzkrankheit kriegen würde (eine echte Krankheit, die diese pelzigen Ungeheuer verbreiten), habe ich das Krankenhaus mit einer lähmenden Angst vor Katzen verlassen.

Vor der gescheckten Katze meiner Tante.

Vor den beiden Siamkätzchen von meiner Freundin Markelle.

Vor dem unheimlich knochigen Streuner in unserer Nachbarschaft.

Im Zoo mache ich sogar einen Bogen um Löwen und Tiger (und Pumas, Berglöwen und Jaguare), weil die mich alle an Hauskatzen erinnern.

Und jetzt wird mir diese bescheuerte Höllenkatze die ganze verdammte Nacht versauen.

Im Internet habe ich eingehende Recherchen zu meiner Angst vor Katzen betrieben, die als Ailurophobie bezeichnet wird. So was ist nicht so ungewöhnlich, wie man vielleicht denkt, besonders bei Leuten wie mir, die traumatische Erlebnisse mit Katzen hatten. Es gibt therapeutische Verfahren, die helfen könnten, aber als ich meinem Arzt die Ausdrucke gezeigt habe, meinte er, meine Angst vor Katzen wäre nicht belastend genug, um eine Behandlung zu rechtfertigen. Ich habe vehement dagegen gehalten. Wenn ich ihn nächstes Mal sehe, kann ich meine Erfahrungen mit der Höllenkatze anführen und endlich eine Überweisung einstecken.

»Wie kann ich helfen?« Kevin setzt sich aufs Bett, zwischen mich und die Tür, deshalb muss ich ihn ansehen.

»Mach die Katze kalt.« Im Chat war das ein Witz gewesen, aber nur mit einem Mord lässt sich die Bedrohung endgültig eliminieren.

»Wie wär's denn, wenn wir die Tür abschließen? Und den Sessel unter den Türknauf schieben, sodass die Höllenkatze keine Chance hat reinzukommen. Nicht mal, wenn ihr wie von Zauberhand Daumen wachsen.« Kevin lacht über seinen eigenen Witz. Er macht sich über mich lustig, aber er hat auch meinen Kosenamen für die Höllenkatze benutzt, also lasse ich es durchgehen.

»Gut. Du rückst die Möbel.« Ich verschränke die Arme vor der Brust und mache klar, dass ich nicht die Absicht habe, das sichere Bett zu verlassen.

»Wir müssen auch einen Priester holen, der Weihwasser sprenkelt, Weihrauch verbrennt oder sonst was. Damit wir all die schlechten Katzenvibrationen hier rauskriegen. So was in Richtung Exorzismus.«

»Okay, ich versperre die Tür«, sagt Kevin und klettert vom Bett. »Ruf du nur einen katholischen Priester um 2 Uhr morgens an und erkläre ihm, dass wir jemanden brauchen, der dieses Schlafzimmer segnet, damit wir vorehelichen Sex praktizieren können. Ich hab gehört, so was lieben Priester.«

Kevin mag mein Verhalten ja lächerlich finden, aber er macht seine Sache gut, als er das Schlafzimmer verbarrikadiert. Zuerst stopft er Handtücher unter die Tür, so wie man es bei einem Brand machen soll. Dann verriegelt er die Tür und prüft auf meine ausdrückliche Bitte noch drei Mal, ob sie wirklich zu ist. Schließlich schiebt er den Polstersessel quer durchs Zimmer und rammt die Rückenlehne unter den Türknauf, um damit zu verhindern, dass irgendjemand – oder irgendwas – in den Raum kommt. Ich schätze mich unglaublich glücklich, mir so einen perfekten Freund geangelt zu haben. (Ich mein ja nur, wenn dein Mann ein Schlafzimmer nicht katzensicher machen kann, willst du dann wirklich mit ihm zusammen sein?)

»Besser so?« Kevin klettert wieder aufs Bett.

»Tausendmal besser, danke.«

»Kannst du dich jetzt auf uns konzentrieren?«

»Absolut. Die Höllenkatze ist für mich gestorben.«

»Gut.« Kevin macht es sich auf dem Kissen bequem und nimmt meine Hand.

»Gut«, wiederhole ich.

Der Stress wegen der Höllenkatze löst sich in Luft auf und plötzlich fühle ich mich komisch, weil mir der Pakt wieder einfällt. Das ist unser Augenblick. Kevin und ich haben das ganze nicht jugendfreie Zeug schon gemacht, aber das hier ist neu für uns. Wir reden hier über richtigen Penis-in-Vagina-Sex. Die echte Sache.

Vielleicht sollte ich dem nicht so viel Bedeutung beimessen. Letzte Woche in der Cafeteria hat Zoe eine Wutrede gehalten und erläutert, dass das ganze Konzept der Jungfräulichkeit ein heteronormatives Konstrukt sei. Und ich war da absolut einig mit ihr. Sie und Morgan sind schon viel erfahrener als wir anderen, trotzdem gibt es auf *Reddit* Beiträge, in denen behauptet wird, Sex zwischen zwei Mädchen würde nicht zählen. Und das ist in jeder Beziehung zum Kotzen.

Jeder kann verfickt noch mal für sich selbst entscheiden, was als Ficken zählt, hatte Zoe über ihr Tablett mit Chicken Nuggets und Dosenpfirsichen hinweg gebrüllt.

Oder wir schaffen das Konzept mit der Jungfräulichkeit ganz ab, hatte Morgan entgegnet.

Sie hatten beide ausgezeichnete Argumente. Aber wenn ich für mich entscheide, wie Zoe das vorgeschlagen hat, ist dies ganze Penis-in-Vagina-Ding doch irgendwie wichtig. Es fühlt sich irgendwie anders an als alles, was Kevin und ich bisher gemacht haben.

Ich hab mal eine Reality-Sendung über Mädchen gesehen, die mit dem Sex bis zur Ehe warten wollten, und die waren starr vor Angst, weil sie befürchteten, dass ihre Ehemänner furchtbar im Bett wären. Genauso fühle ich mich jetzt, nur dass ich Angst habe, selber diejenige zu sein, die furchtbar ist.

Total naiv bin ich nicht. Die letzten vier Jahre habe ich eine öffentliche Highschool besucht. Ich habe Liebesromane gelesen. Gestern Abend habe ich einen *True-Crime*-Podcast gehört, während ich einen *Cosmo*-Artikel mit der Überschrift »13 wichtige Tipps fürs erste Mal« gelesen habe.

Aber das ist immer noch nicht dasselbe wie leibhaftiger Sex (im wahrsten Sinne des Wortes).

»Alles okay?«, fragt Kevin.

»Jaja.« Ich hole Luft. »Nur ein bisschen nervös.«

»Wenn du nicht willst ...«

»NEIN!«, brülle ich aus Versehen. Ich werfe einen Blick zur Tür, weil ich einen Augenblick lang besorgt bin, Höllenkatze könnte mich gehört haben und alternative Routen ersinnen, um ins Zimmer zu gelangen. »Sorry. Ich will das nur unbedingt auf jeden Fall wirklich. Ich bin echt so weit, weißt du?«

Kevin lächelt. »Ich will das auch wirklich.«

»Ist nur Lampenfieber oder so«, sage ich. »Wie wär's, wenn du anfängst?«

»Hm, okay?« Einen Moment guckt Kevin verwirrt, aber er macht keinen Rückzieher. Stattdessen streicht er die Bettdecke glatt, schiebt mir sachte ein Kissen unter den Kopf und setzt sich rittlings auf meinen Körper. Er streicht mir den Pony aus dem Gesicht, beugt sich zu mir runter und küsst mich … ganz zärtlich zuerst. Ich erwidere seinen Kuss und bald ziehe ich ihn an mich, drücke mein Becken an seins. Hier waren wir schon mal, irgendwie. Aber nun ist das Kribbeln stärker als sonst. Es ist, als würden alle Sinne in meinem Körper, alle Nervenenden, aufgeregte Botschaften an mein Hirn senden. Diese Nervenenden wissen, dass es zur Sache geht.

Dieses Mal gehen wir bis zum Äußersten.

Im *Cosmo*-Artikel stand, das anregende Vorspiel ist ein Muss. Also, je erregter du bist, desto besser wird der Sex. Und wenn man aus diesem Vorspiel Schlüsse ziehen kann, dann wird der richtige Sex megafantastisch. Wir sind erst ein paar Minuten dabei und ich hab schon das Gefühl, ich platze gleich. Vielleicht, weil die Erwartungen so hoch sind. Oder vielleicht, weil es Wochen her ist, seit Kevin und ich das letzte Mal die Mittagspause geschwänzt haben, um in seinem Auto rumzumachen.

Ich versuche mich ein bisschen zu beruhigen. Wenigstens bis ich die Sachen aus meiner Handtasche geholt habe. Selbstverständlich brauchen wir Kondome, damit der Sex so sicher wie nur möglich ist, obwohl ich auch die Pille nehme. (Ich bin der Typ Mensch, der jede Vorsichtsmaßnahme trifft. Man sehe sich nur an, was Kevin für mich tun musste, um die Tür katzensicher zu machen.)

Aber ich habe mich noch mit anderen Sachen ausgerüstet. Im *Cosmo*-Artikel wurde Gleitgel empfohlen. Das hatte ich schon in den entsprechenden Regalen des Drogeriemarkts gesehen, doch nie erwogen, es zu benutzen. Offenbar macht Gleitgel Sex viel einfacher für Ersttäter. Besonders Ersttäter mit Vagina.

Ich krieche unter Kevin raus und husche durch den Raum zu der Stelle, wo ich meine Handtasche fallen lassen habe. Ich wühle unter meinem Portemonnaie und dem Ladegerät, bis ich auf das Gesuchte stoße: eine Tube Premium-Gleitgel und eine Packung Kondome Größe M.

(Ich habe Kevins Penis nur ein paarmal gesehen und es ist nicht so, dass ich irgendwelche anderen Genitalien als Vergleich hätte. Aber auf Nachfrage hat Kevin errötend eingestanden, dass er nicht so besonders groß ist. Woraufhin ich ihm umgehend versichert habe, dass mir das nur recht sei. Ein kleiner bis mittelgroßer Penis schüchtert mich weit weniger ein als die Vorstellung, mir ein Riesending in den Körper schieben zu müssen. Warum ist *das* etwas Wünschenswertes?)

»Ich hab dir doch gesagt, dass ich Kondome mitbringe«, keucht Kevin, als ich zu ihm zurückkomme.

»Meine Kondome sind besser. Die sind auf beiden Seiten gerippt für maximales Lustempfinden.«

»Brauchen wir wirklich besondere Kondome?«, fragt Kevin.

»Du wirst dich nicht beschweren, wenn du maximale Lustempfindungen hast«, sage ich. »Und ich habe Gleitgel dabei.«

»Ist nicht schon Gleitgel auf den Kondomen?«

»Vertraust du mir wohl endlich? Ich habe recherchiert.«

Ich schlüpfe aus meinem Ballkleid, während Kevin sich sein Oberhemd auszieht und den Reißverschluss seiner Hose aufmacht. Das ist wie eine dieser hektischen Szenen vor dem Sex, die man in Romantischen Komödien sieht. Ehrlich, ich sehe sogar einen Knopf fliegen. In einer fließenden Bewegung schlüpfe ich aus der Unterwäsche – ein lila Spitzentanga, den ich mir extra für heute Nacht bei Victoria's Secret gekauft habe – und gleite wieder unter Kevin. Ich reiche ihm die Kondome und er reißt die Verpackung mit den Zähnen auf. Echt, das ist der Inbegriff von sexy.

»Gib mir ne Sekunde«, flüstert Kevin. Er legt sich wieder auf mich, drückt mir das Gesicht an den Hals und streichelt meine Brüste, bis ich spüre, dass er wieder hart wird. Ich stöhne leise.

»Was ist?«, fragt Kevin. »Bin ich zu schwer?«

»Nein, nein. Du bist perfekt. Das ist perfekt. Mach weiter.«

»Okay.« Kevin gibt mir das Kondom und lehnt sich zurück. Ich versuche es ihm irgendwie sexy überzustreifen, habe aber immer nur Zoe und mich im Biounterricht vor Augen, als wir kichernd Kondome über Biobananen gezogen haben. Fürs Protokoll, es ist viel einfacher, ein Kondom über einen Penis zu streifen als über eine total krumme Banane. Vielleicht wäre alles viel leichter gewesen, wenn Ms Nelson nicht darauf beharrt hätte, nur bio zu kaufen.

Kevin hat recht gehabt. Das ist ein Kondom mit Gleitgel, aber das hier ist unser erstes Mal und wir sind auf maximales Lustempfinden aus *und* maximale Bequemlichkeit. Dafür ist definitiv noch extra Gleitmittel nötig. Ich schnappe mir die Tube vom Nachttisch und versuche mir einen Klacks auf die Handfläche zu spritzen, verliere aber die Kontrolle und aus dem Klacks wird schnell eine Handvoll.

»Heilige Scheiße, das ist eine Menge Gleitgel«, sagt Kevin.

»Mist, Mist, Mist. Was mache ich jetzt?« Ich halte die Handvoll Gleitgel hoch wie eine Friedensgabe.

»Keine Ahnung. Das, was du von Anfang an damit vorhattest.«

Ich massiere ein bisschen was davon über den gesamten Bereich, aber meine Hand ist glitschig und das Gel verteilt sich überall – auf meinen Beinen, auf Kevins Beinen, den Laken und irgendwie auch, ich kann es nicht erklären, auf meinem linken Ohr. Die ganze Situation entgleitet mir. (Wortspiel beabsichtigt.)

»Das ist so viel Gleitgel«, sagte Kevin, wie immer Meister der Untertreibung.

»Ich weiß, ich weiß. Aber Feuchtigkeit ist gut. Erleichtert das Eindringen, oder?«

Kevin lacht und wir machen noch ein bisschen mehr rum, unsere Körper reiben sich aneinander. Ich verliere den Überblick darüber, was genau passiert, aber es fühlt sich gut an. So viel weiß ich. Nach einer Weile löst Kevin sich von meinen Lippen.

»Bereit?«, fragt er.

»Ja, ich bin bereit.«

Nach ein paar Fehlversuchen kommen wir endlich voran. Ich lege den Kopf weit zurück, schließe die Augen, öffne die Lippen, stöhne. Dann erwischt es mich. Ein scharfer, schneidender Schmerz, der weit über das »leichte Unbehagen« hinausgeht, auf das mich der Artikel in der *Cosmo* vorbereitet hatte.

»Au, au, au. Stopp! Au.«

»Was?« Kevin reißt die Augen auf und zieht sofort zurück.

Der Schmerz verschwindet genauso schnell, wie er gekommen ist.

Ich höre, wie Kevin mich tröstet.

Ich spüre seine Hand, die sanft meinen Schenkel streichelt.

Aber ich kann nur an zwei Dinge denken. Den schneidenden Schmerz, den ich im Augenblick des Eindringens gespürt habe. Und dass ich jetzt in einer verdammten Riesenpfütze Gleitgel liege.

Zoe

»Glaub mir, du hast nicht gehört, in welchem Ton sie gesprochen hat.«

Morgan telefoniert schon fast zwanzig Minuten mit ihrer Mom. Ich liege ausgestreckt auf einem Ledersessel im Wohnzimmer, scrolle gedankenlos auf meinem Handy und lausche dem Gespräch. Morgan hat kein Problem damit, wenn ich zuhöre. Aber mir ist schwindelig geworden, ihr dabei zuzuschauen, wie sie ununterbrochen um die Kücheninsel herummarschiert. Da habe ich beschlossen, dass es besser ist, durch Instagram zu scrollen.

Wenn man die stark bearbeiteten Fotos in meinem Feed sieht, würde man denken, dass unser Abschlussball das perfekte gesellschaftliche Ereignis war. Die Mädels aus dem Abschlussballkomitee halten Flaschen mit perlendem Traubensaft und lächeln vor einer Limousine. Die kerngesunden Mädchen der Volleyballmannschaft posieren in aufeinander abgestimmten roten Kleidern neben einer Magnolie, während die weniger kerngesunden Volleyballmädchen bei irgendwem im Keller abgelichtet sind, wo sie aus Plastikbechern trinken. Die Single-Mädchen posten alberne Actionfotos mit ihren Freundinnen, auf denen sie mitten im Sprung zu sehen sind, und die Mädchen in Beziehungen seriöse Bilder, auf denen sie ihre Angebeteten sehnsuchtsvoll anschmachten. Sogar Julia zieht da mit. Ich doppelklicke auf ein Bild von ihr und Kevin beim Händchenhalten, ihr lila Kleid glänzt im Sonnenuntergang.

Nicht, dass der Abschlussball nicht gut gewesen wäre. Er war sogar überdurchschnittlich. Aber all die Überschriften, die ihn als »Fantastischster Abschlussball aller Zeiten!« oder »Der beste Abend meines Lebens« ausrufen, übertreiben die Großartigkeit ein bisschen. Es gab Ballons und Girlanden und ein Büfett und Kuchen. Einen nach dem Hollywood-Motto gestalteten Fotoautomaten und Oscars in Übergröße, die die Eingänge flankierten. Aber unser Abschlussball unterschied sich kaum von irgendwelchen anderen Highschool-Bällen. Und wenn, dann darin, dass extrem extravagante Kleider und hohe Absätze echtes Tanzen verhindert haben.

»Ich hab sie nicht kontrolliert, ehrlich«, höre ich Morgan in der Küche sagen. »Wir haben die Katze gesucht und irgendwie … Nein, Mom, ist eine lange Geschichte …« Pause und ein frustriertes Schnauben von Morgan. »Ich hab ihr doch Luft gelassen!«, ruft sie einen Moment später.

Ich blende sie aus und widme mich wieder meinem Handy. Dieses Gespräch hab ich schon hundert Mal gehört. Es läuft immer ungefähr so ab: Madison wird sauer auf Morgan. Madison ruft ihre Mom an, um sich über Morgan zu beschweren. Ihre Mom schickt Morgan eine SMS und pfeift sie zurück. Madison macht eine passiv-aggressive

Bemerkung, über die Morgan sich aufregt. Morgan ruft ihre Mom an und beschwert sich über Madison. Ihre Mom schickt Madison eine SMS und sagt ihr, dass Morgan ja nur helfen will. Und so weiter und so weiter – immer nach dem gleichen Drehbuch. Das ist wie beim Wasserkreislauf, den wir in der Mittelstufe durchgenommen haben – da haben wir es mit Grundwasser, Verdunstung und Kondensation zu tun. Und im Laufe der Zeit habe ich gelernt, dass es das Beste ist, den Niederschlag zu meiden.

Bulldog hockt auf dem Sofatisch, der überdimensionierte Schwanz zuckt rhythmisch, so als wolle er zum Angriff übergehen. Das tut er aber nicht. Er starrt mich nur mit glimmend gelben Augen an und gibt gelegentlich ein leises Maunzen von sich. Irgendwas gefällt diesem Kater nicht, das ist ganz klar. Aber er teilt seine Bedürfnisse nicht deutlich mit. Ich zucke mit den Schultern, um ihm zu verstehen zu geben, dass ich getan habe, was mir möglich ist, damit er es bequem hat. Ich habe eine Dose *Festliches Thunfischmahl* in seinen Napf geleert, ihm frisches Wasser gegeben und die ekligen Klumpen aus seinem Katzenklo gekratzt. Ist nicht mein Vergehen, dass sein Hüter ihn in einem Haus voller sexbesessener Teenager zurückgelassen hat.

In der Küche hat Morgans Stimme indessen ein ganz neues Niveau von schrill erreicht. »Ich gebe ihr so viel Raum wie physisch möglich ist, Mom«, jammert sie. »Aber das ist irgendwie … wir gehen auf dieselbe Schule, wir haben dieselben Freunde. Soll ich etwa so tun, als wären wir nicht verwandt? Weißt du, wie absurd das klingt?«

Ich schließe Instagram, stehe vom Sessel auf und nehme das orangefarbene Biest auf den Arm. »Komm, Bulldog«, flüstere ich. »Lass uns doch mal sehen, ob wir Morgan nicht vom Telefon wegkriegen können.«

Zu meiner Überraschung hat Bulldog keine Einwände. Der Kater entspannt sich, sein mächtiger Körper wird zu einem reglosen, pelzigen Knäuel. Vielleicht war es das, was er die ganze Zeit wollte. Oder vielleicht hat er sich mit seinem Schicksal abgefunden und resigniert. Katzen sind so undurchschaubare Wesen.

Ich schlendere zurück in die Küche. Morgan marschiert immer noch herum, sie hat nur die Richtung gewechselt. Ich setze Bulldog auf der Arbeitsfläche ab. Er maunzt leise – vielleicht vor Erleichterung, vielleicht aus Protest –, dann springt er auf den Boden und stolziert den Flur hinunter. Was sagte ich doch gleich über die Undurchschaubarkeit von Katzen?

»Geht's?« Langsam nähere ich mich Morgan und schlinge ihr die Arme um die Taille. Sie weicht nicht zurück, aber sie lässt sich auch nicht auf die Umarmung ein. Die bestickten Spaghettiträger ihres Ballkleids sind heruntergerutscht, ich schiebe sie also wieder auf ihre Schultern. Durchs Telefon kann ich Morgans Mom was von einem Selbsthilfebuch faseln hören, das sie für ihren Buchclub gelesen hat.

»Hi, Mrs Alvarez!«, rufe ich laut in den Hörer.

»Ist das Zoe?«, fragt Mrs Alvarez. »Morgan, ist Zoe die ganze Zeit da gewesen? Beachtest du sie etwa gar nicht? Komm schon, Schatz. Wir haben gerade über Prioritäten gesprochen.«

Du hast über Prioritäten gesprochen, hauche ich Morgan zu.

Sie funkelt mich an und versucht mich wegzuschubsen, aber ich halte mich weiter an ihrer Hüfte fest. Wenn ich Morgan nicht vom Telefon wegkriege, wird sie die ganze Nacht mit ihrer Mutter reden. Und wenn Morgan die ganze Nacht mit ihrer Mutter redet, steh ich allein da mit einem verärgerten Katzentier. Und das ist nicht die magische Abschlussballnacht, von der im Film erzählt wird. Und ganz bestimmt nichts, das es wert ist, auf Instagram gepostet zu werden.

»Mrs Alvarez, es ist alles bestens!«, rufe ich ins Handy. Sie redet schon wieder davon, welche Titel ihr Buchclub diesen Monat ausgewählt hat. Irgendwas über die transformative Kraft der Kommunikation. »Morgan muss jetzt Schluss machen, okay? Sie ruft wieder an, wenn sie Sie braucht.« Ich nehme Morgan das Telefon aus der Hand und drücke den roten Knopf.

»Das war unhöflich«, sagt Morgan.

»Deine fantastische Freundin zu ignorieren, ist auch unhöflich, findest du nicht?«

Morgan zieht die Augenbrauen zusammen und ich weiß,

dass sie versucht, mein Argument auszustechen. »Du hast recht«, sagt sie schließlich.

Ich lehne mich zu ihr und küsse sie. Einen Moment lang zögert sie, dann treffen sich unsere Lippen und alles andere verblasst. Morgans Lippen sind zweifellos perfekt. Sie sind weich, samtig und haben genau die richtige Fülle. Wenn Morgan nicht so leicht gelangweilt wäre, könnte ich sie Stunden küssen. Tage sogar.

Aber wie so oft, weicht sie zurück, und unsere Lippen lösen sich sanft. Manchmal bedeutet das Ende eines Kusses, dass Morgan irgendwo hinwill, wo es bequemer ist, in das dritte Zimmer, das auf uns wartet zum Beispiel. Aber meistens bedeutet es, dass irgendwas sie beschäftigt. Etwas, das ausgesprochen werden muss. So wie jetzt.

»Tut mir leid. Ich weiß, ich bin irgendwie total nervig. Aber ich werde die Sache mit ihrem Ton nicht los. Hast du gehört, wie wütend Madison klang? Das war nicht ihr üblicher Frust. Sie hörte sich an, als ob sie mich ernsthaft verabscheuen würde oder so.«

»Ich fand, sie klang ganz normal.« Ich kann das Seufzen nicht unterdrücken. Ich liebe Morgan und normalerweise bringe ich alle Geduld der Welt für ihre Zwillingsprobleme auf – echt, ist so –, aber ich kann nicht die ganze Nacht ein Gespräch führen, das sich im Kreis dreht. Schon gar nicht in der Abschlussballnacht, in der es nur um uns gehen sollte.

Es ist, als hätte Morgan meine Gedanken gelesen. »Okay, sorry. Ich bin fertig.« Sie wischt mit den Händen an sich runter, als wollte sie symbolisch ihr System von Sorgen reinigen. Wenn es doch nur so leicht wäre.

»Wir können weiter drüber reden, wenn du das brauchst«, sage ich vorsichtig.

»Nein. Meine Mom sagt, ich muss das hinter mir lassen. Du sagst, ich muss es hinter mir lassen.« Morgan lächelt. »Ich glaube, ich muss das hinter mir lassen.«

»Ich glaube an dich.« Ich halte die Hand hoch zum Abklatschen und schenke Morgan ein strahlendes Lächeln. Ich glaube von ganzem Herzen daran, dass sie aufhören will, sich wegen Madison verrückt zu machen. Und ich kann auch mit absoluter Sicherheit sagen, dass wir in einer Stunde wieder bei diesem Thema sind. Aber das ist okay. Wir haben die ganze Nacht Zeit.

»Also, gibt es noch ein Zimmer?« Morgan zieht eine Augenbraue hoch.

»Selbstverständlich. Das letzte Zimmer ist ganz für uns.« Ich lege den Arm um ihre Taille und wir gehen auf den Flur. »Ehrlich gesagt hab ich dieses Zimmer noch nie gesehen. Bei Familienzusammenkünften bleiben wir normalerweise in der Küche. Aber mein Onkel hat drei Zimmer mit Doppelbetten versprochen.«

»Wo wolltest du Alex und Leah unterbringen?«

»Alex hat geschworen, dass er keinen Sex haben würde, deshalb dachte ich, sie könnten im Kinoraum abhängen. Ich meine, wenn man es wirklich versuchen würde, dann könnte man es wohl auch auf diesen Kinosesseln tun.«

»Ooh, lass uns das als Nächstes ausprobieren«, sagt Morgan.

»Du bist ja ehrgeizig heute Nacht.« Ich drehe den Türknauf und mit einem lauten Quietschen geht die Tür des letzten Zimmers auf. »Ich weiß nicht, ob …« Ich knipse die Deckenbeleuchtung an und der Rest meines Satzes bleibt mir im Hals stecken.

Mein Arm rutscht von Morgans Taille, als ich mich im Zimmer umschaue. Ich hätte mir den Tierkadaverraum sofort gesichert, wenn ich gewusst hätte, welches Grauen mich hinter dieser Tür erwartet. Verdammt noch mal, ich hätte für diese Nacht eine Hotelsuite gemietet, wenn ich damit diesem Horror hätte entgehen können. Allem Anschein nach hat mein Onkel, ein ausgewachsener Arsch, aus unerfindlichen Gründen hier einen Schrein für seinen liebsten Platz auf Erden errichtet.

Der einzigartigen, unübertroffenen Yale University.

Es ist, als wäre hier die Deko-Abteilung des Uni-Shops explodiert. Yale-Kissen, Yale-Wolldecken, Yale-Sitzsäcke, Yale-Anhänger, Yale-Poster, Yale-Lavalampe. Wer hätte gedacht, dass so was existiert? Und alles, was nicht das Yale-Brandzeichen trägt, hat die Brechreiz erregende Yale-Farbkombination. Ein blau-weißer Flokati, blau-weiß gestreifte Vorhänge, blau-weiße M&Ms auf einer Bonbonschüssel in – man errät es nicht – Blau-Weiß. Ich habe nicht gewusst, dass man die Farbe marineblau verabscheuen kann, aber dieses Schlafzimmer liefert mir den Beweis.

Meine Brust schnürt sich zusammen, ich spüre, wie mir die Galle den Hals hochsteigt. Dieses Zimmer ist die Manifestation jedes sorgenvollen Gedankens, jeder irrationaler Angst, jedes qualvollen Augenblicks, den ich in der letzten Woche empfunden habe.

In diesem Zimmer kann ich heute Nacht keinen Sex haben. In diesem Zimmer kann ich heute Nacht nicht mal atmen.

In der letzten halben Stunde hatte ich mir nicht einmal Sorgen wegen meiner Uni-Entscheidung gemacht. Das war vielleicht meine längste ruhige Phase in der ganzen Woche. Für eine himmlische halbe Stunde war mein Kopf mit dem Morgan-Madison-Drama beschäftigt und einem Kater namens Bulldog. Aber jetzt hageln alle Gefühle, die ich unterdrückt hatte, wieder auf mich ein.

Die Verzweiflung vor zwei Monaten, als ich auf die Warteliste gesetzt worden war. Die darauf folgende Erleichterung, als mir klar wurde, dass ich mit Morgan auf die Universität von Oregon gehen würde. Der Schock und die Verwirrung, als ich dann doch noch von dieser blöden Warteliste runterkam. Die nicht beantwortete Mail, die in meinem Posteingang liegt.

Das ist zu viel für mich. Damit komme ich nicht klar. Ich knalle die Tür zu.

»Weißt du, was jetzt Spaß machen würde?«, frage ich Morgan in einem so mega-aufgekratzten Ton, den sogar ein Fremder als aufgesetzt identifizieren würde. »Wir sollten

Scones backen. Warum Sex haben, wenn man Scones backen kann, oder? Komm schon.«

»Äh, Zoe? Alles in Ordnung mit dir?« Morgan starrt mich an, als würde ich sinnloses Gebrabbel absondern.

»Ja, klar.« Ich nehme Morgans Hand und zerre sie zurück in die Küche. »Das ist eine tolle Idee«, sage ich mit dem Enthusiasmus eines Backshowteilnehmers. »Mir geht es gut. Uns geht es gut. Alles wird gut.«

Alex

Leah ist seit siebzehn Minuten weg.

Ich habe Leah erst heute Abend kennengelernt. Ich sollte niemanden vermissen, den ich kaum kenne. Aber im Moment sehne ich mich verzweifelt danach, dass sie zurückkommt.

Jeder in meiner Familie stresst mich total. Dad läuft im Warteraum auf und ab, versucht beschäftigt zu wirken und gibt gelegentlich etwas Hirnloses von sich wie »Was mögen das für Leute sein, die Krankenhäusern dekorieren?« oder »Heute Nacht macht der Thermostat bestimmt Überstunden«. Und da Mom in ihrer eigenen kleinen Welt steckt, fühle ich mich genötigt, auf jeden seiner blöden Kommentare mit einem unverbindlichen Grunzen zu antworten. Was ihn wiederum dazu anstachelt, noch mehr sinnlose Sachen zu sagen, um die Stille zu füllen.

Mom hört einfach nicht mit dem Beten auf. Auf ihrem Platz wiegt sie sich mit geschlossenen Augen vor und zurück. Sie klammert die Hände so fest zusammen, dass die Fingerknöchel weiß geworden sind. Ihr Beten ist noch nerviger als Dads Hin- und Hergerenne, hauptsächlich weil es sich im Moment so anfühlt, als würde man Halmoni mit der Flucht in die Religiosität absolut keinen Gefallen tun.

Meine Großmutter ist stolze Atheistin. »Wo wollt ihr denn hin?«, hat sie immer gefragt, wenn meine Eltern sich für die Kirche gut angezogen hatten. Noch mehr hat sie es gehasst, wenn Jenny und ich in die Sonntagsschule geschleppt wurden. Ich weiß, ich sollte nicht wütend sein. Die Gebete sind in Wirklichkeit für Mom, nicht für Halmoni. Trotzdem fühlt es sich verkehrt an.

Ohne Leah an ihrer Seite, die sie unterhält, versucht Jenny jetzt, sich um alle zu kümmern. Genau wie ihre Großmutter das machen würde. Sie bietet mir ständig Kaffee an und reibt Mom den Rücken und fragt Dad, ob er Karten spielen will. Das ist Halmonis Lösung für alles. Immer wenn jemand in der Familie gestresst ist oder in den Nachrichten was Schlimmes gemeldet wird, schlägt Halmoni vor, Karten zu spielen. Skip-Bo. Rommé. Sogar Mau-Mau. Ein Kartenspiel ist ihr Zaubermittel gegen jedes Leiden. Ist ja süß, dass Jenny versucht, in ihre Rolle zu schlüpfen, aber ich möchte meine Schwester schütteln und ihr sagen, dass es nicht nötig ist, unsere Großmutter zu ersetzen. Noch nicht. Nie.

»Bist du sicher, dass du nicht Karten spielen willst?«

Jenny hockt auf dem Sessel neben mir, die Finger in die Lehne gekrallt. Ihr dünnes schwarzes Haar ist zu einem unordentlichen Pferdeschwanz zusammengebunden und sie trägt dasselbe verwaschene YMCA-T-Shirt und dieselben Jeansshorts wie gestern. Ich weiß nicht, ob sie gar nicht ins Bett gekommen ist oder ob das die ersten Sachen waren, die sie gefunden hat, als Mom sie geweckt hat.

»Nein danke«, sage ich. »Im Moment nicht.«

»Wann kommt Leah zurück?« Jenny lehnt sich zu mir rüber und flüstert: »Ist Leah deine Freundin? Ich kann ein Geheimnis für mich behalten. Ich erzähle es nicht mal Mom und Dad.« Sie hält ihre Hand hoch, um zu betonen, wie ernst sie es meint.

»Sie kommt bald wieder«, sage ich. »Und nein, sie ist nicht meine Freundin.«

»Ich glaub dir nicht«, sagt Jenny.

»Ich sag die Wahrheit. Wir sind nur befreundet.«

»Warum?«

»Keine Ahnung.« Ich reibe mir die Stirn. »Ich weiß nicht, ob ich sie als meine Freundin mag. Und der letzte Monat in der Highschool ist nicht der beste Zeitpunkt, mit dem Daten anzufangen.«

»Aber warum?«

»Echt jetzt, Jenny?« Meine Schwester ist nie aus der Warum-Phase rausgewachsen, die die meisten Kindern im Kindergarten hinter sich lassen. Sie weiß, dass es mir auf die Nerven geht, aber normalerweise hält sie das nicht zurück. Heute Nacht macht sie eine Ausnahme.

»Na gut.« Jenny schmollt und ich hoffe, sie richtet ihre Aufmerksamkeit jetzt auf Mom und Dad. Doch das tut sie nicht. »Und du willst ganz bestimmt keinen Kaffee? Ich kann ihn machen. Ich hab die Gebrauchsanweisung auf der Maschine gelesen.«

»Zum hundertsten Mal, ich will keinen Kaffee.«

»Mom hat gesagt, der war richtig gut«, sagt Jenny, ihre Stimme geht ins Quengelige über. »Und das war ein langer Abend für dich.«

»Okay, gut.« Ich reibe mir die Augen. Wenn Jenny mir Kaffee machen will, kann sie mir Kaffee machen. Obwohl ich nicht die Absicht habe, ihn zu trinken. Ich hab gesehen, wie Mum ihren in die Topfpflanze gekippt hat.

»Koffeinfrei oder normal?«

»Weißt du überhaupt, was diese Wörter bedeuten?«

»Ich bin kein Baby«, sagt Jenny empört.

»Gut. Wähl du.«

»Aber ich weiß nicht, was du willst. Bist du müde? Willst du Koffein?«

»Ist mir egal.«

»Ich könnte dir einen von jeder Sorte machen. Oder halb und halb. Ich glaube, das geht. Oder …«

»Okay, okay. Ich nehme einen normalen.«

»Gute Wahl.«

Jenny huscht rüber zum Kaffeetisch. Meine Schwester hat keine Ahnung, wie man Kaffee macht. Ausgeschlossen. Zu Hause haben wir nicht mal Kaffee im Schrank. Aber im Moment ist es uns allen ein Bedürfnis, irgendwas mit den Händen zu tun. Deshalb hat Mom die Hände zum Gebet verkrampft. Deshalb blättert Dad immer wieder irgendwelche alten Ausgaben von *Good Housekeeping* durch, ohne auch nur ein einziges Wort über Zitronenstreuselkuchen aufzunehmen.

Ich knete gerade das zerknüllte Lotterielos, das ich heute Abend in meiner Hosentasche gefunden habe, meine Finger werden schwarz von der Tinte, die sich löst. Ich sollte das Los wegwerfen, aber Halmoni hat es mir geschenkt – und ich will den Erfolg ihrer Operation nicht irgendwie aufs Spiel setzen.

Jede Woche kauft Halmoni zwei Lotterielose mit derselben Nummer. Ich sag ihr immer, dass sie ihre Chancen, den Jackpot zu knacken, verdoppeln könnte, wenn sie Lose mit verschiedenen Nummern kaufen würde. Aber Halmoni liegt gar nicht so viel am Gewinnen. Das Geld hätte sie natürlich gern. Aber was sie wirklich will, ist zuschauen, wenn ihr Lieblingsnachrichtensprecher Harry Jefferson von Kanal 8 verkündet, dass der Hauptgewinn an zwei Personen geht. Sie will, dass Mr Jefferson halb geschockt, halb belustigt auf seine Notizen runterschaut. »Und was für ein seltsamer Zufall«, würde er sagen. »Bei unseren beiden Gewinnern handelt es sich um ein und dieselbe Person!« Halmoni lacht immer hemmungslos, wenn sie daran denkt.

Aber gestern hat sie eins ihrer Lose verloren. Sie hat gesagt, ein Windstoß habe es weggeweht, aber ich wette, es ist ihr aus der Tasche gefallen. Sie trug ihre lachsfarbenen Trainingshosen – diese schlaffen Dinger, die alte Frauen immer tragen. Genau diese Hosen trägt sie ein Mal die Woche, solange ich zurückdenken kann, und der Nickistoff hat schon glänzende kahle Stellen. Mittlerweile müssten die Taschen Löcher haben.

Ohne ihre Zwillingslose hatte Halmoni kein Interesse an der Verkündung der Gewinnzahlen. Sie sagte, es lohne sich nicht, bis zu den Nachrichten um acht aufzubleiben. Nach dem Abendessen, als ich meinen Anzug anprobiert habe, hat Halmoni mir ihr übrig gebliebenes Los gegeben und gesagt, mit dem Gewinn solle ich das College bezahlen. Ich habe Danke gesagt und es in die Tasche gestopft, aber ich hab mir nicht die Mühe gemacht, die Zahlen zu überprüfen. Es war Freitagabend, ich wollte mit Kevin online Spiele spielen und nicht in meinem Anzug unten sitzen und Nachrichten gucken. Abgesehen davon: Wann gewinnen Menschen im wirklichen Leben denn schon mal in der Lotterie?

»So, das ist für dich.« Jenny kommt mit meinem Kaffee. Sie reicht mir einen Styroporbecher und setzt sich neben mich. »Probier mal.«

Ich stecke das Los wieder in die Tasche und gucke in den Becher in meinen Händen. Es ist schlimmer, als ich mir vorgestellt hatte. Das dampfende Wasser hat eine trübe bräunliche Färbung, verdächtige Brösel schwimmen an der Oberfläche. Sobald wir wieder zu Hause sind, kaufe ich eine Kaffeemaschine. Dann bringe ich Jenny bei, wie man sie benutzt. Sie kommt bald in die Mittelstufe und als Mittelstufenschülerin kann man doch nicht glauben, dass man Kaffee macht, indem man gemahlene Bohnen in heißes Wasser schüttet, als wäre es Instantkakao.

»Was stimmt denn nicht? Wolltest du koffeinfrei?«

Ich führe den Becher zu den Lippen und nehme einen

kleinen Schluck. Das kochend heiße Wasser verbrüht mir die Zunge. Der herumschwimmende Kaffeesatz bleibt am Gaumen kleben. Als ich den Becher senke, zwinge ich mir eine freundliche Miene ins Gesicht. »Nein, der ist perfekt. Vielen Dank.«

»Oh, gut.« Jenny lächelt. Die vertrauten kleinen Fältchen um ihre Augen sehe ich das erste Mal in dieser Nacht. »Sag Bescheid, wenn du mehr willst, okay?«

»Mach ich. Versprochen.« Ich strecke Jenny den kleinen Finger hin und sie umschlingt ihn mit ihrem kleinen Finger – mit mehr Kraft als sonst. Wir schütteln, einmal hoch, einmal runter, dann wieder hoch. Das ist Tradition bei uns, so lange ich zurückdenken kann.

Ich schlinge einen Arm um Jennys gekrümmten Rücken und drücke sie fest. Sie soll wissen, dass ich auch eine Scheißangst habe. Sie soll wissen, dass es normal ist, Schiss zu haben, wenn jemand, den man liebt, in Gefahr ist. Ich will gerade was Ermutigendes sagen, ohne die Kraftausdrücke, als Mom plötzlich von ihrem Platz hochschießt. Ein kleiner Mann in türkisem Kittel mit einem Klemmbrett unterm Arm steht in der Tür.

»Mr und Mrs Song?«

»Ja!« Mom saust schon durch den Raum, ehe der Mann ausgesprochen hat. Sie macht sich nicht die Mühe, ihm zu sagen, dass ihr Name Lee ist, so wie sie das normalerweise machen würde. Dad geht zu den beiden und legt einen schützenden Arm um Moms Schultern.

»Sollen wir hingehen?«, flüstert Jenny.

»Ja, geh vor. Ich komm gleich nach.« Ich warte, bis Jenny mir den Rücken zugedreht hat, dann gieße ich den Becher mit dem wässerigen Kaffeesatz in dieselbe Topfpflanze wie Mom vorhin. Dieses Gewächs wird noch vor Ende der Nacht tot sein, sollte Jenny darauf bestehen, ihre Fähigkeiten als Barista weiterzuentwickeln.

Bis ich zu meiner Familie auf der anderen Seite des Raumes aufgeschlossen habe, hat der Mann schon angefangen, die Lage zu erklären. Ich höre ein paar Brocken von dem, was er sagt. Da sind neutrale Phrasen wie »ohne Verzögerung angefangen« und »wunderbares Ärzteteam«. Es gibt positive Phrasen wie »großartige Vitalzeichen« und »starker Puls«. Und dann sind da die furchteinflößenderen Worte. Die, auf die bei *Grey's Anatomy* normalerweise Hektik und Durcheinander folgt. Sachen wie »unerwartete Blutung« und »dehnt sich nicht richtig aus« und »weitere Arterien«.

Mom und Dad nicken dazu, nehmen jedes seiner Worte auf und ihre Gesichter wirken nicht allzu panisch. Wenigsten nicht vor dem Krankenhausmenschen. Jenny weicht zurück und wenig später steht sie ganz hinter mir und klammert sich haltsuchend an meinen linken Arm. Mit der anderen Hand greife ich in die Hosentasche und streiche mit den Fingern über das warme Stück Papier.

Die Uhr an der Wand zeigt 2:16 an.

Leah ist seit fünfundzwanzig Minuten weg.

Madison

Ich hocke auf der glatten Kante der Badewanne, die Zehen in die fransige Badematte vergraben, die unter meinen Füßen liegt. Es ist mitten in der Nacht, mein Freund ist halb nackt im Zimmer nebenan und ich telefoniere mit meiner Mutter.

Jake habe ich erzählt, es gebe einen kleinen Notfall in der Familie, ich müsse den Anruf annehmen. Wenn ich ihm die Wahrheit gesagt hätte, nämlich, dass ich das frustrierendste aller Telefonspiele mit meiner Mutter und meiner Zwillingsschwester spiele, weil ich angeblich was Passiv-aggressives gesagt und – laut Morgan – sie komisch angeguckt habe, würde er wahrscheinlich sehen, dass er so schnell wie möglich so weit wie möglich wegkommt.

Unsere Mom ist so eine Art Erfüllungsgehilfin. Wenigstens hat mein Dad sie während der Scheidung so bezeichnet.

Er hat dem Richter gesagt, er wolle eine Scheidung, weil Mom eine ungesunde Co-Abhängigkeit fördere und ihn daran hindere, eine bedeutsame Beziehung zu seinen Kindern zu pflegen. Mom hat dem Richter erzählt, sie wolle eine Scheidung, weil Dad Tag und Nacht einer Frau namens Paula Nachrichten schicke, statt sich darum zu bemühen, eine bedeutsame Beziehung zu seinen Kindern zu pflegen. Es war irgendwie so eine Art Er-sagt-sie-sagt-Situation, bis Dad dann mit Paula nach Spanien gezogen ist, was im Grunde bewies, dass Mom recht gehabt hatte.

Dad lag aber nicht total daneben. Ich weiß, dass es nicht normal ist, mit meiner Mutter zu telefonieren, während mein sehr attraktiver Freund nackt im Nebenzimmer liegt. Aber mir ist ein Elternteil, das mehrfach nachts anruft, lieber als eins, das zweimal im Jahr anruft.

Mom sagt immer, während der nächtlichen Gespräche erfüllt sie ihre erzieherische Rolle am besten. Sie unterrichtet Abendkurse an der Volkshochschule und zieht den nächtlichen Lebensstil vor. Sogar an Wochenenden gehen Morgan und ich normalerweise zuerst ins Bett. Mom bleibt auf und streamt *Downton Abbey* im Wohnzimmer. Wenn sich dieses Drama mit meiner Schwester vormittags abspielen würde, wäre sie weitaus weniger engagiert.

»Ich weiß nicht, was du von mir willst«, sage ich. Wieder. »Mein Ton war vielleicht ein wenig barscher als nötig, aber ich werde jetzt nicht losziehen und mich bei Morgan entschuldigen. Wenigstens nicht, solange sie sich nicht dafür entschuldigt, dass sie mich im Gruppenchat blamiert hat.«

»Warum war dir das peinlich?«

»Weil sie mich ständig überprüft!« Ich höre, wie ich lauter werde, dann dämpfe ich die Stimme, damit Jake mich nicht hört. »Vor allen anderen. Es ist so nervtötend.«

»Du hast dir heute Nacht körperlich viel vorgenommen,

Schatz. Deine Schwester macht sich Sorgen um dich. Ich weiß, sie kann ein bisschen anstrengend sein, aber doch nur, weil ihr was an dir liegt.«

»Findest du das nicht ein bisschen lächerlich, dass Morgan sich mehr um mich sorgt als du? Du machst dir schon zu viel Sorgen, aber dann kommt Morgan …«

Mir geht plötzlich auf, was Mom da eben hat durchblicken lassen, und mitten im Wutschwall sortiere ich mich neu. »Hast du gesagt, ich habe mir körperlich viel vorgenommen? Was soll das denn heißen?«

»Na ja … äh …« Mom fängt an zu stottern und ich sehe förmlich durchs Telefon, wie sie rot wird. Und deshalb werde ich rot und das macht mich nur noch wütender. »Deine Schwester hat diese kleine Abmachung erwähnt, die du und deine Freunde getroffen haben.«

»Oh, verfickt noch mal …«

»Schatz, meine volle Unterstützung hast du! Also …« Mom fängt wieder an zu stottern. »Nicht, dass ich voll dahinter stehe. Für mich wäre es okay, wenn du nie im Leben Sex hättest. Oder wenigstens noch ein paar Jahre warten würdest. Aber ich verurteile dich nicht. Sex kann wunderschön sein …«

»Aber Morgan hat es dir erzählt.« Mein ganzer Körper zittert vor Wut. Meine Zehen krallen sich in die Badematte und schieben sie von der Wanne weg. »Das ist meine Angelegenheit. Wenn ich darüber reden wollte, hätte ich darüber geredet.«

»Bitte, nun mach doch nicht so ein großes Ding daraus, Madison. Deine Schwester hat im Internet was über die potenziellen Schwierigkeiten gelesen, die Menschen mit deiner Diagnose beim Sex haben können. Sie war besorgt um dich.«

»WILLST DU MICH VERARSCHEN?«, brülle ich. »Erzählst du mir gerade, dass Morgan was über mein Intimleben googelt? Alter, ist das krass. Ernsthaft, Mom …«

Es klopft an der Tür. Ehe ich antworten kann, ist Jake schon drinnen. Er trägt nur Boxershorts und eine Zigarette hängt von seinen Lippen. Mein Puls wird schneller und ich werfe einen flüchtigen Blick auf das Telefon in meiner Hand, aus plötzlicher Sorge, meine Mom könnte den Rauch durch den Hörer riechen. Mit der Hand scheuche ich Jake weg und warte, bis die Tür sich schließt, ehe ich die Luft ausatme, die ich angehalten habe.

»Mom, ich muss Schluss machen. Jake wartet auf mich.«

»Schatz, bist du böse auf mich?«

»Nein.« Langsam stehe ich von der Badewanne auf und strecke die Zehen, erst einen Fuß, dann den anderen. »Ich wünschte nur, du würdest Morgan sagen, dass sie sich aus meinen Angelegenheiten raushalten soll. Es ist peinlich.«

»Willst du, dass ich sie jetzt anrufe und mit dir über deine Privatsphäre spreche?«, fragt Mom und treibt es damit auf die Spitze.

»Nein. Alles gut. Ich sollte selber mit ihr reden.« Auf der

anderen Seite der Tür höre ich Jake über irgendwas vor sich hin lachen. »Nur nicht heute Nacht, okay?«

»Selbstverständlich, Süße. Dafür habe ich volles Verständnis.« Eine kurze Pause – und ich hab das Gefühl, ich kann durchs Telefon spüren, wie Mom wieder rot wird. »Sei vorsichtig, Madison«, sagt sie schließlich noch.

Ich seufze so laut, dass sie es hören kann. »Das bin ich immer, Mom.«

Ich nehme mir eine Minute Zeit zum Atmen und bewege meine schmerzenden Handgelenke.

Dann spritze ich mir Wasser ins Gesicht und schlüpfe wieder ins Schlafzimmer. Unerklärlicherweise treffe ich dort Jake dabei an, wie er mit Melvin dem Polarfuchs für ein Selfie posiert.

»Babe, check das mal ab!«, sagt Jake. »Ich mach ein paar krasse Pics mit Melvin.« Er scrollt durch die Fotos auf seinem Handy, die alle Jake zeigen, der halbnackt mit einem Polarfuchs posiert, dessen Gesichtsausdruck irgendwie lüstern wirkt. Die Bilder sind grauenerregend, dennoch gibt es wahrscheinlich irgendeine ekelige Sparte der Pornoindustrie, in der so was ein paar Kröten wert ist.

»Nennt man so was nicht Bestialität?«, frage ich. Jake guckt mich mit leerem Blick an. »Du weißt schon, wenn man Sex mit Tieren hat?«

»Oh. Ich. Nein. Melvin und ich sind Kumpel. So ist das nicht«, sagt Jake. »Aber, mit Elchkopf ist das was anderes.«

»Wag es ja nicht, Theodor zu versauen!« Die Hände auf

den Hüften stelle ich mich zwischen Jake und den Elch. Größtenteils ist das ein Witz, aber es stimmt schon, irgendwie fühle ich eine gewisse Verwandtschaft zu dem Elch.

»Mach ich nicht, mach ich nicht.« Jake zieht mich wieder ins Bett und setzt sich, aber ich muss husten, weil ich dem Rauch so nah bin. Ich gehe auf Abstand, bedecke den Mund mit dem Ärmel und stelle mich zu Melvin.

Glücklicherweise kapiert Jake den Wink. »Oh, Babe, du hast doch kein Problem damit, dass ich rauche, oder? Du hast gesagt, Zoe hasst ihren Onkel, da dachte ich, Asche auf dem Teppich stört sie bestimmt nicht.« Jake grinst und ich spüre, wie meine Nervosität dahinschmilzt.

»Ich wusste nur nicht, dass du rauchst«, sage ich. »Zigaretten, meine ich.« Ich bemühe mich um einen neutralen Ton. Rauchen ist schlecht, das weiß ich. Jeder weiß, dass Rauchen schlecht ist. Aber für mich ist Passivrauchen besonders schlecht. Das Inhalieren von zu viel Rauch begünstigt Lupus-Schübe. Und wenn ich meine Mom frage, wird sie bestimmt gern eine Liste ausdrucken und laminieren, auf der die fünfzig weiteren Nebenwirkungen vermerkt sind.

»Ich bin kein Hardcore-Raucher«, sagt Jake. »Ich und die anderen Jungs aus der Mannschaft rauchen ab und zu mal eine. Das hilft uns zu entspannen.«

»Aber Rauchen …«

Ich halte den Mund, ehe der Satz beendet ist. Ich wollte Jake gerade sagen, dass Rauchen Sucht hervorruft, dass es unmöglich ist, gelegentlich eine Zigarette zu rauchen, und dass er sich damit alle Chancen verbauen würde, jemals Baseballprofi zu werden. Aber es steht mir nicht zu, Jake zu sagen, was er mit seinem Körper machen soll. Rauchen ist gefährlich, das weiß jeder, der älter als vier ist. Auf jeder Zigarettenschachtel stehen daumendicke Warnungen. Und trotz seiner sorglosen Art und der gelegentlichen Ahnungslosigkeit ist Jake kein dummer Mensch. Er hat dieses Jahr drei Leistungskurse belegt und in einem sogar ein A bekommen. Einen Zauberwürfel kann er schneller lösen als irgendjemand sonst in unserer Klassenstufe. Er ist nicht der ignorante Hohlkopf, als den ihn meine urteilenden Freunde sehen wollen.

Mit anderen Worten, ich brauche meinem Freund keinen Vortrag über seine Gesundheit zu halten. Morgan würde das tun. Und das Gefühl, das Morgan mir jeden Tag meines Lebens gibt, will ich Jake auf keinen Fall geben.

»Alles okay mit dir?«, fragt Jake.

»Nee. Ja, wollte ich sagen, alles okay. Und nein, ich hab kein Problem damit, dass du rauchst. Obwohl es mich ein bisschen überrascht, dass es kein Pot ist.«

»Oh, Babe. Heute Nacht wollte ich mich total auf dich konzentrieren«, sagt Jake mit einer dramatischen Armbewegung, so als habe er mir gerade seine ewige Liebe gestanden.

»Das ist süß, würde ich sagen.« Ich mache einen winzigen Schritt in Jakes Richtung.

»Würdest du sagen?« Jake durchmisst mit zwei Schritten den Raum und nimmt meine Hand. »Du bist eine scharfe Kritikerin heute Abend. Ich hatte mich für außerordentlich süß gehalten.« Jake zieht mich zurück zum Bett und ich rücke näher an ihn heran und zwinge mich, nicht zu husten.

»Gut, meinetwegen.« Ich kichere, als Jake sich selbst über meinem Kopf abklatscht. »Ich würde sagen, du bist außerordentlich süß.« Ich schmiege mich an seine muskulöse Brust und der Geruch ist ehrlich nicht schlecht. Jake riecht mehr nach Rasierwasser als nach Nikotin. »Aber wir sollten lieber nach draußen gehen. Zoe mag ihren Onkel ja hassen, aber ich will seinen Zorn nicht auf mich ziehen. Der Typ köpft Tiere.« *Außerdem würde meine Schwester total ausrasten, wenn sie wüsste, dass ich Passivrauch ausgesetzt bin,* ergänze ich still für mich.

»Kein Problem«, sagt Jake. »Wart mal. Weißt du, was abgefahren wäre?«

»Hm, nein?«

»Wir sollten aufs Dach gehen! Wir könnten Sterne gucken. Total romantischer Scheiß. Denk doch mal, wie abgefahren es wäre, es auf dem Dach zu tun.«

Ich zucke ein bisschen zusammen bei Jakes Vorschlag. Auf Dächer zu klettern ist zweifellos gefährlich und könnte darüber hinaus auch unmöglich sein, so wie meine Gelenke gerade wehtun. Das hier ist kaum die kleine, rustikale Hütte im Wald, die Zoe beschrieben hatte. Wenn man die Wände von einem so großen Gebäude hochklettert, könnte das tödlich enden. Und Jakes Zigaretten? Was ist damit? Außerordentlich süß oder nicht, Rauchen auf dem Dach ist garantiert brandgefährlich.

Aber dieses Mal kann ich solche Gedanken abwehren, sobald sie mir in den Kopf kommen. Heute geht es um mich und Jake. Nicht mich und Morgan, nicht mich und Morgan und meine Mom. Noch nicht mal um die strukturelle Unversehrtheit dieses Hauses.

Ich werfe mein Handy aufs Bett und schnappe mir die Tüte *Cheetos*. »Komm«, sage ich. »Ich wette mit dir um diese Tüte *Cheetos*, dass ich vor dir auf dem Dach sein kann.«

Julia

Mein Dad sagt, ich bin Hypochonder.

Wiederum sagt mein Dad auch, Bob Dylan sei der größte Musiker aller Zeiten.

Das sagt er häufig. Normalerweise, wenn ich Fynn Ludwig höre, einen unbekannten Singer/Songwriter aus Deutschland, der tatsächlich der beste Musiker aller Zeiten ist. Fynn folgt mir auf Twitter. Und Tumblr. Und er hat drei meiner Beiträge auf Instagram gelikt.

Mein Dad mag ja zwei Masterabschlüsse und einen Doktor phil. haben, aber dass er von so einem krächzenden alten Mann besessen ist, beweist, dass er nicht immer recht hat. Wenigstens sage ich ihm das, wenn er mitten beim Abendessen Lieder zitiert, die ich noch nie gehört habe.

Aber wenn ich hundert Prozent ehrlich sein soll, er liegt nicht ganz daneben damit, dass ich Hypochonder bin. Netdoktor ist eine der von mir am häufigsten besuchten Websites, nach Facebook und Tumblr, aber vor Gmail. Ich bin notorisch schlecht darin, meine E-Mails zu checken.

Ich gebe meine Symptome in die »Symptom Checker«-Maske von Netdoktor ein.

Vaginale Schmerzen

Schmerzen beim Geschlechtsverkehr

Vaginalkrämpfe

Und um ja nichts auszulassen: *Sex tut weh*

Ich drücke Enter und die Ergebnisse erscheinen.

Am meisten Übereinstimmungen habe ich mit Endometriose – Schmerzen im Becken, schmerzhafter Geschlechtsverkehr, Schmerzen im unteren Rücken. Die meisten dieser Symptome könnten auf mich zutreffen. Und in letzter Zeit hatte ich Rückenschmerzen. Ich dachte, das käme, weil ich zu lange auf Kevins Sitzsack gehockt hatte, aber Endometriose klingt irgendwie einleuchtend.

»Jules? Alles in Ordnung mit dir?« Kevin klettert wieder auf die Laken, die immer noch klebrig sind vom Gleitmittel. Er hat sich wieder angezogen nach unserem Fehlversuch, Sex zu haben, aber er hat sich das Shirt verkehrt rum übergezogen und seine Haare sind auf eine heiße, Beinahe-hätte-ich-Sex-gehabt-Art zerwühlt. »Du starrst dein Handy nun schon eine ganze Weile an.«

»Ich glaube, ich habe Endometriose.«

»Ich bin sicher, dass das nicht so ist.« Kevin lacht ein bisschen, aber auf mitfühlende Art. Normalerweise hasse ich es, wenn man mich auslacht, aber bei Kevin ist es okay. Ich weiß, dass er meine Eigenarten liebenswert findet, nicht blöd oder nervig. Normalerweise ist er sogar bereit, mit mir ein paar Minuten über meine möglichen Krankheiten zu reden, ehe er mir versichert, dass ich keine Glutenunverträglichkeit habe und auch keine Unregelmäßigkeiten in der Schilddrüsenfunktion.

»Sieh dir das an.« Ich klicke zurück zu meinen Ergebnissen.

Kevin liest laut vor: »Endometriose. Vaginale Zysten. Hefepilzbefall. Unterleibsentzündung.«

»Genau. Wenn es also nicht Endometriose ist, dann könnte es etwas Schlimmeres sein. Krebs vielleicht.«

»Krebs stand nicht auf der Liste«, sagt Kevin.

»Stimmt. Aber du sagst ja immer, dass Netdoktor nicht verlässlich ist. Ich könnte also Krebs haben.«

Kevin löst das Telefon aus meinem Griff und wirft es auf die Bettdecke. »Wie ich es liebe, wenn du meine eigenen Argumente gegen mich verwendest.« Er schmiegt sich eng an meine Schulter, sein warmer Atem kitzelt mein Ohr.

»Also, was soll ich machen?«

»Im Moment kannst du gar nichts machen. Und du hast nur eins der Symptome, Jules. Vielleicht solltest du das beim nächsten Termin mit deiner Ärztin besprechen.«

»Beim nächsten Termin!?« Ich werfe Kevin einen bösen Blick zu und stürze mich auf mein Handy.

»Okay, okay.« Kevin hält die Hände hoch, als würde er aufgeben. »Dann rufst du deine Ärztin eben Montag an und erkundigst dich, ob was dran ist an deinen Netdoktor-Resultaten.«

»Aber ich wollte doch heute Nacht Sex haben!«

»Verstehe ich ja, aber was willst du denn jetzt daran machen?« Kevin seufzt. »Die Privatadresse von deiner Ärztin ermitteln und um drei Uhr morgens an ihre Haustür hämmern?«

»Schau mal, jetzt bringst du konstruktive Vorschläge ein.«

»Das war ein Witz, Julia.«

Ich seufze theatralisch und wende mich wieder meinem Handy zu. Irgendwo im Internet müssen doch nützliche Informationen zu finden sein. Ich werde heute Nacht Sex haben, ob es meiner bescheuerten Vagina nun gefällt oder nicht. Dieser Sex-Pakt war meine Idee. Ich kann morgen früh unmöglich die einzige Jungfrau im Haus sein. Alle wissen, dass Kevin und ich das stärkste Paar in unserer Gruppe sind. Auf keinen Fall können wir diejenigen sein, die es nicht tun.

Doch es ist mehr als das. Heute Nacht sollte eigentlich mein Final Hurrah mit Kevin sein, die Feier, dass wir erfolgreich gemeinsam die Highschool überlebt haben. Im Herbst gehen Kevin und ich auf verschiedene Unis (er zur Reed, ich auf die Lewis und Clark), Augenblicke wie dieser werden seltener sein. Unsere Unis liegen nur fünfzehn Minuten voneinander entfernt und wir haben alle Absichten, zusammenzubleiben, aber trotzdem. Es ist das Ende einer Ära.

»Wir können es noch mal versuchen, wenn du willst«, sagt Kevin. »Vielleicht gehen wir es etwas langsamer an? Könnte ja sein, dass ich was falsch gemacht habe. Ich bin schließlich kein Sexexperte.« Kevins Augen fangen an zu leuchten. »Ein Sexperte!«

Ein schlechter Witz, aber ich lächele. Kevin hat recht, wie üblich. Wie oft klappt denn was perfekt beim ersten Versuch? Basketballfreiwürfe? Origami-Kraniche? Die Meister des Hula-Hoop widmen der Perfektion ihrer Kunst Jahre ihres Lebens. Ich habe Tage gebraucht, bis ich das Ding für gerade mal zehn Sekunden auf den Hüften halten konnte.

Der Trick ist, dass ich ganz neu fassen muss, wie ich über Sex denke. Es ist eine erworbene Fähigkeit. Eine, die Übung verlangt, genau wie Mathe oder Kochen oder Reifenwechseln.

»Okay.« Ich nicke ernsthaft. »Meine Hoffnungen waren zu groß fürs erste Mal. Wenn wir Sexperten werden wollen …« Kevin lacht. »… brauchen wir mehr Übung.«

»Und dazu haben wir die ganze Nacht«, sagt Kevin, wie immer ganz der unterstützende Partner. »Und hast du mir nicht erzählt, dass es beim ersten Mal immer ein bisschen wehtut? Vielleicht waren unsere Körper bloß dabei, sich … zu lockern. So wie das Dehnen vor einem Wettlauf.« Kevin ist nicht bekannt für sein Talent als Leichtathlet, aber er könnte recht haben.

»Das ist wahr. Wahrscheinlich hat mein Hirn nur übertrieben reagiert.«

»Du kannst schon ein bisschen hypochondrisch sein.« Kevin reißt sich das Hemd vom Leib und schleudert es in die Ecke.

»Du klingst wie mein Dad.«

»Das ist doch gut, oder? Dein Dad ist cool«, sagt Kevin. »Abgesehen davon, sagt Freud nicht, dass wir uns alle insgeheim zu Leuten hingezogen fühlen, die uns an unsere Eltern erinnern?«

»Können wir bitte nicht über meinen Dad reden, wenn wir versuchen Sex zu haben?«

»Du hast damit angefangen.«

»Ja, und jetzt bereue ich es.« Ich mache mir einen Pferdeschwanz und klettere wieder auf Kevin rauf. »Was können wir machen, damit es nicht so wehtut? Sollten wir mehr Gleitmittel nehmen?«

»Ich glaube nicht, dass so was möglich ist«, sagt Kevin.

Das ist ein guter Einwand. Dieses Bett ist eklig.

»Vielleicht müsstest du erregter sein. Warte mal. Ich habe eine Idee.« Kevin schlängelt sich unter mir raus. Schwierig ist das nicht, denn dieses Bett ist ja praktisch eine Gelrutsche. Er angelt mein Handy aus der Decke hervor und klickt auf Spotify. »Wir brauchen ein bisschen passende Musik. Damit du in Stimmung kommst.«

Kevin regelt die Lautstärke hoch und die Stimme von Fynn Ludwig erfüllt den Raum.

Oh, I got you baby ... there isn't any maybe ... when you and me finally meet ... the angels in heaven above will weep.

Es gibt von ihm keinen Song, der sexyer ist.

»Oh mein Gott. Ich lieb dich so sehr.« Ich ziehe Kevin wieder an mich.

»Redest du von mir oder von Fynn?«

»Hmm … von dir.« Ich küsse seine Wange. »Aber, was soll ich sagen, dieser Song weckt bei mir Gefühle. An gewissen Stellen. Du weißt schon.«

»Können wir bitte nicht über Fynn Ludwig reden, der bei dir Gefühle an gewissen Stellen weckt? Das ist wohl genauso schlimm, wie über deinen Dad zu reden.«

»Du hast die Musik angemacht.«

»Wie wahr.«

Ich beiße mir auf die Unterlippe, als Kevin meine Haare zur Seite schiebt. Sekunden später ist er auf mir.

Und unter mir.

Und um mich herum.

Diesen Teil kenne ich. Wir haben jetzt schon Monate bei ihm im Keller rumgemacht, so ganz entspannt.

Küssen.

Berühren.

Atmen.

Unsere Körper sind ineinander gewickelt, wir müssten aussehen wie so ein modernes Kunstwerk im Garten der Skulpturen.

Es gibt nur noch eines, das wir ausprobieren müssen.

»Bereit?«, flüstert Kevin.

Ein anderer Fynn-Song läuft: »Dangerous Mist«. Eins seiner dunkleren Stücke. Das ist sein Kommentar zur School-to-Prison-Pipeline in Amerika. Nicht gerade die klassische Sex-Musik, aber Fynn könnte über Tripper singen und immer noch klingen wie ein Gott.

Vielleicht habe ich Tripper. Wenn ich mich recht an Ms. Nelsons Sexualkundeunterricht erinnere, sind Schmerzen beim Geschlechtsverkehr ein wesentliches Symptom bei sexuell übertragbaren Krankheiten. Ich habe noch nie Sex gehabt, aber gibt es nicht auch irgendwelche genetisch veranlagten Geschlechtskrankheiten? Das könnte ich meinen Arzt auch noch fragen. Eigentlich sollte ich, nachdem wir Sex gehabt haben, eine Liste von Dingen aufstellen, über die wir reden müssen. Immer wenn der Arzt von mir wissen will, ob ich noch Fragen habe, rauscht es nur bei mir im Kopf.

»Jules?« Kevin küsst meine Wange.

»Hm?«

»Geht's dir gut?«

»Jaja. Ich denke nur an Geschlechtskrankheiten.«

»Oh, warum?«

»Sorry, ist nur mein Hirn. Was hast du gesagt?«

»Ich hab gefragt, ob du bereit bist, es noch mal zu versuchen«, flüstert Kevin.

»Oh, ja«, flüstere ich zurück. »Aber so was von.«

Alex

Es ist 2:47, als Leah endlich wiederkommt. Von jedem Arm baumeln ihr fünf, sechs Plastiktüten und unter dem Träger ihres Kleides klemmt ein Stapel Servietten.

»Schaffst du das?« Ich husche quer durch den Raum, um Leah ihre Last abzunehmen. »Was hat dich so lange aufgehalten? Hast du IHOP komplett leer gekauft?«

»So viele Leute in Ballkleidern«, keucht Leah. »Ich glaube, jede Highschool im Staate Oregon hatte heute Abend Abschlussball. Ich habe Elise Hartman und Spencer Rhett und Lily Wu getroffen. Und Diego Luther, der total bekifft war. Er hat drei Mal versucht mich anzubaggern. Es war grauenhaft.«

»Ich hab keine Ahnung, wer diese Leute sind.«

Ich schaue nach, was in den verschiedenen Schachteln ist, und sortiere sie auf einem leeren Tisch. Ein Stapel mit Frühstücksgerichten, ein anderer mit Abendessen. Diese Menge Essen wäre angemessen, wenn das Krankenhaus voller hungriger Familien wäre, aber die einzigen Menschen außer uns in diesem Warteraum sind zwei Frauen, die ihre Arme umeinander gelegt haben in einer Ecke und ein Mann mit beginnender Glatze, der ununterbrochen hustet, in der anderen.

»Wie ist es möglich, dass du Diego Luther nicht kennst?«, fragt Leah, die aus einer anderen Tüte weitere Behälter hervorholt – wahrscheinlich Suppe. »Er ist derjenige, der letzten Monat wegen Drogenbesitz verhaftet worden ist. Hat anscheinend nicht viel genützt.«

»Irgendwie lebe ich in meiner eigenen Blase«, gebe ich zu. »Im ersten Jahr auf der Highschool wollte ich noch neue Leute kennenlernen und so Sachen. Mittlerweile hab ich feste Gewohnheiten.«

»Hast du vor diesem Abend überhaupt gewusst, wer ich bin?«

»Hm …« Ich mache mich daran, die letzten Styroporbehälter zu sortieren. »Dein Name sagte mir schon was. Also … irgendwie.« Das ist eine enorme Übertreibung. Als Julia verkündete, dass Leah meine geheimnisvolle Begleiterin sei, habe ich ein paar Minuten damit verbracht, sie auf Facebook zu stalken. Trotz unserer mehr als sechzig gemeinsamen Freunde war sie eine völlig Fremde für mich.

»Meinst du das ernst? So groß ist unsere Schule doch nicht, Alex.« Leah öffnet eine Schachtel Pfannkuchen mit einem Berg Erdbeeren obendrauf und isst die Beeren mit den Fingern. »Und dann haben wir letztes Jahr auch definitiv noch in Englisch nebeneinandergesessen.«

»Tatsächlich?« Ich starre auf Leahs sommersprossige Nase und die dunkelbraunen Haare. Ich mag ja ein bisschen vergesslich sein, aber wenn Leah jeden Tag neben mir gesessen hätte, würde ich mich daran erinnern. Es ist völlig ausgeschlossen, dass ich mich mit Leah im Blickfeld auf die literarischen Qualitäten von Moby Dick hätte konzentrieren können. Ein Mädchen wie sie bleibt nicht unbemerkt.

»Ich verarsche dich gerade total.« Leah lacht los und ich fange auch an zu lachen. »Wir waren noch nie im selben Kurs«, sagt sie. »Aber ich habe dich definitiv bemerkt. Und nicht nur, weil du ein Freund von Julia bist.«

Mein Gesicht wird warm und ich fange ohne irgendeinen Grund an, die Styroporschachteln neu zu ordnen. Ich gehöre nicht zu den Jungs, die Mädchen im Flur bemerken. Ich bin einer von denen, die du um Hilfe bittest, wenn deine Spindtür klemmt oder wenn du dein Mathebuch vergessen hast. Ich werfe einen Blick zu Leah hoch. Sie isst seelenruhig Erdbeeren, so als wäre nichts Abnormes zwischen uns vorgefallen.

Es ist nichts Abnormes zwischen uns vorgefallen, weise ich mich zurecht. *Wahrscheinlich flirtet Leah andauernd mit Jungs. Und das hier erfüllt noch nicht mal den Tatbestand von Flirten.*

»Lass uns dieses Essen verteilen«, sagt Leah. »Isst Jenny gern Pfannkuchen? Und was mögen deine Eltern?«

»Hmm …« Ich werfe einen Blick quer durch den Raum. Mom und Dad kauern nebeneinander auf einem Sofa. Mom scheint wieder zu beten. Dad tippt unbeholfen mit einer Hand auf seinem Handy, während er mit der anderen Moms Bein streichelt. »Ehrlich gesagt, ist das jetzt vielleicht nicht der beste Zeitpunkt. Wir haben gerade erfahren, dass es bei der Operation Komplikationen gab. Nichts Furchtbares, aber im Moment sind alle ein bisschen verschreckt.«

»Alex!« Im Handumdrehen ist Leahs fröhliche Miene verschwunden. Sie boxt mich auf die Schulter, und das nicht scherzhaft. »Warum hast du mir das nicht gesagt? Das hätte das Erste sein müssen, das du mir erzählst.«

»Tut mir leid.« Ich lasse die Hände in die Hosentasche gleiten, meine Finger stoßen auf das mitgenommene Lotterielos, das Halmoni mir gestern geschenkt hat. Ich weiß, es ist schrecklich, aber seit Leah mit dem Essen wieder da ist, habe ich nicht mehr an meine Großmutter gedacht. Leah hat die Art Persönlichkeit, die dich all die beschissenen Sachen vergessen lässt, die um dich herum passieren. »Alles wird gut«, sage ich mit viel mehr Überzeugung, als ich vorhin noch gespürt habe.

Leah nickt ernst, ihre Augen sind ganz groß. Sie sieht aus, als würde sie gleich anfangen zu weinen, und mehr als alles andere möchte ich wieder zurück zu der lustigen Version von Leah von vor ein paar Minuten. Wenn hier jetzt einer zusammenbricht, kann ich nicht damit umgehen. Denn wenn Leah anfängt zu weinen, werde ich auch anfangen. Und wenn ich anfange zu weinen, na ja … wär mir lieber, wenn's nicht passiert.

»Schon gut«, sage ich, aber ein Wackeln in meiner Stimme verrät mich. Ich räuspere mich. »Wirklich, alles gut.«

»Alex, du brauchst nicht so total männlich zu sein. Weinen ist in Ordnung.«

»Mach ich nicht … ich versuche gar nicht, männlich zu sein.« Ich schaue zu meinen Eltern, dann zu meiner Schwester. »Es ist nur so … wenn ich nicht die Fassung bewahre, regt Jenny sich auf. Und wenn Jenny sich aufregt …«

»Okay, kapiert. Tut mir leid.« Leah macht einen Schritt auf mich zu, unsere Köpfe berühren sich praktisch. Mir stockt der Atem. Nicht mal als wir zu Ed Sheeran langsam getanzt haben auf dem Ball, sind wir uns so nahe gekommen. Ich kann das Pfefferminz in Leahs Atem riechen. »Ich will nur, dass es dir gut geht«, flüstert Leah.

»Mir … geht es gut«, flüstere ich zurück. Plötzlich ist mir mehr als bewusst, wie mein eigener Atem riecht. Ich habe genug Romcoms gesehen, um zu wissen, dass dies der klassische Moment vor dem Kuss ist. Und ein Teil von mir ist so verzaubert von Leah, dass ich es geschehen lassen möchte, aber das mache ich nicht. Denn dies ist ein Warteraum im Krankenhaus, meine Eltern sitzen ein paar Meter weiter, das Leben meiner Großmutter hängt am seidenen Faden und ich bin ja so was von überhaupt nicht der Typ, den Mädchen spontan küssen.

»Pfannkuchen!«, rufe ich, trete einen Schritt zurück und stolpere dabei über ein Tischbein. Ich scheine es mir zur Gewohnheit zu machen, im stillen Warteraum zu brüllen. Und alle schauen auf bei der Störung. »Also, wir sollten dieses Essen verteilen, ehe es kalt wird.«

Leah nickt und dreht sich wieder zu den Schachteln um. Wenn sie enttäuscht ist über die Unterbrechung, sieht man ihr das nicht an. »Was möchte Jenny wohl haben?«, fragt sie wieder ganz sachlich.

»Nun ja, sie ist zehn. Also irgendwas mit Zucker.«

»Schokoladenstückchen?« Leah sichtet die Schachteln und nimmt eine mit so viel Schlagsahne, dass ich die Pfannkuchen darunter nicht mal erkennen kann.

»Perfekt«, sage ich. »Gib du ihr die. Ich frag mal, ob meine Eltern was möchten.«

Ich gehe durch den Raum und stehe verlegen rum, bis Dad von seinem Handy aufschaut. »Wie läuft's?«, fragt er.

»Alles gut.« Ich schaue rüber zu Jenny und Leah. Meine Schwester grinst über das unverhoffte Auftauchen eines süßen Frühstücks. Und dann, wie eine Art wandernder Zauberer, zieht Leah ein Jo-Jo aus ihrer Handtasche und schenkt es Jenny. Bald darauf isst meine Schwester Pfannkuchen mit der rechten Hand und schleudert mit der linken das Jo-Jo herum.

»Was ist denn los, Alex?«

»Oh, na, nicht viel.« *Ich hätte nur eben fast zum ersten Mal ein Mädchen geküsst.*

Ich hocke mich neben Dad auf einen Sessel. Wenn ihm aufgefallen ist, wie rot mein Gesicht ist, erwähnt er es nicht. »Ich weiß nicht, ob ihr hungrig seid, aber Leah hat einen Haufen Essen geholt: Pfannkuchen, Burger, Salate. Alles, was ihr wollt.«

»Wer ist Leah?« Mom reißt die Augen auf.

»Alex' neue …«

»Das Mädchen, mit dem ich zum Abschlussball gegangen bin«, unterbreche ich Dad, ehe er aussprechen kann. Gott sei Dank hat er unseren Beinahe-Kuss nicht gesehen. Das würde ich mir ewig anhören müssen. »Du hast sie vorhin im Foyer gesehen? Sie hat sich die letzten paar Stunden um Jenny gekümmert? Weißt du noch?«

»Hmm.« Mom starrt in die Richtung von Leah und Jenny, ein Tränenschleier hängt vor ihren Augen. Ich war sowohl geschockt als auch erleichtert gewesen, als Mom Leah so enthusiastisch begrüßt hatte, aber jetzt scheint sie sich nicht mal mehr an sie zu erinnern.

»Ich glaube, wir brauchen gerade nichts zu essen«, sagt Dad. »Es war aber nett von euch, uns etwas anzubieten. Und sag deiner Freundin …«

»Sie ist nicht meine Freundin«, korrigiere ich.

»Sag Leah, dass wir ihre Hilfe und alles, was sie getan hat, zu schätzen wissen.«

»Mach ich.« Ich schaue wieder zu den Mädchen. Jenny starrt Leah ehrfürchtig an, während die einen komplizierten Jo-Jo Trick vorführt. Plötzlich verstehe ich, warum sie und Julia so gute Freundinnen sind. Wahrscheinlich waren sie zusammen auf einem Zirkus-Sommerkurs oder so.

»Die Operation dauert wahrscheinlich noch eine Stunde, wenn du und Leah also andere Pläne habt …«

»Alles gut, wir bleiben gern hier.«

Wieder einmal ertappe ich mich dabei, wie ich nach dem Lotterielos in der Hosentasche greife. Ich kann es nicht fassen, dass ich mir gestern Abend nicht die Ziehung der Gewinnzahlen angesehen habe, so wie Halmoni es mir aufgetragen hatte. Was, wenn dieses Los das Glückslos gewesen ist – und ich hab es nicht mitgekriegt? Wäre es nicht fantastisch, wenn ich ihr Millionen überreichen könnte, wenn sie aus dem Operationssaal kommt? Nicht, dass um diese nachtschlafende Zeit noch jemand von der Lotteriezentrale wach wäre. Aber die Nachricht, dass sie Millionärin ist, würde den Heilungsprozess bestimmt fördern. Oder wenigstens die Krankenhausrechnung und die Arztkosten decken.

Ich ziehe das Los aus der Hosentasche und falte es sorgfältig auseinander. Aus der anderen Hosentasche hole ich das Handy. Im Gruppenchat sind fünfzehn neue Nachrichten, aber meine Freunde können warten.

Ich öffne einen Internetbrowser und suche nach der Lotterie von Oregon. Das bunte Spiralsymbol dreht und dreht sich, aber nichts passiert. Ich guck nach den Balken in der oberen Ecke des Handys. Vier oder fünf, das ist normal für mich. Frustriert schüttele ich das Handy, genau wie Halmoni, als sie ihr erstes Handy bekommen hat, aber es passiert immer noch nichts. Natürlich nicht.

»Dad, hast du Netz auf deinem Handy?«

»Nein, nichts«, sagt Dad. »Ich versuche schon seit einer halben Stunde, mir den Krankenversicherungsvertrag deiner Großmutter anzusehen. Aber entweder blockiert das Krankenhaus unseren Empfang oder wir brauchen eine neue Telefongesellschaft.«

»Nachrichten schreiben funktioniert gut«, sage ich. »Gibt es hier irgendwo ein WLAN, das ich nutzen könnte?«

»Ich glaube nicht«, sagt Dad. »Geht es dir gut? Wenn du irgendwelche Fragen zu Halmonis Behandlung hast, kannst du doch die Schwester fragen.«

»Nein, nichts in der Richtung.« Ich schiebe das Handy wieder in die Tasche und gehe rüber zu Leah und Jenny. Dad denkt, ich wollte Informationen über Halmonis Operation. Vielleicht hätten normale Menschen in meiner Lage Fragen, aber ich vertraue einfach auf die Fachleute. Abgesehen davon habe ich eine weitaus weniger produktive Aufgabe im Sinn. Ehe Halmoni aus dem Operationssaal kommt, muss ich wissen, ob sie aufgrund irgendeines astronomischen Glücksfalls oder absurder Verwicklungen des Schicksals den Oregon Powerball gewonnen hat.

»Hey, kannst du mal eine Sekunde mitkommen?« Ich ziehe Leah von meiner Schwester weg, die mit dem Mund voll Schlagsahne protestiert. »Kannst du nachschauen, ob du auf deinem Handy eine Internetverbindung hast?«

»Hm. Okay?« Leah holt ihr Handy raus und öffnet Facebook. Sie versucht ein paarmal, die Homepage zu aktualisieren, aber nichts passiert. »Nee, nichts.«

»Ja, bei mir ist es dasselbe. Aber ich muss unbedingt was im Internet nachsehen. Ich weiß, wie lächerlich sich das anhört, aber meine Großmutter hat mir einfach so ein Lotterielos geschenkt. Na ja, einfach so nicht, weil sie immer Lose für die Lotterie kauft, aber normalerweise kauft sie zwei …« Ich breche ab, als mir klar wird, dass mein Gestammel für Leah keinen Sinn ergibt. »Ich muss einfach irgendwo in diesem Krankenhaus einen Internetzugang finden.«

»Lass mich nachdenken.« Leah nagt an ihrer Lippe, dann schaut sie noch mal auf ihr Handy und sieht mich wieder an. Die meisten Menschen würden nachfragen, warum ich denn so dringend das Internet brauche, wenn meine Großmutter operiert wird. Die meisten Menschen wären total entsetzt darüber, wie seltsam ich bin. Aber mir wird langsam klar, dass Leah nicht die meisten Menschen ist.

»Okay, ich habe viel Zeit in Krankenhäusern verbracht«, sagt Leah. Neugierig sehe ich sie an, aber sie führt das nicht weiter aus. »Und Krankenhäuser sind berüchtigt dafür, dass sie null Internet haben. Aber es gibt definitiv Computer in den Schwesternzimmern und in massenhaft Büros hier.«

»Klingt unmöglich«, sage ich. »Auf keinen Fall lässt jemand irgendwelche hergelaufenen Teenager an einen Krankenhauscomputer, damit sie Losnummern suchen können.«

»Ah, und da liegst du falsch.« Ein verschwörerisches Grinsen zieht über Leahs Gesicht. Sie packt Schachteln wieder zurück in die Tüten. »Wir sind nicht irgendwelche hergelaufenen Teenager«, sagt sie. »Wir sind hergelaufene Teenager mit Frühstücksgerichten im Wert von 200 Dollar. Und morgens um drei in einem Krankenhaus sind Pfannkuchen die kostbarste Währung, die du dir überhaupt vorstellen kannst.«

Zoe

»Okay. Klassische englische Scones. Was brauchen wir?«

Das ist eine rhetorische Frage. Ich erwarte keine Antwort von Morgan, sie antwortet auch nicht. Meine Freundin sitzt im Schneidersitz auf dem Küchentresen und starrt mich mit hochgezogenen Augenbrauen an. Irgendwann heute Nacht – keine Ahnung wann – ist sie aus ihrem Ballkleid und stattdessen in karierte Pyjamahosen und ein Timbers-T-Shirt geschlüpft. Wenn ich nicht so abgelenkt gewesen wäre, hätte ich vielleicht auch daran gedacht, Klamotten zum Wechseln mitzunehmen.

Aber leider bleibt mir nichts anderes übrig, als in meinem Dreihundert-Dollar-Ensemble von Nordstrom Scones zu backen – wie eine Irre. Meine Mom bringt mich um, wenn ich dieses Ding mit Teig bekleckere. Nicht, dass in nächster Zeit irgendwelche Anlässe bevorstehen würden, in denen mein zweiteiliges, perlenbesetztes Kleid der angemessene Aufzug wäre. Meine Mom war erst einverstanden, so viel auszugeben, als die Verkäuferin vorschlug, doch etwas auszuwählen, das für meinen Körperbau passender wäre. Da sind meine Mom und ich uns ähnlich. Wenn uns jemand sagt, wir sollen etwas nicht tun, dann sind wir umso entschlossener, es dennoch zu tun.

»Drei Tassen backstarkes Mehl. Eine halbe Tasse Zucker. Fünf Teelöffel Backpulver. Fünf Teelöffel? Kommt mir viel vor. Was meinst du?« Das ist keine rhetorische Frage – ich hätte wirklich gern Morgans Input zur Backpulverfrage – aber sie antwortet immer noch nicht. »Okay, hm, dann brauchen wir Salz, Butter, ein Ei und eine Tasse Milch. Das lässt sich wohl machen. Mein Onkel wohnt hier gelegentlich. Ich meine, er hat immerhin seine blöde Katze hiergelassen.«

Willkürlich mache ich die Küchenschränke auf. Die meisten sind voll mit Steinzeuggeschirr und edlen Martinigläsern, aber über der Mikrowelle finde ich eine Art Vorratsschrank. Ich schnappe mir Mehl, Zucker, Backpulver und eine ungeöffnete Tüte mit weißen Schokodrops. Normale Scones sind zu schlicht. Ein Anlass wie der Abschlussball schreit nach Scones mit Pseudo-Schokolade.

»He, Zoe. Vielleicht sollten wir reden?« Morgan spricht langsam und sehr deutlich. Denselben leicht herablassenden Ton benutzt sie auch immer, wenn sie Madison eine schlechte Entscheidung ausreden will. »Ich weiß nicht, ob du es bemerkt hast, aber aus irgendeinem Grund backst du gerade klassische englische Scones.«

»Nein, nicht einfach klassische. Jetzt mache ich extravagante Scones.« Ich öffne den Kühlschrank. So gut bestückt wie der Vorratsschrank ist er nicht. Ein ganzes Regal Heineken, aber abgesehen davon ist die Auswahl begrenzt.

»Ob extravagant oder nicht, ich finde es seltsam, dass du beschließt, Backen zu gehen, wo wir doch gerade Sex haben wollten«, sagt Morgan.

»Okay, Butter habe ich gefunden. Aber keine Eier. Wie kann man denn keine Eier haben. Und die einzige Milch, die er hat, ist Mandelmilch. Gott, wie ich ihn hasse. Er hat noch nicht mal eine Laktoseintoleranz. Er trinkt das Zeug aus Jux und Tollerei. Weiß er denn nicht, welchen Ökofußabdruck Mandelmilch hat?« Ich gebe Morgan einfach keine Antwort auf ihre Fragen, aber es ist schwer, ihr in die Augen zu schauen.

»Dies hier fühlt sich an wie die typische Da-ist-doch-was-im-Busch-Situation«, sagt Morgan. »Ist das meine Schuld? Bist du irgendwie sauer auf mich?«

»Nein, an dir liegt es nicht, das schwöre ich.« Ich seufze und nestele an der Zuckerdose. Für mein atypisches Verhalten gibt es keine logische Erklärung außer der Wahrheit: Ich bin mitten in einer existenziellen Krise, in der es darum geht, wo ich die nächsten vier Jahre meines Lebens verbringen will. Klar, letztlich erzähle ich es meinen Freunden, aber zuerst will ich mir absolut sicher sein. Ich will in der Schule auftauchen, dabei entweder eins meiner zehn Yale-T-Shirts tragen oder mein einziges University-of-Oregon-Sweatshirt, und selbstbewusst meine Entscheidung verkünden.

Aber in diesem Augenblick flippe ich aus vor Angst, und Morgan weiß, dass etwas nicht stimmt, und ich habe keine Eier. Echt, die Eier sind mein Problem.

»Ich glaub dir nicht«, sagt Morgan. »Was habe ich falsch gemacht?«

»Wir müssen einen Ei-Ersatz finden.« Das ist zwar die Antwort auf eine Frage, nur nicht die Frage, die Morgan gestellt hat. »Vielleicht schreibe ich eine Nachricht an alle. Erinnerst du dich an Julias vegane Backphase im letzten Jahr und an diese grauenhaften Vollkornmuffins?«

Ich tippe meine Frage in den Gruppenchat ein. Eine Sekunde später taucht eine Blase neben Julias Namen auf und ich spüre ein Schuldgefühl. Wenn Julia bereitsteht, in einer Backkrise auszuhelfen, dann haben sie und Kevin vermutlich keinen Sex. Und sie verdienen eine magische Nacht mehr als alle anderen.

Mein erstes Mal mit Morgan war wie direkt aus einem Liebesroman. Es war letzten Sommer am Nationalfeiertag. Morgan, Madison und ich hatten Brownies gebacken und eine Flasche Rosé-Sekt aus dem Kühlschrank geklaut. Damit lagen wir auf einer weichen Decke und wollten uns das Feuerwerk ansehen. Als Madison anfing, sich über die Mückenstiche zu beschweren, und beschloss reinzugehen … na ja, da führte eben eins zum anderen. Das war eine ganz andere Art Feuerwerk.

Es ist wahr, dass ich mich regelmäßig darüber beschwere, dass Jungfräulichkeit ein sinnloses soziales Konstrukt ist, das lediglich heteronormative Konzepte von Sexualität unterstützt. Aber es ist auch wahr, dass ich fast jeden Tag an jene Nacht denke.

»Zoe, ich bin für dich da«, sagt Morgan in flehendem Ton. »Du kannst mir sagen, was los ist.«

Ich lege das Handy auf den Tresen und schaue auf. Morgan hat sich vorgebeugt, die Hände zu Fäusten geballt, die Stirn in Sorgenfalten. Wir sind jetzt schon zwei Jahre zusammen und ich bin immer noch tief beeindruckt von Morgans unerschöpflichem Vermögen, sich um andere zu kümmern. Neunzig Prozent ihrer Zeit sorgt sie sich um ihre Schwester – und das auch aus verständlichen Gründen. Aber von dem Moment, an dem ich angefangen habe, mich merkwürdig zu benehmen, war Morgan ganz und gar darauf eingestellt, mir zu helfen. Keine Ahnung, wie ich so ein Glück haben konnte.

»Ist es, weil ich Panik hatte wegen Madison? Oder weil ich dich nicht beachtet habe vorhin, als ich mit meiner Mom telefoniert hab?«

»Es ist nicht …«

»Das tut mir nämlich echt leid, Zoe. Ich weiß, ich war abgelenkt heute Abend, aber jetzt bin ich hier. Ist es komisch für dich, dass ich immer irgendwie in Sorge um meine Schwester bin?«

»Nein, damit hat es nichts zu tun. Ich schwöre, es macht mir nichts aus, wie nah du und Madison euch seid.«

Morgan guckt skeptisch, aber das ist die Wahrheit. Manche Mädchen wären vielleicht eifersüchtig auf die Beziehung der beiden, aber ich finde es wunderbar, wie Morgan Madison vergöttert. Und ich will unbedingt, dass sie miteinander klarkommen. Hauptsächlich, weil sie es verdienen, glücklich zu sein. Aber auch, weil ich mehr Zeit zum Lernen hätte, wenn ich nicht ständig Schwesterdramen auflösen müsste.

»Erzählst du mir dann einfach mal, was nicht stimmt?«, fragt Morgan. »Oder soll ich die ganze Nacht weiterraten? Denn das mache ich. Du weißt es. Ich kann sehr hartnäckig sein.«

»Das ist mir wohl bewusst.« Mein Handy summt, ich öffne den Messenger und sehe drei Nachrichten von Julia und zwei von Kevin. Keine Ahnung, was die beiden vorhaben, mit Sex scheint es aber nichts zu tun zu haben.

»Ahem.« Morgan räuspert sich.

Ich lege mein Telefon umgedreht auf den Küchentresen, weiß aber immer noch nicht, was ich sagen soll. Ich könnte

1. ganz direkt sagen, dass ich in Yale angenommen worden bin,

2. weiter ausholen und meine Erleichterung darüber, überhaupt auf der Warteliste gelandet zu sein, erklären oder

3. meine Probleme völlig ignorieren und Morgan bitten, mit mir nach Mexiko zu fliegen. Wäre das doch bloß eine reale Option.

»Ich warte …«

Ich lege den Kopf in die Hände. Ich hätte es Morgan sofort erzählen sollen, als ich die Mail gekriegt habe. Sie hätte mir dabei geholfen, mich durch diese verwirrenden Gefühle zu arbeiten. Jetzt fühle ich mich verloren.

»Gut«, sagt Morgan nach nahezu einer Minute Schweigen. »Dann muss ich anfangen zu raten. Wenn es wirklich nichts damit zu tun hat, dass ich mir um Madison Sorgen mache … ist es dann, weil ich nicht dieses rote Ballkleid genommen habe, das du so gern mochtest?«

»Ich erinnere mich nicht an ein rotes Kleid, ehrlich«, sage ich und lasse mich unabsichtlich auf Morgans Frage-und-Antwort-Spiel ein. Sie wird nie erraten, dass ich in Yale angenommen worden bin. Es ist Jahre her, seit Yale das letzte Mal jemanden von der Warteliste angenommen hat, und das hat mir, nebenbei bemerkt, jeder in meiner Familie unter die Nase gerieben.

»Okay. Hm … ist es, weil meine Mom so eine blöde Bemerkung über dein Dekolleté gemacht hat, als wir Fotos geschossen haben?«

»Nein, ich fand sie witzig.«

»Oh, ich weiß. Wie wär's denn damit: Auf dem Ball hast du all diese Typen gesehen, die sich an ihren Freundinnen rieben, und das hat dich wahnsinnig angemacht und das hat deine sexuelle Orientierung ins Wanken gebracht?«

Ich gebe ein Kotzgeräusch von mir.

»Oder du hast dich ausgeschlossen gefühlt, weil wir nicht so getanzt haben, und jetzt glaubst du, ich schäme mich dafür, dass ich mit dir zusammen bin?«

Ich schüttele den Kopf.

»Ich komm schon noch drauf.« Morgan trommelt mit den Fingern auf die Arbeitsfläche. »Erst als wir kurz davor waren, es zu tun, bist du auf einmal komisch geworden. Aber gibt es ein Universum, in dem du keinen Sex mit mir haben willst?«

Ich lache.

»Ich hab's!« Morgan springt vom Tresen. »Ich wette, es ist, weil das Zimmer von deinem Onkel mit Yale-Zeug vollgestopft war – da hast du dich wieder schlecht gefühlt wegen der Uni, oder?«

Ich nicke langsam und Morgans Ton wechselt sofort von triumphierend, weil sie das Rätsel gelöst hat, zu mitfühlend und besorgt.

»Dein Onkel ist ein Arschloch«, sagt Morgan. »Es gibt so viel mehr im Leben als Eliteunis. Du, Madison und ich, wir werden es toll zusammen haben. Ehrlich gesagt, finde ich sowieso, dass Oregon besser für dich ist. Denk doch mal an dieses Camp für Schlaue, in dem du letzten Sommer warst? Du hast die Atmo geliebt. Und ich weiß nicht, ob es dir an der Ostküste gefallen würde. Das geht da irgendwie hochnäsig zu und so. Oregon … da sind eher deine Leute.«

Zu allem, was Morgan sagt, nicke ich heftig, und als sie mit ihrer Tirade fertig ist, fließen meine Tränen. Sie hat gerade alles ausgesprochen, was ich fühle, seit ich die Mail aufgemacht habe.

»Ich bin so froh, dass du das alles gesagt hast.« Ich wische mir die Tränen aus den Augen. »Aber es war nicht nur das gruselige Schlafzimmer von meinem Onkel. Was ich dir nicht erzählt habe, ist …«

Ich nehme mir einen Moment Zeit, um meine zitternden Hände zu beruhigen. Morgan starrt mich an, ihr Mund steht ein wenig offen, so als würde sie schon wissen, dass jetzt was ganz Großes kommt.

»Ich hab dir nicht erzählt, dass ich von der Yale-Warteliste runter bin. Sie haben mir diese Woche gemailt, ich glaube, so was ist seit Ewigkeiten nicht passiert und ich bin total ausgetickt. Du weißt ja, wie fest ich …«

»OH MEIN GOTT!«, kreischt Morgan – und normalerweise ist meine Freundin keine Kreischerin. Aber ehe ich den Satz beenden kann, fliegt sie auch schon durch die Küche und umarmt mich, dass die Knochen krachen. »Ich freue mich so für dich! Ist das zu fassen, Zoe?«, kreischt Morgan wieder. »Das ist, was du dir immer gewünscht hast! All deine Träume werden wahr.«

Mein Körper wird schlaff in Morgans Umarmung. Eigentlich sollte mich ihre unkontrollierbare Freude berühren, aber ich fühle mich nur taub. Morgan ist meine Freundin. Sie sollte meine tiefsten Unsicherheiten verstehen. Sie sollte mich besser kennen, als ich mich selber kenne. Aber das hier? Die Umarmung und das Kreischen und Lachen? Das ist das Letzte, was ich mir gewünscht habe.

Julia

»Au, au, au, au.«

Kevin hört sofort auf.

»Moment, nein. Alles gut.«

»Sicher?« Kevin küsst meine Stirn. »Ich will dir nicht wehtun.«

»Ja, lass es uns weiter versuchen.« Kevin versucht wieder, in mich einzudringen. Auf halbem Weg kommt der Schmerz zurück. Ein Schmerz, der stechend und schrill ist. Ein Schmerz, der die Vagina füllt, in Wellen durch den Oberkörper läuft und die Schenkel hinunter. Es ist, als würde eine Mauer ihn hindern, weiterzukommen.

»Au, au, au.« Ich drücke die Fingernägel in Kevins Unterarme. Er zieht zurück.

»Was ist denn? Tut es immer noch weh?«

»Ja.« Tränen steigen mir in die Augen. Was ich über Sex als erworbene Fähigkeit gesagt habe, nehme ich zurück. Menschen haben andauernd Sex und ich hab nie gehört, dass sie dabei unerträgliche Schmerzen erleiden. Unsere Spezies hätte nicht so viele Jahrhunderte überlebt, wenn Sex für alle so unangenehm wäre. Wir reden hier von einer verdammten fundamentalen Funktion. Und ich hab den Bio-Test letztes Jahr mit überragendem Ergebnis abgeschlossen. Ich habe es sogar geschafft, besser als Zoe abzuschneiden, der Königin der standardisierten Tests.

»Mist. Verdammter Mist.« Ich zerre ein klebriges Kissen unter Kevins Kopf raus und schleudere es durch den Raum. Es trifft eine Lampe, die mit einem dumpfen Geräusch auf den Boden fällt.

»Hm, dieses Kissen da hab ich gerade benutzt. Aber okay.«

»Warum kann ich das nicht? Das ist doch Scheiße.«

»Ist nicht deine Schuld.« Kevin richtet sich auf, er setzt sich im Schneidersitz auf die zerknitterte Decke. »Jeder Körper funktioniert anders. Wir kriegen das schon irgendwann hin, da mache ich mir keine Sorgen.«

»Ich weiß.« Kevin macht sich allem Anschein nach nie über irgendwas Sorgen. Ich wünschte, ich könnte so dauergechillt sein wie er. »Ich hasse es einfach, schlecht in was zu sein. Ich wette, Madison und Jake haben dieses Problem nicht. Und Zoe und Morgan haben immerzu Sex. Es liegt nur an mir. Ich bin die Versagerin.«

»Nun ja, Zoe und Morgan versuchen nicht, einen Penis reinzukriegen.«

»Du hast recht. Ich hätte eine verdammte Lesbe werden sollen.«

»Hab ich nicht gemeint.« Kevin streicht mir den Pony aus dem Gesicht. Ich hatte beschlossen, was Abenteuerliches zu tun, und mir für den Abschlussball einen Pony schneiden lassen. Ich bin mir immer noch nicht sicher, ob mir das gefällt, aber ich mag es sehr, dass Kevin dieser Pony als Ausrede dient, mein Gesicht öfter als sonst zu berühren. »Wie wär's denn, wenn wir was Schönes machen, damit du mal an was anderes denkst?«

»Was denn?«, frage ich. »Wir sind nur zu einem Zweck in einem Haus mitten im Wald. Und da ist nichts Schönes dran, wenn ich keinen Sex haben kann.«

»Ich habe meinen Computer dabei, wir könnten also Netflix gucken oder so. Und vielleicht diese Backsendung, von der du immer redest?«

»Könnten wir.« Ich lege beide Arme übers Gesicht, damit Kevin meine feuchten Augen nicht sieht. Das sollte die perfekte Nacht werden. Das sollte eine Nacht werden, an die ich noch in fünfzig Jahren zurückdenken würde. Ich wollte Funken und Leidenschaft und die Art märchenhafte Romantik, über die ich mich immer lustig mache, aber trotzdem heiß ersehne. Leuten beim Teigkneten oder der Vervollkommnung ihrer italienischen Baisers zuzuschauen, hatte ich da bestimmt nicht vorgehabt.

Kevin rutscht vom Bett und holt den Laptop. »Hier.« Er reicht mir den Computer. »Wähl du ihn ein. Ich mach mich mal ein bisschen sauber. Die sollten wirklich eine Gebrauchsanweisung für dieses Gleitmittel mitgeben.«

»So was wie: Benutzen Sie nicht alles auf einmal?«

»Genau.« Kevin schnappt sich seine Sachen und geht ins Bad. Ich bin froh, dass wir eines der Schlafzimmer mit angrenzendem Bad besetzt haben. Ich stelle mir vor, wie Kevin nackt zum allgemeinen Badezimmer läuft und seine mit Gleitgel bedeckten Füße auf den Holzböden ausrutschen. Kein schöner Anblick.

Ich klappe den Computer auf und wähle das erstbeste verfügbare WLAN. Ich glaube, wenn man im Wald lebt, ist passwortgeschütztes Internet nicht die allergrößte Sorge. Ich tippe Netflix in die Suchmaske ein, kann mich aber nicht dazu bringen, Enter zu drücken. Ich bin nicht der Typ Mensch, der aufgibt. Und ein befriedigendes sexuelles Erlebnis mit Kevin werde ich ganz bestimmt nicht aufgeben. Wenigstens nicht so schnell.

Ich tippe etwas anderes in die Suchmaske ein.

Cosmopolitan.com.

Als ich noch klein war, bin ich im Badezimmer mal auf einen Stapel von Moms Zeitschriften gestoßen. Ich weiß noch, wie ich mich durch meine erste *Cosmo* im Leben geblättert habe und wie verwirrt ich war über die Zeichnungen von aufeinanderliegenden Leuten und die Spielzeuge, die überhaupt nicht wie Spielzeug aussahen. Erst Jahre später ging mir auf, von welcher Art Spielzeug da die Rede gewesen war. Wie peinlich.

Ich scrolle mich durch die Liste kürzlich erschienener Artikel.

13 Stellungen, die junge Mütter kennen sollten
Die Wahrheit über den Nippel-Orgasmus
Was Sie übers Zehenlutschen wissen müssen
15 einfache Tipps für besseren Sex

Ich klicke den letzten Artikel an. Einfach, das ist es, was ich brauche. Ich kriege nicht mal Kevins Penis in mich rein, da bin ich mit Sicherheit nicht fortgeschritten genug für Sachen wie Zehenlutschen (was?) oder Brustwarzenorgasmen (da tun sich so viele Fragen auf).

Ich überfliege die Liste. Der erste Vorschlag ist Gleitmittel, das wir schon in peinlichstem Umfang ausprobiert haben. Es gibt Hinweise zu Sexspielzeug, Rollenspiel, Akupunktur, Masturbation, Yoga. Aber keine Erklärungen dafür, warum meine Scheide zu eng oder zu trocken sein könnte, um einen durchschnittlich dimensionierten Penis aufzunehmen. Ich brauche was Einfacheres als einfach, ich brauche eins von diesen *»Sex für Dummies«*-Büchern.

»Also, was gucken wir?« Kevin kommt aus dem Bad, seine Kleidung klebt an seiner immer noch klebrigen Haut. Wir werden mehrmals duschen müssen, ehe wir vollkommen gleitmittelfrei sind.

»Ich lese gerade was.«

»Und was liest du?« Kevin klettert wieder aufs Bett und kuschelt sich in meinen Arm. Als er sieht, auf welcher Website ich bin, seufzt er. »Jules, du hast was Besessenes.«

»Gar nicht, ich lasse mich nur nicht vom Plan abbringen.«

Kevin lacht und küsst meine Nase. Das wirkt immer, wenn ich von irgendwas besessen bin.

»Aber ernsthaft«, sage ich. »Ich will nicht aufgeben. Es ist ein alberner Pakt, ich weiß, aber mir ist es wichtig. Ich will nicht, dass das hier ein ganz normaler Abend ist, an dem wir Netflix gucken, bei dir im Keller rummachen und Pizzabagels aus der Mikrowelle essen. Ich will mit dir zusammen sein.«

Kevin sagt nichts, deshalb fahre ich mit unnötigen Erklärungen fort. »Im Sinne von zusammen mit dir zusammen. Auf sexuelle Weise. Egal. Du weißt, was ich meine.« Ich drücke das Gesicht auf die Arme. In meiner Verzweiflung werde ich verlegen. Verlegener als sonst.

Kevin stößt langsam die Luft aus. Ich weiß, er fürchtet, er könnte mir wehtun, aber ich weiß auch, dass er bereit sein wird, es noch mal zu versuchen. Er hat mich immer unterstützt, meine Ziele zu erreichen, ob es nun die Hula-Hoop-Amateurmeisterschaft war, bei der er mich angefeuert hat, oder das Fynn-Ludwig-Konzert in Portland, zu dem er mich gefahren hat. Dieses Mal geht es darum, zum dritten Mal in einer Nacht zu versuchen, Sex zu haben.

»Okay«, sagt Kevin schließlich. »Aber lass uns was Neues versuchen. Was wir da vorher gemacht haben, hat eindeutig nicht funktioniert. Gibt es in dem Artikel da irgendeinen Rat?«

»Eigentlich nicht. Es sei denn, du stehst auf Zehen.«

»Nee, deine Füße sind irgendwie hässlich.«

Ich wälze mich auf die Seite, damit ich Kevin einen Tritt geben kann. Er nutzt die Gelegenheit, mir den Computer wegzuschnappen, und scrollt sich durch den Artikel.

»Besorge dir neues Spielzeug im Sexshop in deiner

Nähe‹«, liest er. »Ich mache lieber mit deinen Füßen rum, als in einen Sexshop zu gehen.«

»Wenigsten ermutigen sie die Leute dazu, regional einkaufen zu gehen«, sage ich.

Kevin liest weiter. »›Probiere abenteuerliche Stellungen aus.‹ Och nee. Du warst mal im Zirkus-Ferienlager, aber ich bin kein Akrobat. ›Plane einen romantischen Ausflug, eine Partnermassage oder erotisches Yoga.‹ Wird nicht funktionieren, ist mitten in der Nacht. Und ich will auch gar nicht wissen, was erotisches Yoga ist.«

»Siehst du? Da steht nichts Hilfreiches.«

»Warte mal, das hier können wir machen. ›Rollenspiel, lebe eine sexuelle Fantasie aus‹«, liest er. »Perfekt. Was war das noch gleich für eine Fantasy-Serie, die du so gut findest? *The Power of Eldork*?«

»*The Legend of Elgorp.* Das weißt du auch«, sage ich.

Kevin grinst. Ich versuche seit Jahren, ihn davon zu überzeugen, die Elgorp-Bücher zu lesen. Das ist eine Fantasy-Serie in acht Bänden, geschrieben von der großartigsten Autorin aller Zeiten, Josephine Maguire. Sie ist kein Fynn Ludwig, steht aber trotzdem ganz oben auf meiner Liste von Berühmtheiten, für die ich schwärme. Ihr Weltentwurf ist verdammt phänomenal. Sie ist wie eine neue, verbesserte Version von Tolkien.

»Lass uns doch ein Rollenspiel mit was aus Elgerp ausprobieren. Vielleicht lenken diese Fantasysachen dich ja von den Schmerzen ab.«

»Du weißt genau, dass es Elgorp heißt. Und wir reden hier von sexuellen Fantasien, so was wie es in der Öffentlichkeit tun oder mit einem Clown oder was weiß ich.«

»Mit Clowns?«

»Ich hab da mal was auf Tumblr gelesen.«

»Okay, aber eine Szene aus Elgorp nachzuspielen wäre anmachender, als so zu tun, als wären wir Clowns. Besonders für dich. Wie wäre es denn, wenn Yesmina entführt wird und die Elfen von Todrina sie gefangen halten? Sie ist total in Panik und so und versucht sich zu befreien.«

»Woher weißt du ...« Ich starre Kevin an, total verwirrt von seiner plötzlichen Kenntnis des Elgorp-Universums. Normalerweise widersetzt er sich meinen Bemühungen, ihm was über die diversen Blutsverwandtschaften und Konflikte zwischen den Provinzen beizubringen.

»Oder wie wäre es, wenn Tan versuchen würden, dem unheimlichen Nixenvolk das goldene Medaillon zu stehlen? Und die umzingeln ihn und fangen an zu chanten?«

Mir klappt der Mund auf. »Kev ... woher weißt du all diese Sachen?«

Kevin grinst wieder. »Vor ein paar Monaten hab ich heimlich angefangen, die Elgorp-Bücher zu lesen. Ich wollte dich überraschen.«

»Oh mein Gott!«, kreische ich und werfe mich auf Kevin. Ich küsse ihm das ganze Gesicht ab, bis ich Luft holen muss. »Nicht zu fassen, dass du all diese Bücher für mich gelesen hast.«

»Ich bin erst beim fünften. Also, wenn du mir mit Spoilern kommst, mache ich Schluss mit dir.«

»Trotzdem, das ist ja irre! Das zweite Buch hat achthundert Seiten. Und du liest ja echt nicht gern zur Unterhaltung.«

»Ja, als ich gesehen habe, wie lang die Dinger sind, dachte ich, ich würde sie nicht durchkriegen. Aber ich bin mitgerissen worden. Die Charaktere sind total gut, weißt du? Yesmina und Lila müssen am Ende zusammenkommen, oder? Und ich muss wissen, ob Tan mit Queen Hayoria zusammenarbeitet. Oder vielleicht arbeitet er ja nicht aus eigener Überzeugung für sie, sondern wird dazu gezwungen oder auf irgendeine Weise manipuliert.«

»Oh mein Gott«, hauche ich.

»Sorry, eigentlich sollte das eine Überraschung werden, aber … na gut.« Kevin zuckt mit den Schultern.

»Nein, es ist nur …«

»Was?«

»Das hört sich jetzt blöd an.«

»Du kannst es mir erzählen.« Kevin nimmt meine Hände.

»Es ist nur so … wenn ich dich über Elgorp reden höre, macht mich das total an.«

Kevins Gesicht leuchtet. »Du willst das also machen? Du willst so ein Rollenspieldings ausprobieren, wie es in der Zeitschrift vorgeschlagen wird?«

»Oder wir überspringen das Rollenspiel und versuchen

es noch mal mit normalem Sex.« Ich ziehe Kevin wieder an mich. Ich weiß seine neue Leidenschaft für die Elgorp-Bücher absolut zu schätzen, aber den Gedanken an Rollenspiele finde ich einfach mega-peinlich, selbst mit meinem Freund.

»Auf keinen Fall, ich habe eine tolle Idee.«

»Kevin …«, stöhne ich, als er wieder ins Bad geht.

»Du kennst doch diesen Spruch? ›Ein Narr ist jemand, der dasselbe macht, aber andere Ergebnisse erwartet.‹? Hat Einstein das nicht gesagt?«

»Hä?«

»Ich sagt nur, wir sollten es ein wenig mischen. Was Neues versuchen.« Kevin zeigt mir den hochgehaltenen Daumen, dann schließt er die Tür hinter sich.

»Hm, okay?«

Ich dachte, in unserer Beziehung wäre ich diejenige mit Sinn fürs Abenteuerliche. Ich habe diese ganze Sache mit dem Sex-Pakt eingefädelt, der in meinen Augen der Höhepunkt der Aufregung war. Aber jetzt fordert mich mein Freund, mein total normaler, im sozialen Miteinander eher unbeholfener, irgendwie zurückhaltender Freund, zu sexuellen Rollenspielen auf. Ich lasse mich auf den Rücken fallen und bin mir überhaupt nicht mehr sicher, in welche Richtung sich diese Nacht entwickelt.

»Ich bin gleich wieder da, okay?«, ruft Kevin durch die geschlossene Tür. Er klingt so aufgeregt. »Mach dich darauf gefasst, in ein fantastisches Abenteuer entführt zu werden!«

Julia macht einen Dreier mit Katze

Gruppenchat
03:05

Kevin: Gibt's was Neues, Alex?

Zoe: Ja, sag uns Bescheid, wenn sie aus dem Operationssaal kommt!

Alex: Das kann noch eine Weile dauern, Leute. Es hat Komplikationen gegeben.

Kevin: Oh nein, das tut mir ja so leid.

Julia: Was war los? Ich dachte, solche Operationen wären was ganz Gewöhnliches?

Alex: Ist nichts Furchtbares. Ehrlich gesagt, verstehe ich nicht genau, was da vorgeht. Ich glaube, sie können ihre Arterien nicht auf normale Art weiten, sie müssen also was anderes versuchen. Und sie haben spät angefangen. Wir müssen einfach noch länger warten, bis wir irgendwas erfahren.

Julia: Ist Leah noch da?

Alex: Ja, sie hat meiner Familie einen Haufen Essen mitgebracht. Jetzt haben wir uns auf die Suche nach den Lotteriezahlen von gestern gemacht.

Julia: Nur zu, wenn euch das den Kick gibt ☺

Morgan: Ernsthaft, Julia?

Julia: ICH WILL DOCH NUR HELFEN, IHN ABZULENKEN

Julia: Sorry, Alex ☹

Alex: Ihr helft sehr, Julia eingeschlossen. ☺

Julia: Jaaa!!!

Zoe: Nebenbei: Was ist ein guter Ersatz für Eier? Ich will Scones backen, habe aber keine Eier.

Julia: Und das nennt ihr jungen Leute heutzutage also Sex 😉

Julia: Ich würde Bananen nehmen.

Kevin: Meine Schwester nimmt manchmal Tofu anstelle von Eiern, weil sie Allergien hat.

Julia: Das funktioniert nur mit einer bestimmten Sorte Tofu. Außerdem war die Frittata, die deine Schwester mit Tofu gemacht hat, total eklig. BANANEN SIND BESSER.

Alex: Könnt ihr das vielleicht unter euch klären?

Julia: Wir befinden uns in verschiedenen Räumen.

Alex: Ist irgendwie schwer, Sex zu haben, wenn man in verschiedenen Räumen ist, oder?

Julia: Wir bereiten uns auf ein heißes Fantasy-Rollenspiel vor.

Alex: Werdet ihr etwa nach dieser schrecklichen Fantasy-Serie, die du liest, Sex haben?

Alex: Ehrlich gesagt, bitte antworte darauf nicht.

Julia: THE LEGEND OF ELGORP IST NICHT SCHRECKLICH.

Julia: Und das war Kevins Idee.

Morgan: Häng das nur Kevin an, Julia.

Alex: Das alles wollte ich wirklich nicht wissen.

Kevin: O Gott, Julia, ich mach Schluss mit dir. Hör auf, so was an alle zu schicken.

Madison

»Ich weiß nicht, Mann. Das wirkt unmöglich.«

Ich stehe auf der Auffahrt, starre das Dach an und versuche zu visualisieren, wie ich da raufkomme. Das Haus ist praktisch eingeschossig, aber es gibt einen Keller und einen Dachboden, es wirkt also viel größer als ein eingeschossiges Gebäude. Außerdem, wird mir klar, sehen Dächer viel steiler aus, sobald man beschließt, auf sie raufzuklettern.

»Für mich ist das kein Ding, Babe. Du weißt ja, ich werf einen Fastball mit 145 Stundenkilometern.« Jake schnappt mir die Tüte *Hot Cheetos* aus den Händen, holt aus wie auf dem Pitcher's Mound und wirft den salzhaltigen Snack in die Luft. Er johlt aufgeregt, als die Tüte in hohem Bogen durch den Himmel fliegt und auf dem Dach des Hauses verschwindet.

»Was sollte das denn?«

»Hätte ja sein können, dass du dir einen Kopf machst, wie du mit den *Cheetos* in der Hand aufs Dach kommst.« Jake grinst. »Nun hast du die Hände frei.«

»Über die *Cheetos* mache ich mir keinen Kopf«, sage ich. Aber über meine Fähigkeiten, Mauern hochzuklettern, besonders wenn alles anfängt wehzutun, denke ich. Aber dieses Detail teile ich Jake nicht mit. »Das ist Umweltverschmutzung, das weißt du«, sage ich stattdessen. »Eindrucksvolle Umweltverschmutzung, aber immer noch Umweltverschmutzung.«

»Och, Babe. Du findest mich eindrucksvoll? Das war ein ziemlich guter Wurf.« Jake reckt den Hals, damit er das Dach besser sehen kann.

»Es war eindrucksvolle Umweltverschmutzung, habe ich gesagt. Die Betonung lag auf Umweltverschmutzung.«

»Komm schon, Babe. Du musst dich mal locker machen.« Jake nimmt einen letzten Zug von seiner Zigarette, die Kippe wirft er auf die Auffahrt und tritt sie mit dem Fuß aus. Nur Jake hat den Nerv, mitten in einer Diskussion über Umweltverschmutzung eine Kippe auf den Boden zu werfen. »Du bist nur noch wie lange in der Schule? Einen Monat? Darum geht es doch bei diesem Highschool-Ding.«

»Darum, *Cheetos* aufs Dach zu werfen?«

»Egal was auf Dächer zu werfen, eigentlich«, sagt Jake mit ernster Miene. »Einmal war ich bei meinem Kumpel Duncan zu Hause und uns war langweilig. Also haben wir einen Haufen Mentos bei ihm aufs Dach geworfen. Du weißt doch, wenn man Mentos mit Cola mischt, gibt das eine Explosion. Die Mentos lagen also überall auf dem Dach rum und dann haben wir Colaflaschen raufgeworfen, damit was passiert.« Jake grinst. »Na, meine Flaschen sind auf dem Dach gelandet. Duncans hauptsächlich im Garten. Er spielt First Base, das hätten wir also kommen sehen können.« Jake lacht, wie ich vermute, über eine Art Baseballbeleidigung. Ich starre ihn an und weiß nicht recht, auf welchen Teil seiner aberwitzigen Geschichte ich zuerst reagieren soll.

Ich entscheide mich fürs Naheliegendste. »Bitte, sag mir, dass ihr high wart«, sage ich.

»Babe, nun komm schon. Du kennst mich.« Jake zieht mich an sich, damit er mich umarmen kann. »Ich würde auch Coke nach Mentos werfen, wenn ich stocknüchtern wäre.«

»Aber ihr wart high.«

»Oh, ja. Wir waren voll drauf«, sagt Jake.

»Logisch.«

Ich zittere in Jakes Armen, als eine kühle Brise durch die Bäume um uns herum rauscht. Nun ja, eher eine lauwarme Brise. Dieser Frühling war ganz außergewöhnlich heiß. Zoe hat uns noch häufiger als sonst Vorträge über die Gefahren der globalen Erwärmung gehalten – aber ich stehe trotzdem mitten in der Nach nur in Tank Top und Pyjamashorts draußen. Ich presse mein Gesicht an Jakes Brust und genieße die Hitze seiner nackten Haut.

»Warte mal eben.« Ich löse mich aus Jakes Umarmung. Jetzt erst merke ich, dass mein Freund nur Boxershorts trägt, sonst nichts. »Ist dir nicht kalt?« Natürlich hat Jake sich nicht die Mühe gemacht, was Richtiges anzuziehen, ehe er nach draußen geht. So was erfordert zu viel Vorausschau.

»Nee, Babe, alles gut. Ich war schon so oft der Streaker, das hier ist gar nichts.«

Ich schüttele den Kopf. Zu manchen Kleinigkeiten sagt man am besten gar nichts. »So, wie kommen wir aufs Dach? Ich geh mal davon aus, dass du mich nicht werfen kannst.«

»Wahrscheinlich nicht«, sagt Jake nach einem Moment ernsthaften Überlegens. »Mein Limit fürs Sachen werfen liegt ungefähr bei viereinhalb Kilo.« Jake dreht sich zu mir, ein panischer Ausdruck zieht über sein Gesicht. »Ich will dich ja nicht beleidigen, Babe, ich schwöre. Aber du bist größer als ein Baseball. Ist einfach Fakt.«

»Ich bin nicht wirklich beleidigt, Jake.« Ich schaue wieder das Dach an, das irgendwie noch höher wirkt als vor ein paar Minuten. »Vielleicht sollten wir die ganze Sache einfach vergessen. Geh wieder rein. Zoe hat bestimmt nichts dagegen, dass du drinnen rauchst. Solange wir vorsichtig sind und nichts in Brand setzen.« *Und solange wir ein paar Fenster aufreißen und lüften,* denke ich.

»Wir kommen aufs Dach«, sagt Jake. Als ich nicht reagiere, nimmt er meine Hand. »Es sei denn, du willst nicht.«

Ich beiße mir auf die Unterlippe. Das ist die Gelegenheit, mich zu drücken. Ich habe es mir anders überlegt, kann ich sagen, ich kann wieder reingehen und Sex mit Jake haben, umgeben von toten Tierköpfen, wie ein normaler Mensch. Oder ich kann ein Risiko eingehen, mir eventuell jeden Knochen im Körper brechen und es auf dem Dach tun. Laut Jake ist es das, worum es in der Highschool geht.

»Ich bin dabei.« Langsam lasse ich die Handgelenke kreisen, um den dumpfen Schmerz zu lindern, der sich draußen irgendwie schlimmer anfühlt. »Wie kommen wir da rauf? Ich nehme mal an, eine Treppe gibt es nicht.«

»Keine Treppe«, sagt Jake. »Dächer sind ja irgendwie gefährlich, da wollen sie es den Leuten nicht so leicht machen, raufzukommen. Wir könnten gucken, ob in der Garage eine Leiter liegt. Aber manchmal hat man Glück bei alten Häusern und es gibt so eine angebaute Leiter, an der Pflanzen wachsen.«

»Ein Rankgitter?«

»Keine Ahnung, wie sich das nennt«, sagt Jake. »Aber einmal, bei meinem Kumpel zu Hause, haben wir dieses Holzgitterdings gefunden, das an der Hauswand befestigt war. War ein Kinderspiel, da aufs Dach zu kommen.«

»War das bei Duncan?«

»Nein, bei Stevie.«

»Auf wie vielen Dächern warst du schon?«

»Drei. Nein, vier. Äh, dreieinhalb.«

»Aha. Dann wollen wir mal sehen, ob wir was finden. Du gehst voran.« Normalerweise treffe ich die Entscheidungen in unserer Beziehung, hauptsächlich weil Jake die Verkörperung des Go-with-the-Flow-Typs ist. Aber dieses Mal überlasse ich ihm gern die Führung. Zumal ich heute

Nacht gelernt habe, dass Dächer erklettern sein Fachgebiet ist.

»Okay. Wahrscheinlich geht's hinten rum.«

Hand in Hand umrunden wir das Haus. Sobald wir die Auffahrt verlassen, bedauere ich, dass ich keine Tennisschuhe anhabe. Das taufeuchte Gras pikt durch meine Flipflops und überzieht meine Füße mit Naturschleim, und als wir seitlich an der Hauswand entlanggehen, muss ich alle paar Sekunden stehen bleiben und mir Steinchen von den Füßen schütteln.

»Psst, runter.« Ich ziehe Jake weiter runter auf den Kiesweg, als wir an einem großen Panoramafenster vorbeikommen, durch das man in die Küche gucken kann. Da macht Zoe irgendwas mit Rührschüsseln und Morgan hüpft mit den Händen in der Luft herum. Alles sehr seltsam.

»Warum verstecken wir uns?«, fragt Jake.

»Uns soll keiner sehen«, flüstere ich. Eigentlich machen wir nichts Verkehrtes, aber ich habe das Gefühl, Morgan würde das anders sehen. »Komm jetzt.«

Jake und ich huschen an Küche und Wohnzimmer vorbei, unter den Fenstern ducken wir uns. Wir trapsen durch noch mehr nasses Gras, ehe wir die Seitentür erreichen, die wir vor einer Viertelstunde einen Spalt offen gelassen haben. Jake hatte aus dem Fenster steigen wollen, um aus dem Haus zu kommen, aber ich hatte die etwas versteckt liegende Tür vorgeschlagen, weil mir das die logischere, aber trotzdem noch raffinierte Alternative zu sein schien.

»Bingo. Das ist unser Ticket fürs Dach, Babe.«

Jake zeigt auf die Steinmauer neben der Tür. Und richtig, da ist ein Holzspalier, durch das sich grüne Zweige ranken. Unter dem Gewicht der Pflanzen scheint sich die wackelige Konstruktion zu biegen. Dass dieses Ding in der Lage sein soll, mich zu tragen, bezweifle ich ernsthaft. Und auf gar keinen Fall ist es stark genug für Jake, der mit Stolz 5000 Kalorien am Tag vertilgt.

»Das ist so ein Rankgitter, von dem ich geredet habe«, sage ich. »Es ist rein dekorativ. Für Blumen und so. Wirklich nicht mit einer Leiter zu vergleichen.«

Aber Jake hört nicht zu. Ohne das geringste Zögern schiebt er einen Plastikstuhl an die Wand und fängt an zu klettern.

»Oh mein Gott, du wirst sterben.« Ich halte mir beide Augen zu. »Oh Gott, oh Gott, oh Gott. Jake, bitte komm da wieder runter. Lass uns zurück ins Haus gehen. Da haben wir noch mehr zu snacken. Das hier war keine gute Idee. Es tut mir leid. Es tut mir ja so, so leid.«

Ein kratzendes Geräusch, dann ein unterdrückter Aufschrei, dann ein Plumps. Ich schiele durch die Finger, hab eine Höllenangst, den zerschmetterten Schädel meines Freundes vor mir auf dem Boden zu sehen. Aber von Jake keine Spur.

»Babe, hier oben!« Ich schaue hoch. Und da ist Jake, er steht oben auf dem Dach. Die *Cheetos* hält er triumphierend in die Luft und er grinst von einem Ohr zum anderen.

»Komm schon hoch zu mir! Dieses Ränkedings ist echt stark. Ich coache dich durch die ganze Sache.«

Mit einem blöden Lächeln im Gesicht fängt Jake an, auf dem Dach herumzutanzen, und ich breche in ein lautes, fieses, unkontrollierbares Lachen aus. Ich lache so sehr, dass mein Bauch wehtut und für den Bruchteil einer Sekunde treten die anderen Schmerzen in den Hintergrund. Soll Morgan mich doch hören, ist mir egal. Egal, wenn Jake mich für eine Irre hält. Für ein paar kurze Augenblicke bin ich völlig außer Kontrolle und es ist ein himmlisches Gefühl.

»Kommst du, Babe?«, ruft Jake, als mein Lachen verebbt und ich wieder normal atme.

»Wirst du mir helfen, zu dir raufzukommen?«

»Absolut! Ich bin bei dir bei jedem deiner Schritte. Na ja, nicht körperlich, weil ich ja auf dem Dach bin. Aber spirituell bin ich bei dir. Moment mal, so mein ich das nicht. Das ist wie diese Jesus-Sache.«

»So eine Jesus-Sache käme mir ganz gelegen«, sage ich, als ich auf den Plastikstuhl klettere. Ich packe das Rankgitter mit beiden Händen und das Holz fühlt sich zu dünn an. »Bist du sicher, dass das stark genug ist?«

»Mich hat es gehalten, oder?«

Ich zucke die Achseln, gegen seine Logik komme ich nicht an. »Gut, dann los.«

Ich setze einen Fuß auf die provisorische Leiter und wieder spüre ich den vertrauten Schmerz in den Fußgelenken, den Knien und Handgelenken. Aber dann fällt mir wieder ein, was das für ein unglaubliches Gefühl war, unkontrolliert zu lachen – ohne einen Gedanken an meinen erschöpften Körper oder was Morgan oder sonst wer von mir denkt. Und ich weiß, dass mich dieses Gefühl von Freiheit auf dem Dach erwartet.

Ich hole tief Luft. Ich lasse jedes Handgelenk noch einmal kreisen. Und ich fange an zu klettern.

Alex

Auf dieser Welt gibt es zwei verschiedene Typen von Menschen.

Menschen, die »Zutritt nur für Krankenhauspersonal«-Schilder respektieren, und Menschen, die das nicht tun. Ich gehöre zur ersten Kategorie, so wie die meisten gesetzestreuen Mitglieder der bürgerlichen Gesellschaft. Leah, wie ich heute Nacht gelernt habe, gehört der letzteren an.

»Ich hab nicht das Gefühl, dass wir hier sein sollten«, sage ich. »Lass uns zurückgehen.«

»Willst du diese Losnummern wissen oder nicht?«

»Wenn wir dafür verhaftet werden, dann nicht.«

»Uns verhaftet doch keiner, weil wir hier hinten sind. Die würden uns höflich wieder zurück in den öffentlichen Wartebereich bringen.«

»Normalerweise schlagen dir Leute nichts ab, oder?«

Leah lächelt mich süß an, dann legt sie mir eine Hand unten auf den Rücken. Kurz frage ich mich, ob das wieder so eine Prä-Kuss-Geste ist. Vielleicht hab ich mich vorhin nicht geirrt und sie startet jetzt den zweiten Versuch. Aber dieses Mal verfolgt Leah keine romantischen Absichten, sondern nutzt die Hand, um mich in flotterer Gangart durchs Krankenhaus zu schieben.

Plötzlich bleibe ich stehen und Leah stolpert fast über ihre eigenen Füße. »Was ist mit deiner Party? Vorhin schienst du hingehen zu wollen. Bist du sicher …«

»O mein Pfannkuchen!« Leah dreht sich zu mir um, ihr Gesichtsausdruck liegt irgendwo zwischen Verärgerung und Belustigung.

»O mein Pfannkuchen?«

»Na, normalerweise sage ich O mein Gott, aber weil du Christ bist, wollte ich dir nicht auf die Füße treten«, sagt Leah. »Deine Eltern haben den ganzen Abend gebetet«, fügt sie hinzu, weil ich verwirrt gucke.

»Meine Mom ist Christin. Ich nicht.«

»Okay, was auch immer. Dann eben Mein Gott. Oder Satan. Irgendwer halt. Und hör auf, mich mit der Party zu nerven«, blafft sie. »Ich bleibe bei dir, Alex. Es sei denn, du versicherst mir aufrichtig, dass es dein Wunsch ist, dass ich gehe.« Leah steht mit gestrafften Schultern da und starrt mich in den Boden. Ihr Gesicht sieht wütend aus, aber in den Augen ist ein Glitzern. Ich weiß nicht genau, ob sie einfach entschlossen ist, ein guter Samariter zu sein, oder ob noch irgendwas anderes läuft. Wie auch immer, ich kann nicht aufrichtig sagen, dass ich will, dass sie geht, und das weiß sie.

»Äh …« Ich starre auf meine Füße.

»Hab ich mir doch gedacht.« Leah wirkt extrem zufrieden mit sich. »Und nun weiter.« Sie packt die Take-away-Tüten fester und geht zielstrebig weiter durch den »Nur für Krankenhauspersonal«-Flügel.

Auch ohne das offizielle Schild ist klar, dass wir hier nicht sein sollten. Dieser Flur hat nichts von den tröstlichen Annehmlichkeiten des Wartebereichs. Keine Zeitschriften, keine Plastikpflanzen, keine gefälligen Gemälde von Kayaken, die den Willamette River runterpaddeln. Nur kahle Wände, grau gesprenkelte Linoleumfliesen und viel zu grelles Neonlicht. Gelegentlich hört man ein Husten aus einem Patientenzimmer, das gleichmäßige Geräusch von laufenden Apparaten und zwischendrin Piepen.

»Siehst du?«, flüstert Leah. »Keiner da.«

»Und was ist mit denen?« Mit einer Kopfbewegung weise ich auf das Schwesternzimmer am Ende des Flures. »Auf gar keinen Fall lassen die zwei Teenager in Abendkleidung einfach so vorbeigehen. Wir sind nicht gerade unauffällig.«

Leah sucht sich genau diesen Augenblick aus, um eine Tüte mit Essensschachteln auf den Boden fallen zu lassen. Eine der Schwestern schaut von ihrer Arbeit auf und blinzelt uns neugierig an.

»Beruhige dich«, sagt Leah und hebt die runtergefallene Styroporbox auf. »Die halten uns nicht auf. Wir kommen mit Pfannkuchen.«

»Ich hab das Gefühl, du hältst dieses Zeug für so was wie das Goldene Ticket«, sage ich. »Aber ein Haufen durchweichtes Essen ist wohl kaum eine Rechtfertigung für widerrechtliches Betreten. Und das machen wir hier gerade.«

»Aber nur noch eine Minute. Siehst du die Schwingtüren da hinten?« Leah zeigt auf eine Doppeltür gleich hinter dem Schwesternzimmer. »Die führen in die neonatologische Intensivstation. Eigentlich soll man einen anderen Eingang nehmen, aber mir gefällt diese Abkürzung.«

»Willst du damit sagen, wenn wir einen anderen Eingang genommen hätten, hätten wir die Krankenhausregeln nicht verletzt?« Ich kann es nicht fassen. »Bist du verrückt? Und woher kennst du all diese geheimen Wege? Das ist ja fast so, als würdest du hier arbeiten.« Leah antwortet mir nicht. Stattdessen reckt sie den Rücken und setzt ein warmes Lächeln auf.

»Was machst du da?«, zische ich.

Leah rammt mir den Ellenbogen in den Bauch. »Es wäre hilfreich, wenn du nicht so verängstigt gucken würdest.«

Ich bringe einen normalen Gesichtsausdruck zustande, meine Füße bleiben aber fest mit dem Linoleum verwurzelt. Ich dachte, wir würden so schnell wie möglich und mit abgewendetem Blick an den Schwestern vorbeigehen. Leah scheint eine andere Taktik zu verfolgen.

»Hallo, Leute«, sagt sie. »Wie läuft's heute Nacht?«

Ich rechne damit, dass die Schwestern einen Knopf drücken, um den Sicherheitsdienst zu alarmieren. Oder zumindest nachfragen, warum sich zwei Teenager um diese Zeit in einem nicht frei zugänglichen Bereich des Krankenhauses aufhalten. Aber weder das eine noch das andere passiert. Eine Frau sagt achselzuckend: »Alles wie immer.« Ein

Mann mit einer Maske über Nase und Mund schaut nicht mal von seinen Formularen auf.

»Nun ja, meiner Meinung nach bekommt der Nachtdienst nie genug Anerkennung. In der Welt der Medizin seid ihr die Superhelden der Nacht. Immerhin sollt ihr all diese Arbeit erledigen, ohne die Versorgung der Patienten zu vernachlässigen. Niemand würdigt je, wie schwer es ist, um diese Zeit zu arbeiten.« Leahs Ton ist mitfühlend, doch trotzdem bestimmt. Meine Ängste, erwischt zu werden, verschwinden. Ich merke, dass ich sie anstarre wie die anderen drei Pfleger und zu allem, was sie sagt, zustimmend nicke. »Wie dem auch sei, wir waren gerade auf dem Weg zur Neugeborenen-Intensiv und wir wollten euch was zu essen vorbeibringen. Muss ja bald Mittagspause sein, oder?«

Leah stellt alle fünf Essenstüten auf dem Tresen ab und ihre neuen Freunde erwachen aus ihrer Trance. Bald lachen und reden sie und preisen die neuen samtig roten Pfannkuchen von IHOP. Erst als eine der Schwestern fragt, wer genau wir sind, verkündet Leah, dass es für uns Zeit wird zu gehen.

»Das war faszinierend«, flüstere ich, als Leah durch die Schwingtüren in die Neonatologie vordringt. »Du hast sie bezaubert. Wie hast du das geschafft?«

Leah zuckt mit den Schultern. »Jahrelange Übung.«

»Aber wie kommen wir jetzt an den Computer? Ich dachte, das Essen wäre unser Goldenes Ticket. Du hast alles verschenkt.«

»Alex, Alex, Alex.« Leah seufzt. »Das Essen sollte uns durch den Flur helfen. Das ist nicht unser Goldenes Ticket hier drinnen.«

»Was dann?«

»Ich bin das.« Leah rückt die Träger von ihrem Kleid zurecht und streicht sich die Locken hinter die Ohren. »Lass mich nur machen, okay?«

Entschlossen geht Leah aufs Schwesternzimmer zu. Ich wackele hinterher wie ein verirrter Dreijähriger.

»Hi, haben Sie einen Augenblick Zeit?« Eben fand ich noch, dass Leah nett zu den anderen Schwestern war, aber bei dieser Frau erklimmt sie ein ganz anderes Niveau der Liebenswürdigkeit. »Mein Name ist Leah Sonnenfeld. Ich wüsste gern, ob Alison oder Lisa heute Nacht arbeiten? Sie sind gute Freundinnen der Familie und ich wollte Hallo sagen.«

»Im Moment haben alle ziemlich viel zu tun«, sagt die Schwester. Sie fängt an, auf einer Tastatur zu tippen, dann halten ihre Finger inne. »Tut mir leid, aber was hast du gesagt, wie ist dein Name, Liebes?«

»Ich heiße Leah. Leah Sonnenfeld.«

Mit neuem Interesse schaut die Frau von ihrem Computer auf. »Hast du Sonnenfeld gesagt?« Leah nickt. Die Schwester setzt mit dem Drehstuhl so schnell zurück, dass sie beinahe umfällt. »Ich hole Alison sofort! Lisa kommt erst zur Frühschicht, aber ich weiß, dass sie sich unheimlich freuen würde, dich zu sehen. Ist dein Vater zufällig auch hier? Lass mich mal schauen, ob Dr. Dunlop noch da ist …«

Die Frau rennt den Gang hinunter, einen Mann, der sie ansprechen will, scheucht sie dabei aus dem Weg. Alle anderen in der Umgebung sind still geworden, sie werfen uns ehrfürchtige Blicke zu. Nun ja, eigentlich nur Leah. Ich komme mir mittlerweile ziemlich unsichtbar vor.

»Warum behandeln die dich so, als ob du berühmt wärst?«, flüstere ich.

»Du kennst ja den Spruch«, sagt sie mit einem schiefen Lächeln. »Es geht nur darum, wen du kennst.« Ein angewiderter Ausdruck umwölkt ihr Gesicht. »Oh Gott. Bitte erzähl keinem, dass ich was so Ekelhaftes gesagt habe.«

»Dein Geheimnis ist bei mir sicher.«

Mein Blick flitzt in diesem Flügel des Krankenhauses herum, während ich zu ergründen versuche, was hier vorgeht. Die Wände sind in einem festlichen Grün gehalten, den ganzen Flur entlang sieht man die gemalten Umrisse von Tannen. Dieses Schwesternzimmer ist mit Plastikblumentöpfen und Plüschtieren vollgestopft, ein krasser Gegensatz zu dem kahlen Tresen auf der anderen Seite der Schwingtüren. Die Schwestern in dieser Abteilung tragen Kittel und Hauben in allen Farben des Regenbogens, manche haben sogar Sticker mit Comicfiguren an den Oberteilen. Aber jedes Mal, wenn ich Augenkontakt mit jemandem herstellen will, guckt er weg und ist plötzlich sehr mit einem leeren Klemmbrett beschäftigt.

»Im Ernst, erzählst du mir jetzt, was los ist?«, flüstere ich. »Bist du so eine Art Krankenhausberühmtheit?«

»Kann man so sagen«, murmelt Leah zurück.

»Wie? Was? Wie?«

Leah weist mit einer Kopfbewegung auf ein Acrylschild an der Wand.

Peter Sonnenfeld neonatologische Intensivstation.

»Moment. Bist du das? Ist dieses Krankenhaus nach dir benannt?«

»Es ist nach meinem Bruder benannt, nicht nach mir. Und nicht das ganze Krankenhaus, nur dieser Flügel.«

»Warum hast du nicht … Wie hast du …« Mein Hirn kann sich nicht entscheiden, welche Frage zuerst gestellt wird.

»Du hast gesagt, um deiner Großmutter zu helfen, würdest du einen Computer brauchen,« sagt sie. »Und zufällig waren wir an einem Ort, an dem Leute wissen, wer ich bin.« Leahs Gesicht ist knallrot. »Wenn du irgendjemandem in der Schule was davon erzählst, bringe ich dich um.«

»Na ja, wir haben gerade festgestellt, dass ich in der Schule keinen kenne, also, keine Sorge. Und ich urteile echt nicht über dich.« Ich schaue das Schild mit dem Nachnamen meines Ball-Dates an. Diese Nacht kann eigentlich nicht mehr seltsamer werden. »Ich versuche Verbindungen herzustellen. Dein Bruder ist also …«

»Leah! Das ist aber lange her.« Eine sehr schwangere

Frau in magentafarbenem Kittel kommt um die Ecke. Sie strahlt übers ganze Gesicht, als sie Leah sieht.

»Alison!« Leah lässt meine Hand fallen und stürzt auf die Frau zu, um sie zu umarmen. »Ich freu mich so, dich wiederzusehen. Wann ist es denn so weit? Oh mein Gott, du wirst eine super Mutter werden.« Ich dachte, Leah würde lügen, als sie sagte, die Schwestern seien enge Freunde der Familie. Aber Leah plaudert, lacht und drückt diese Frau wie eine echte Verwandte, nicht wie irgendeine Cousine zweiten Grades, die man zu Weihnachten mal sieht, sondern wie eine Schwester oder Tante. Ich gehe rüber und stehe unbeholfen neben ihrer Wiedersehensfeier herum. Ein paar Minuten dauert es, bis Leah sich endlich an mich erinnert.

»Alison, ich möchte dir Alex vorstellen. Er war mein Begleiter beim Abschlussball.«

»Oh, du meine Güte.« Alison lässt Leahs Hände fallen und mustert mich von oben bis unten, zerknitterter Anzug und so weiter. Ich fühle mich ausgesprochen unsicher. »Gute Arbeit, Leah«, sagt sie mit einem Augenzwinkern.

»Ehrlich gesagt hoffen wir, dass du uns vielleicht einen Gefallen tun könntest«, sagt Leah. »Alex' Großmutter wird gerade operiert und er braucht jetzt dringend einen Computer mit Internetzugang. Das ist ungewöhnlich, ich weiß, aber die Situation ist irgendwie verwickelt und du weißt ja, wie schlecht die Verbindung hier ist.«

Alison wedelt mit der Hand. »Sprich nicht weiter. Ich

sorge dafür, dass euch gleich ein Laptop und ein freies Zimmer zur Verfügung stehen. Wenn du nur ein paar Bilder von deinem kleinen Bruder für mich hättest. Wie alt ist er jetzt? Vier? Fünf?«

»Er wird sechs diesen Sommer«, sagt Leah.

»Kann nicht sein«, sagt Alison mit gespielter Empörung. »Es kann überhaupt nicht angehen, dass mein kleines Häschen so erwachsen geworden ist.«

Die beiden plappern weiter wie alte Freunde, während sich Alison einen Computer aus dem Schwesternzimmer schnappt, ein Schlüsselbund aus einem Aktenschrank holt und ein paar Flaschen Wasser aus dem Kühlschrank im Pausenraum. Sie reden über Leahs kleinen Bruder, der schon lesen kann wie ein Zweitklässler, und Leahs jüngere Schwester, die vor Kurzem Level-Sechs-Turnerin geworden ist, was immer das heißen mag, und über ihre Eltern, die ihr Ferienhaus in Martha's Vineyard renovieren.

Ich fühle mich, als wäre ich in ein alternatives Universum gerutscht, in dem mein Abschlussball-Date ein Promi von Weltrang ist und ich der Toyboy, der ihr zu Filmpremieren hinterherdackelt. Nur, dass wir statt auf dem roten Teppich in der neonatologischen Intensivstation des *Johnson Memorial Hospital* sind. Und statt in einem Kinosaal landen wir in einem leeren Raum, der nicht größer als mein Wandschrank ist.

»Kommst du eine Minute allein zurecht?«, fragt Leah. Alison schaltet den Computer ein und schließt ihn an die

Steckdose an. »Ich würde gern noch ein paar Leuten Hallo sagen. Dann hast du genug Zeit, diese … Sachen nachzugucken.«

»Ja, keine Sorge. Ich bleibe hier.«

Ich warte, bis Leah und Alison den Flur hinuntergegangen sind, immer noch in ein sehr privates Gespräch vertieft. Dann richte ich meine Aufmerksamkeit auf den aufgeklappten Computer. Im Handumdrehen habe ich die Gewinnzahlen der Lotterie gefunden. Doch erst mal, ehe sie zurückkommt, muss ich rauskriegen, wer genau Leah Sonnenfeld eigentlich ist.

Julia

»Augen zu!«, ruft Kevin aus dem Bad.

»Öh, wenn wir hier ein komisches Rollenspiel machen, würde ich die Augen lieben offen lassen.«

»Geht nicht, ich bin noch nicht fertig«, sagt Kevin. »Ich brauche was aus dem Schrank und du sollst mein Kostüm noch nicht sehen.«

»Kostüm? Wie in aller Welt machst du dir ein Kostüm?«

»Lass es mich mal so sagen, wir haben uns das richtige Zimmer ausgesucht.« Kevin macht eine Pause. »Sind deine Augen zu?«

Pflichtbewusst verschränke ich die Arme vor den Augen. »Jupp.« Die Badezimmertür schwingt auf und Kevins nackte Füße tapsen über den Teppich. Ich höre ihn im Schrank kramen. »Bist du sicher, dass du da suchen solltest?«

»Zoe hat gesagt, es ist okay, wenn wir das Haus in Schutt und Asche legen«, sagt Kevin. »Einen Wandschrank durchsuchen ist noch weit entfernt von Vandalismus.«

»Du weißt, dass Zoe das nur so sagt. Sie wird hysterisch, wenn wir morgen früh nicht alles sauber machen.«

»Aha!« Offenbar hat Kevin gefunden, wonach er gesucht hat. »Sind deine Augen noch zu?«

»Jaja.« Ich warte, bis ich die Badezimmertür ins Schloss fallen höre, ehe ich die Augen öffne. »Kannst du mir wenigstens verraten, welche Figur du darstellst? Ich muss mich mental auf all das Seltsame vorbereiten, das mich gleich erwartet.«

»Hast du denn wirklich kein bisschen Geduld?«

»Hab ich je welche gehabt?«

Kevin seufzt. »Ich dachte, wir könnten die Szene spielen, in der die Elfen Yesmina entführen.«

»Du bist also ein Elf und ich Yesmina?«

»Ja. Ich hab mir immer vorgestellt, dass Yesmina so aussieht wie du. Weil sie die schönste Magloo Frau ist, die je gelebt hat, und weil du die schönste Menschenfrau aller Zeiten bist.«

»Oh.« Zum Glück ist Kevin im Bad und sieht mich nicht rot werden. Wenn irgendein anderer Typ das gesagt hätte, wäre das rübergekommen wie eine billige Anmache, aber so einem wie Kevin lässt man das durchgehen. Er mag mich ja damit aufziehen, dass ich die Elgorp Bücher immer wieder lese, aber wir wissen beide, wer in unserer Beziehung der größere Nerd ist.

Ich steige aus dem Bett und gehe zu dem großen Spiegel neben dem Schrank. Erst als ich meinem Spiegelbild direkt gegenüberstehe, merke ich, dass ich immer noch nackt bin. Wenn man schon ein paar Stunden nackt gewesen ist, lässt die Schockwirkung nach. Irgendwie leuchtet mir ein, warum Nudistenkolonien populär sind.

Ein wenig von mir erkenne ich in Yesmina wieder. Klar, meine Haut ist blass und fleckig und schimmert nicht lila und meine Haare sind aschblond und haben nicht die »Farbe erstarrter Flammen«, trotzdem sind wir uns in Körperbau und Haltung einigermaßen ähnlich. Gebt mir hollywoodtaugliche Spezialeffekte und die Sache könnte klargehen. Leider fehlt mir der Zugang zu Spezialeffekten oder irgendwelchen anderen seltsamen Verkleidungsutensilien, die Kevin im Bad aufgetrieben hat. Was ich allerdings habe, das ist mein Ballkleid.

Ich hebe den Haufen lavendelfarbener Seide auf und schüttele die Knitterfalten aus. Wenn die Haut schon nicht lila ist, muss eben ein lila Kleid herhalten. Ich schlüpfe wieder in das Kleid, entferne aber die Klebestreifen, die ich für diesen Abend sorgfältig an meiner Haut befestigt hatte. Yesmina würde niemals einen BH tragen, dazu ist sie ein zu freier Geist. Und meine Brüste sind ohnehin noch empfindlich, nachdem ich sie vorhin aus den Körbchen gepellt habe. Meine Locken sind schon eine ganze Weile platt, aber ich flechte mir die Haare zu einem losen Zopf, den ich mir wie eine etwas schlampige Krone um den Kopf wickele und mit einer Spange feststecke. Das hier mag ja das Seltsamste sein, das Kevin und ich je gemacht haben, aber wenigstens will ich gut dabei aussehen.

Ich bewundere mich noch im Spiegel, als ich ein komisches Geräusch höre. »Kev, bist du das?«

»Was denn?«

»Diese Geräusche. So ein Kratzen oder was weiß ich. Das könnte vom Dach kommen?«

»Wahrscheinlich irgendein Tier«, sagt Kevin. »Stell dir vor, es ist ein Yacka.«

Ich lache vor mich hin. Yackas sind kleine, opossumartige Wesen, die die verborgenen Wälder von Todrina bewohnen, aber sie hausen in Gängen unter der Erde und würden sich niemals trauen, auf ein Gebäude zu klettern, schon gar nicht auf eines, das von anderen Wesen bewohnt wird. Aber nichts davon sage ich Kevin. Ich will seine Liebe zum Elgorp Universum nicht ersticken, sondern anfachen.

»Okay, bist du bereit?«, fragt Kevin.

»Ja.« Ich laufe zurück zum Bett und räuspere mich, damit meine Stimme tiefer klingt als sonst. »Ich wollte sagen … tritt ein, auf eigene Gefahr!« Ich versuche so selbstbewusst und weise zu klingen wie Yesmina, wenn sie einem Feind gegenübertritt. Wenn du so aussehen kannst, kannst du auch so sein – das ist mein Motto.

Quietschend geht die Tür einen Spaltweit auf, aber ich sehe zunächst nichts.

»Äh, Kev?« Ich gehe ums Bett herum. Und da sehe ich ihn.

Kevin. Mein Seelenverwandter.

Ein braunes Frotteehandtuch um die Brust geschlungen kniet er auf einem Paar sehr großer Tennisschuhe. Er versucht den Eindruck zu erwecken, einen Meter groß zu sein, aber ich kann seine besockten Füße hinter ihm rausragen sehen. Gesicht und Arme sind mit irgendeinem grünen Puder besprenkelt, das seiner Haut die Anmutung von schimmeligem Sellerie gibt.

Noch nie habe ich etwas gesehen, das weniger sexy ist. Ich presse die Hand auf den Mund.

»Bist du Yesmina, Beschützerin des Bronzekelches?« Aus einem unerfindlichen Grund spricht Kevin mit einer piepsigen Minnie-Maus-Stimme. Ich breche auf dem Bett zusammen und kann das hysterische Lachen nicht zurückhalten.

»Kevin!?« Ich verschlucke mich an meiner eigenen Spucke und fange an zu husten. »Soll das ein Witz sein? Du alberst rum, oder?«

Kevin funkelt mich an, dann spricht er wieder mit seiner Piepsstimme: »Ich scherze nicht. Ich bin der Oberelf von Todrina! Ich bin gekommen, um dich zu entführen.«

Ich setze mich auf und hole ein paarmal tief Luft. Wenn ich doch aufhören könnte zu lachen! Kevin ist diese Rollenspielsache ernst, deshalb muss ich mich zusammenreißen. Ich nehme die Stimme der selbstbewussten Yesmina an. »Okay, Elfenknabe. Warum bist du so klein? Und warum hast du grüne Haut? Hast du aus Versehen einen giftigen Pilz gegessen und bist krank geworden?«

»Hä?« Jetzt fällt Kevin aus der Rolle. »Ich soll ein Elf sein. Ich dachte, Elfen wären klein und grün?«

Das löst wieder einen Lachanfall aus. »Hör mal, Kevin«, sage ich nach Luft ringend. »Ich liebe dich, aber du verwechselst hier Elfen und Zwerge. Vermutlich auch Baby-Oger. Oder vielleicht Faune. Elfen sind groß und anmutig, nicht klein und grün.«

»Ach, und was ist mit den Elfen vom Weihnachtsmann?«, fragt Kevin. »Die sind doch klein! Und sie haben grüne Sachen an.«

»Weihnachtselfen haben nichts mit mythologischen Elfen gemein.«

»Dann verbreiten Weihnachtsfilme Falschinformationen«, grummelt Kevin. Er lässt die Schuhe Schuhe sein und richtet sich zu normaler Größe auf. Das Handtuch klebt an seiner Haut wie bei Jesus oder so. »Ich bin also nichts weiter als ein Typ mit grünem Lidschatten am ganzen Körper?«

»Du trägst Lidschatten?«

»Ich hab Schminksachen im Bad gefunden. Ich fand mich kreativ.« Kevin runzelt die Stirn.

»Och, das tut mir leid«, sage ich, obwohl meine Aufrichtigkeit von gelegentlichem unabsichtlichem Kichern unterlaufen wird. »Du siehst aus wie ein Fantasywesen, nur nicht wie ein Elf. Ehrlich gesagt, hast du eher was von Yoda.«

»Ist Yoda sexy?« Kevin klingt hoffnungsvoll.

»Nicht im Geringsten.«

Er stöhnt. »Das war eine blöde Idee. Tut mir leid. Wir

sollten so tun, als wäre das hier nie passiert.« Kevin setzt sich zu mir aufs Bett, er lässt die Schultern hängen.

»Ist nicht deine Schuld«, sage ich. »Du hast nur nicht gewusst, wie ein Elf aussieht. Jetzt weißt du es.«

»Willst du es noch mal versuchen?«, fragt Kevin.

Ich nicke. Ich will es wirklich weiter versuchen. Zum Teil, weil ich irgendwann heute Nacht erfolgreich Sex haben muss, und *Cosmo* wahrscheinlich recht hatte damit, dass man die Sache etwas aufpeppen sollte. Aber auch, weil ich mit meinem Lachen Kevins liebe Geste kaputt gemacht habe. Er fühlt sich unsicher, und das ist wirklich das Letzte, was ich erreichen will.

»Hier.« Ich reiche Kevin den Laptop. »Google doch mal, wie ein Fantasy-Elf aussieht. Und dieses Mal lache ich auch nicht, okay?«

»Versprichst du das?«

»Hoch und heilig. Aber du musst dir den grünen Lidschatten abwaschen. Du siehst aus, als würdest du an einer seltsamen Hautkrankheit leiden, und das ist nicht sexy.« Ich lasse mich wieder in die Kissen sinken, als Kevin zurück ins Bad geht. Es ist schwer, nicht auf die grünen Streifen am Nacken hinzuweisen, aber ich widerstehe dem Drang erfolgreich.

»Ich beeile mich«, sagt er.

»Keine Sorge. Ich schreib Nachrichten.«

»Damit alle über die prickelnden Details unseres Liebeslebens Bescheid wissen?«

»Klar.«

Ich höre Kevin seufzen, als er die Badezimmertür zumacht, und ganz kurz befürchte ich, dass es ihm vielleicht gegen den Strich geht, wenn ich meinen Freunden so viel erzähle. Ich neige dazu, zu viel preiszugeben – in allen Bereichen meines Lebens. Aber das hier ist eindeutig viel intimer, selbst wenn wir noch nicht zum eigentlich Sex-Teil gekommen sind.

»Macht es dir was aus, wenn ich der Gruppe was schreibe?«, rufe ich.

Kevin steckt seinen Kopf aus dem Bad. Beim Entgrünen hat er bislang keinerlei Fortschritte gemacht. »Eigentlich nicht«, sagt er, nachdem er einen Moment nachgedacht hat. »Also, es ist ja auch nichts anderes, als wenn du es Zoe erzählst und Zoe erzählt es Morgan und Morgan erzählt es Madison und dann sagt Madison dir im Gruppenchat, was ihre Mom davon hält? Geht nur alles schneller. Und ich bin auf dem Laufenden.«

»Außerdem liefere ich wichtige Unterhaltung für Alex, während er im Krankenhaus ist.«

»Das weiß er bestimmt zu schätzen. Wenn meine Großmutter gerade auf dem Operationstisch liegen würde, wäre ich garantiert an Details aus dem Liebesleben meiner Freunde interessiert.«

»Ich weiß, dass du sarkastisch bist, aber das ist genau die Art Unterhaltung, die ich mir in einer schwierigen Situation wünschen würde.«

Kevin lacht, dabei offenbart er einen grünen Streifen auf seinen Zähnen. Das ist zu viel für mich. Ich ziehe mir ein Kissen übers Gesicht, um das Lachen zu dämpfen.

»Geh und wasch dir das Gesicht, Elfenjunge«, brülle ich durch das Kissen.

Zoe

Ich habe mich immer für einen rationalen Menschen gehalten. Ich nehme mir Zeit, um über sämtliche Standpunkte nachzudenken, werte meine Optionen aus und komme zu einer durchdachten, gut recherchierten Entscheidung.

Als ich mit acht Jahren einen Welpen haben wollte, habe ich eine PowerPoint Präsentation zusammengestellt, die aus fünf Pro-Welpen-Argumenten und vierundzwanzig Unterpunkten bestand. Drei Tage später hatten wir einen Retriever-Welpen namens Puddles.

Als ich den Eignungstest für die Uni machen sollte, habe ich eine Strategie entwickelt, mit der ich meine Antwortzeit pro Frage optimiert und eine idiotensichere Methode entwickelt habe, die es mir erleichtert hat, mich zwischen ähnlich korrekten Antworten zu entscheiden. Diese Strategie hat mir ein nahezu perfektes Ergebnis beschert und letztlich die Zulassung zur Yale University. Und damit auch den Grund für meine augenblickliche Angst. Aber immerhin.

Worauf ich hinauswill: Logik und rationales Denken haben mir gute Dienste erwiesen.

Es ist nicht etwa so, dass ich keine Emotionen hätte. Ich

erlebe genauso viele Zusammenbrüche und dunkle Augenblicke wie jede andere, wahrscheinlich sogar mehr. Aber ich bin stolz darauf, dass ich verstehe, wo meine Gefühle herkommen, und dass ich in der Lage bin zu analysieren, auf welche Art ich am leichtesten in einen stabileren Gemütszustand zurückkehren kann.

Wenn mich eine Welle emotionaler Verstörung erfasst, für die es überhaupt keinen Grund und keine rationale Erklärung gibt und die auch nicht verschwindet, ist es folglich ganz natürlich, dass ich ein bisschen ausraste. Okay, ein bisschen sehr ausraste. Denn nur deshalb schlage ich Banane und Mandelmilch in einer Schüssel zu Brei.

»Meine Freundin geht nach Ya-le, meine Freundin geht nach Ya-a-ale.«

Morgan tanzt, die Arme über dem Kopf erhoben, im Kreis herum und leiert mit widerwärtig hoher Stimme vor sich hin. In jeder anderen Situation würde ich ihr Herumalbern entzückend finden. Es passiert nicht oft, dass sich Morgan so ungebrochen freudig aufführt. Aber im Moment macht es mich wütend.

Ich wollte, dass Morgan traurig ist. Ich hab vor mir gesehen, wie sie ein Lächeln aufsetzt, ihre Lippe dann jedoch anfängt zu zittern, bevor die Tränen strömen. Sie würde mir sagen, dass sie selbstverständlich stolz auf mich sei, dass sie mich aber unbedingt in Oregon behalten wolle. Sie würde sagen, dass sie sich kein Leben ohne mich vorstellen könne, dass eine Fernbeziehung sie schlicht überfordern würde. Sie würde mich bitten, mich für sie zu entscheiden und gegen Yale.

Ich schaufele Mehl in meine Schüssel Bananenmatsch, ohne mir die Mühe zu machen, irgendeinen Scheiß abzuwiegen. Weißes Pulver fliegt durch die Gegend, aber Morgan merkt das gar nicht.

Ich hasse mich dafür, diese Gedanken in mein Hirn zu lassen. Die Chance, dass Morgan jemals so was Lächerliches sagen würde, war von vornherein gleich null. Ich wäre niemals mit ihr zusammen, wenn sie ein Mädchen mit zitternder Lippe wäre, das von mir egoistisch verlangen würde, eine Ivy-League-Ausbildung für sie zu opfern.

Mehr noch, ich will nicht die Art Mädchen sein, die diese Art Mädchen haben will. Ich bin eine starke, aufgeschlossene, unabhängige Feministin. Aber im Moment, gegen die Gewohnheiten rationalen Denkens, die ich mein Leben lang kultiviert habe, wünschte ich, meine Freundin würde mich nicht so sehr unterstützen. Jedenfalls nicht, wenn Unterstützung heißt, dass sie überglücklich ist, weil ich ans andere Ende des Landes ziehe.

Ich schütte eine anständige Menge Zucker in die Schüssel, gebe dann eine Prise Salz und ein winziges bisschen Vanille dazu. Nun bleibt nur noch das Backpulver, aber das sollte ich definitiv abwiegen, wenn diese Scones essbar sein sollen. Fünf Teelöffel kommen mir immer noch viel vor.

»Komm schon, Zoe! Warum tanzt du nicht mit mir?« Morgan wirbelt zum Tresen und versucht meine Arme zu packen. Ich entziehe mich und suche stattdessen nach einem Messlöffel. »Ich verstehe immer noch nicht, warum du Scones machst«, sagt Morgan. »Irgendwie wirkst du deprimiert oder so. Das muss doch gefeiert werden.«

Auf der Suche nach einem kleinen Löffel knalle ich mit den Küchenschubladen. Ich muss einfach mit Morgan reden. Ich kann ihr sagen, wie hin- und hergerissen ich diese Woche war. Ich werde ihr erklären, wie ihre total überdrehte Reaktion meine Gefühle verletzt hat. Ich werde offenlegen, dass ich vielleicht trotzdem auf die Universität von Oregon gehen möchte. Wir werden zurückkehren in das Land der Vernunft und eine Pro-und-Contra-Liste aufstellen. Nichts gibt mir ein besseres Gefühl als eine gute Pro-und-Contra-Liste.

Aber als ich aufschaue und Morgan ansehe, ist der Augenblick vorüber. Sie tanzt wieder durch die Küche, hüpft durchs Esszimmer und macht extrem viel Lärm. Ich seufze und widme mich wieder meinen Scones, wobei ich merke, dass ich die weißen Schokostückchen beinahe vergessen hätte. Vielleicht kann das Hinzufügen von Schokolade diese Schüssel Matsch ja retten. Morgan, die im Wohnzimmer herumpoltert, versuche ich zu ignorieren.

»Was ist das für ein Geräusch?«, brüllt Morgan.

»Hm, du vielleicht?« Ich werfe alle Schokoladensplitter in die Schüssel. Meine Stimmung heute Nacht rechtfertigt eine ganze Tüte Ersatzschokolade.

»Ich bin das nicht.« Morgan joggt zurück in die Küche

und packt die Kante der Arbeitsplatte, um sich abzustützen. »Das klang so, als würde es vom Dach kommen.«

»Dann weiß ich es nicht.« Langsam hebe ich die weißen Schokostückchen unter den Teig.

»Warte, da ist es.« Morgan zeigt zur Decke. Und ja, da ist ein schwaches Kratzen zu hören und ab und zu ein dumpfes Geräusch.

»Wahrscheinlich Eichhörnchen«, sage ich und beschäftige mich wieder mit meinen Scones.

»Für Eichhörnchen ist das zu laut, würde ich sagen. Andererseits bist du gerade in Yale aufgenommen worden, vielleicht sollte ich dir also vertrauen.« Morgan lacht vor sich hin, dann wirbelt sie weiter durchs Haus. »Ich kann nicht fassen, dass ich offiziell mit der schlausten Person unserer Klasse zusammen bin! Hast du gewusst, dass dieses Jahr keine andere von einer Eliteuniversität angenommen worden ist?«

Tränen steigen mir in die Augen, doch ich wische sie weg. Wenn Morgan doch den Mund halten und nie wieder über Yale reden würde. Ist sie so versessen darauf, dass ich weggehe? Ich kneife die Augen zu. Da sind zu viele Emotionen auf einmal.

Ich denke zurück an den früheren Abend, als Morgan ultra-fixiert auf Madison war. Mich hatte ein wenig beunruhigt, dass das Drama zwischen den Zwillingen unseren Abschlussabend komplizieren könnte. Aber jetzt habe ich Morgans volle Aufmerksamkeit und ich hasse es. Das ist jetzt ein Moment, in dem ich Raum brauche. Raum, um den Shitstorm von Wut und Schuld, Widerwillen und Verwirrung zu verarbeiten, der in meinem Kopf herumwirbelt. Und Raum, um mir die verdammten Augen auszuheulen.

Also mache ich das Undenkbare.

»Vielleicht sind Jake und Madison aufs Dach geklettert.« Ich kann nicht fassen, dass ich meine Freundin manipuliere. Schon als ich diese Worte ausspreche, komme ich mir schleimig vor, aber ich rede weiter. »Jake könnte Madison dazu überredet haben. Vielleicht wollten sie da oben Sex haben oder sonst was.«

Das passiert, wenn Logik und Vernunft mich verlassen. Ich fange an, aberwitzigen Bullshit hervorzusprudeln, nur um einen Augenblick allein sein zu können. Wenn von unseren Freunden jemand etwas so Wildes tun würde wie aufs Dach zu klettern, dann wären das Julia und Kevin. Aber sogar Julia würde sich gut überlegen, ob sie morgens um drei auf ein Dach steigt.

»Auf keinen Fall«, sagt Morgan sofort. Aber dann fängt sie nach guter Morgan-Art an, sich selbst infrage zu stellen.

»Hältst du Jake für derart leichtsinnig? Selbst wenn er das ist, glaubst du, er könnte Morgan überredet haben, was so Blödes zu tun? Obwohl …«

Es scheppert laut und Morgan schaut wieder zur Decke. Sie senkt die Stimme. »Ich hatte schon immer den Verdacht, dass Jake so was wie ein Kiffer ist. Ich weiß, ab und zu trinken wir alle mal was oder so, aber glaubst du, dass er Gras raucht?«

Trotz der widrigen Umstände fällt es mir schwer, nicht loszulachen. Die meisten von uns haben Jake nicht in Verdacht, Gras zu rauchen. Wir haben die absolute Gewissheit, dass er es tut. Die ganze Baseballmannschaft tut es. Ich bin mir ziemlich sicher, dass er auch normale Zigaretten raucht, aber das wäre zu viel Information für Morgan. Damit würde sie nicht fertigwerden.

»Ja, er raucht definitiv.« Ich will sie gar nicht weiter aufstacheln. Das ist einfach die Wahrheit.

»Ich hab es gewusst, ich hab es gewusst, ich hab es gewusst.« Händeringend läuft Morgan auf und ab. »Ich habe versprochen, mich rauszuhalten. Aber was, wenn sie tatsächlich in Gefahr ist? Dann ist es doch irgendwie meine Pflicht, nachzuschauen, ob sie da oben ist, findest du nicht?«

»Du könntest rausgehen und nachsehen«, sage ich. Meine Stimme bricht. Morgan fällt nicht auf, dass mir die Tränen übers Gesicht laufen. Natürlich merkt sie nichts. Meine Freundin kennt zwei Extremzustände – entweder sie konzentriert sich auf mich oder sie macht sich wegen Morgan verrückt. Und ich habe den Schalter absichtlich umgelegt. Ich bin ein schrecklicher Mensch.

»Okay, dauert nur eine Minute«, sagt Morgan.

»Überprüfe nur das Dach. Geh nicht in ihr Zimmer oder so. Ich will nicht, dass Madison sich aufregt.« Zum ersten Mal geht mir auf, dass mein Egoismus auch Madison die Nacht kaputt machen könnte.

»Das mache ich nicht«, sagt Morgan. »Ich gehe nur kurz raus und guck nach, ob da oben was ist, und dann komme ich wieder rein. Ehrlich gesagt, kann sein, dass ich ein Stück die Auffahrt runtergehen muss, wegen der Dachschräge. Okay? Oder vielleicht zerbreche ich mir auch nur den Kopf. Egal, ich bin jedenfalls gleich zurück. Ist das in Ordnung?«

Morgan wartet meine Antwort nicht ab.

Und das ist gut, denn ich liege schon weinend auf dem Boden.

Alex

Das Sonnenfeld Kunstforum hat heute seine Türen geöffnet, um Schüler aus der gesamten Region willkommen zu heißen. Das Forum bietet Kurse für Kinder und Erwachsene an und fungiert als Knotenpunkt, an dem Künstler ihre Werke schaffen, ausstellen und verkaufen können.
Michael Sonnenfeld, Immobilienmakler, Unternehmer und Philanthrop, hat das Projekt von der Planung bis zur Fertigstellung begleitet.
»Für Projekte dieser Art gibt es eine wachsende Nachfrage«, sagte Sonnenfeld vor ein paar Monaten in einem Interview. »Aber es ging auch darum, der Gemeinschaft, in der ich aufgewachsen bin, etwas zurückzugeben. Wenn wir in Kunsterziehung investieren, kommt das dem Wohlergehen der Menschen von Oregon zugute.«
Im frühen Stadium hatte das Projekt einige Hindernisse zu überwinden. Das Land am Flussufer war von der lokalen Bevölkerung inoffiziell als Park genutzt worden, obwohl es im Laufe des letzten Jahrzehnts mehrfach den Besitzer gewechselt hatte. Das führte zu bebauungsrechtlichen Streitigkeiten,

die im September in umstrittenen Protestaktionen kulminierten.
»Am Ende haben die Menschen dieser Gemeinde sich zusammengetan, um die schönen Künste zu unterstützen«, sagte Sonnenfeld. »Unsere Kinder haben das Beste verdient. Und das beabsichtige ich ihnen zu geben.«
Die in der Stadt lebende Künstlerin Alyssa Linden (20) freut sich schon seit Wochen auf die große Eröffnung. »Ich kann gar nicht fassen, dass meine Arbeiten in einer richtigen Galerie ausgestellt werden. Es ist surreal. Ich werde dort auch Kurse leiten. Ich wünschte nur, dass es diesen Ort schon gegeben hätte, als ich noch Kind war.«
Weitere Informationen finden Sie auf sonnenfeldkunstforum.com.
Dort können sie auch Kurse buchen.

Das kann einfach nicht sein.

Ich lese den Artikel ein zweites Mal. Und ein drittes.

Bestimmt gibt es irgendwo in dieser Stadt noch einen reichen Mann namens Sonnenfeld. Nur weil Leah die erste Sonnenfeld ist, die mir je begegnet ist, muss das ja nicht heißen, dass Sonnenfeld kein ganz normaler Name ist. Wie Leah bereits festgestellt hat, komme ich nicht viel unter Leute.

Ich klicke auf einen anderen Artikel. *Stadt gibt grünes Licht für neue Luxuseigentumswohnungen von Sonnenfeld*

Properties. Da geht es um das furchtbar hässliche Hochhaus in der Innenstadt.

Und noch ein Artikel. *Wird Immobilienmogul Michael Sonnenfeld für den Senat kandidieren?* Dieses Land braucht nämlich dringend noch mehr Millionäre in der Regierung.

Mit zitternden Händen klicke ich auf den nächsten Artikel. *Das Johnson Memorial Hospital renoviert nach großzügiger Spende neonatologische Intensivstation.* Ich hatte mich an eine winzige Hoffnung geklammert, aber dieser Artikel bestätigt, was mein Hirn längst weiß. Michael Sonnenfeld hat genau diesem Krankenhaus eine große Summe Geld gespendet, nachdem sein Sohn – Leahs kleiner Bruder – zu früh geboren worden war und drei Monate auf der Neonatologie verbracht hatte.

Ich rücke näher an den Monitor, schaue mit zusammengekniffenen Augen das Foto unter dem Artikel an. Die Bildunterschrift lautet: *Michael Sonnenfeld, seine Frau Elise und ihre älteste Tochter Leah bei der feierlichen Eröffnung.* Ein Blick auf das körnige Bild und jeder Zweifel ist ausgeräumt. Meine Freundin steht neben ihren Eltern, mit einer absurd großen Schere in der Hand.

Scheiße. Nicht meine Freundin. Wer sagt denn, dass Leah meine Freundin ist. Na ja, wer außer meinem Vater, meiner Schwester und allen meinen Freunden.

Doch wenn eine Beziehung vor fünfzehn Minuten noch möglich schien, hat sich das jetzt geändert. Auf gar keinen

Fall kann ich mit der Tochter des Millionärs zusammensein, der Halmonis Lieblingspark zerstört hat.

Meine Großmutter hat sich die letzten beiden Jahre ihres Lebens der Kampagne gegen das Kunstforum verschrieben. Sie und ihre Freunde haben heldenhaft gekämpft, um ihren Park zu beschützen – und sie wären fast verhaftet worden, als die Polizei bei einem friedlichen Protest auftauchte. Monatelang drehten sich die Gespräche bei uns am Essenstisch um Halmonis Hass auf dieses Bauprojekt und den Millionär, der dahinterstand. Den bezeichnete sie immer und ausschließlich als *nappeun nom*, was im Grunde das Schlimmste ist, was meine freundliche Grußmutter je über einen anderen Menschen sagen würde. Meine Eltern haben immer versucht, sie zu beruhigen:

»Du und deine Freunde könnt einen anderen Park finden«, hat Dad ein übers andere Mal gesagt.

Meine Mom hat angeführt: »Ein Kunstforum ist schön. Gut für die Kinder.«

Anfangs habe ich Halmonis Wut nicht verstanden. Wie meine Eltern dachte auch ich, dass die Stadt von einem Kunstforum profitieren würde. Aber je mehr ich meiner Großmutter zugehört habe, desto klarer wurde mir, dass sie recht hatte. Ihr Park war ein Ort, an dem ältere Leute verschiedenster Gesellschaftsschichten jeden Morgen zu Spaziergängen zusammenkamen. Es war der Ort, an dem Musiker – echte Künstler aus dem Stadtteil – im Sommer üben konnten. Es war der Ort, an den Halmoni und ich in jedem Frühjahr gegangen sind, damit ich mir die Gänseküken anschauen konnte.

In dem Zeitungsartikel stand nichts über Gänseküken. Oder die Parade von Rentnern in Trainingsanzügen, die selbst gemachte Protestschilder hochhielten. Oder – und das ist der Teil, der mich mit Wut erfüllt – dass die sogenannten Bürgerkurse zweihundert Dollar das Stück kosten.

Eine Weile hatte ich gedacht, wir würden gewinnen, aber ich hätte es besser wissen müssen. Ein Millionär hat eindeutig mehr Macht als ein Haufen Gänse liebender Omas. Nach und nach fanden die Demonstrierenden andere Parks für ihre morgendlichen Spaziergänge. Schließlich gab sogar Halmoni den Kampf für die gute Sache auf, obwohl sie immer noch mehrmals die Woche über den *nappeun nom* meckerte. Ich kann sie nicht verraten, indem ich seine Tochter date.

Nein. Ich werde mich nicht mit Leah verabreden. Ich muss damit aufhören.

Ich hole mein Handy raus und schreibe eine Nachricht an Julia. Sie ist diejenige, die mich mit Leah zusammengebracht hat – und ich finde, das hier gehört zu den Dingen, vor denen sie mich hätte warnen müssen. Meine Freunde wussten, wie engagiert meine Großmutter gegen das Kunstforum gekämpft hatte.

Kevin und Zoe haben mich sogar zu einer Demo begleitet.

Die Tür geht auf und Leah tritt ein. In der Sekunde, in

der ich ihr lächelndes Gesicht und ihr hinreißendes Ballkleid sehe, verschwindet mein Vorsatz, ganz ruhig zu bleiben.

»Deine Familie ist superreich!«, verkünde ich, sobald die Tür hinter ihr ins Schloss gefallen ist.

»Verdammt.« Leah lässt die Schultern hängen. »Wusste ich doch, dass das passieren würde. Ich hab mir gesagt, Alex findet das wahrscheinlich megaseltsam, wie die Schwestern dich behandeln, und er wird dich googeln, sobald er Internet hat. Und dann dachte ich, so was Absurdes macht der auf gar keinen Fall. Aber du hast mich gegoogelt, stimmt's?«

»Na, hm. Ja?« Jetzt bin ich derjenige, dem was peinlich ist. Als Leah das sagt, geht mir nämlich auf, wie creepy das ist, sein Date vom Abschlussball zu googeln, wenn sie im Raum nebenan ist. Trotzdem brauche ich Antworten.

»Ist das dein Dad?« Ich drehe ihr den Monitor hin. »Ist er wirklich der *nappeun nom*, der die alten Frauen aus ihrem Park geworfen hat?«

»Ja, damit er ein Kunstforum bauen konnte.« Fassungslos starre ich Leah an. Sie hat nicht abgestritten, dass ihr Dad netten alten Damen einen Park gestohlen hatte. »Beschwerst du dich wirklich über einen Ort, an dem Kinder malen können?« Leah hat die Hände auf die Hüften gestemmt, in Kampfhaltung. Wie soll ich ihr erklären, was dieser Park meiner Großmutter bedeutet hat, ohne dabei jämmerlich zu klingen.

»In diesem Park gab es Gänse!« Ich weiß, das ist ein schwaches Argument, aber mit Halmoni die Gänseküken aufwachsen zu sehen, gehört zu meinen liebsten Kindheitserinnerungen. Im Frühling haben wir samstagmorgens im Lebensmittelladen Donuts gekauft und sie im Park gegessen. Halmoni hat mir dann immer Sätze auf Koreanisch beigebracht und ich habe den Gänseküken Namen gegeben wie Quacki und Schnupperschnabel. Klingt blöd, ich weiß, aber ich hab mir immer vorgestellt, eines Tages meine eigenen Kinder mit dahin zu nehmen. Doch dank Leahs Dad sind meinen künftigen Kindern diese glücklichen Erinnerungen geraubt worden.

»Gänse, Alex? Du bist wütend wegen der Gänse?« Leah klingt halb verwirrt, halb entnervt. »Warum scherst du dich um Gänse? Angeblich sind das richtig gemeine Tiere.«

»Und weil sie gemein sind, dürft ihr ihnen das natürliche Habitat zerstören?«

»Niemand hat den Fluss zerstört. Oder das Flussufer. Oder irgendeinen echten Park.«

Ich funkele sie giftig an.

»Gut, lass mich meine Gedanken ordnen«, sagt Leah, obwohl auf der Hand liegt, dass ich von ihr eine Erklärung erwarte. Sie holt tief Luft und macht eine große Nummer daraus, sich zu beruhigen, aber ich merke, dass sie versucht, ein Lächeln zu unterdrücken. Ein Teil von mir ist erleichtert, dass sie nicht wütend ist, weil ich gegoogelt habe, aber der andere Teil von mir fragt sich, wie sie diese Sache so locker nehmen kann. Ich mache ganz bestimmt keine Witze.

»Als Tochter eines … Wie hast du meinen Dad genannt?«

»Einen *nappeun nom*«, sage ich. »Das bedeutet schrecklicher Mensch.«

»Ja, das hab ich dem Kontext entnommen«, sagt Leah, und ich muss ein bisschen lächeln. Sie hat irgendetwas an sich, das mich glücklich macht, selbst wenn ich mein Bestes gebe, um angepisst zu bleiben. »Dass ich mit ihm verwandt bin, bedeutet noch lange nicht, dass ich denke wie er.«

»Du warst gegen das Kunstforum?«

»Na ja, es ist kompliziert.«

»OH MEIN GOTT!« Ich stehe möglichst theatralisch auf und schiebe den Tisch beiseite.

»Schsch.« Leah kichert. »Du machst noch den Computer kaputt.«

»Du erzählst mir, du magst deinen Vater nicht, und dann sagst du, du bist seiner Meinung? Was denn nun?«

»Ich sage, er ist mein Dad.« Leah seufzt, jetzt wirkt sie nachdenklich. »Ja, ich hatte wirklich Schuldgefühle, als die alten Damen anfingen zu protestieren. Und ich war wütend, als er ihretwegen die Polizei geholt hat. Im Ernst, mir war das so peinlich, dass ich Grippe vorgetäuscht habe, damit ich nicht zur Schule musste. Aber es war ein unbebautes Grundstück, Alex. Ein Stück weiter die Straße runter gibt es einen echten Park. Und der ist ziemlich cool.«

»Die Kurse kosten Millionen!«

»Kunstzeugs ist teuer.« Leah zuckt mit den Schultern. »Sieh mal, ich versuche mich aus allem rauszuhalten, das seine Arbeit betrifft. Ich kenne eine Menge Leute, die ihn nicht mögen …« Leah stupst meine Schulter an. »… aber was soll ich machen?«

»Du könntest drauf verzichten, die Riesenschere zu halten, wenn diese Sache mit dem Banddurchschneiden angesagt ist!«

»Na, da hat aber jemand recherchiert.« Leah funkelt mich an. »Ich setze dich hiermit darüber in Kenntnis, dass Riesenscheren fantastisch sind. Außerdem war das fürs Krankenhaus. Du hast doch sicher kein Problem damit, wenn winzigen Babys das Leben gerettet wird?« Darauf habe ich keine Antwort – und das weiß sie.

»Hör mal, das mit deinen Gänsen tut mir leid. Wirklich.« Leah schubst mich wieder auf meinen Stuhl und lehnt sich auf meine Schulter, sanft streicheln mir ihre Finger den Arm.

Ich spüre die Hitze, die ihr Gesicht abstrahlt, und bin erschüttert von dem überwältigenden Verlangen, sie zu küssen. Es ist unmöglich, dass ich diese Interaktion falsch interpretiere. Mir mag ja einiges entgehen, aber ich bin kein totaler Depp. Trotzdem behalte ich meine Lippen für mich. Leah ist nicht böse, dafür habe ich die Bestätigung, aber was soll ich Halmoni sagen? Das ich meinen ersten Kuss mit der Tochter ihres Todfeindes erlebt habe?

Leah und ich sitzen in einträchtigem Schweigen da. Ich schließe die Augen und lasse mich auf ihre Umarmung ein, während sie leise vor sich hin summt. Es hört sich an, als würde sie ein Schlaflied singen, aber eines, das ich nicht wiedererkenne. »Hast du überhaupt die Losnummern überprüft?«, fragt sie nach einer Weile.

»Das habe ich total vergessen.« Ich fische gerade den Zettel aus der Tasche, als mein Handy vibriert. Sofort sehe ich mir die Benachrichtigung an. »Ist von meinem Dad«, flüstere ich.

»Was ist?« Leah springt auf. »Ist die Operation vorbei?«

»Ja, sie sind eben fertig geworden. Er hat aber nicht geschrieben, wie es gelaufen ist.« Ich sehe Leah an. In diesem Augenblick bin ich dankbar, jemanden an meiner Seite zu haben, mit dem ich meine Panik teilen kann. Auch wenn sie die Todfeindin meiner Großmutter ist. Auch wenn sie wahrscheinlich einen gigantischen Treuhandfonds hat. »Wir müssen zurück zu ihnen. Sofort.«

»Okay, gehen wir.«

»Aber was ist mit dem Lotterielos? Ich muss wissen, ob …«

»Ich checke das Los.« Leah schleudert mich Richtung Tür. »Geh du durch den Geheimgang zurück. Ich komme in einer Minute nach.«

»Aber normale Menschen dürfen nicht auf diesen Flur.

Damit will ich sagen, meiner Familie gehört dieses Krankenhaus ja nicht. Vielleicht sollte ich lieber den langen Weg nehmen.«

»Genau genommen ist es so, dass mein Name auf dem Gebäude mir nicht das Recht zum unbefugten Betreten gibt.« Leah zwinkert mir zu. »Mach, was ich vorhin gemacht habe. Tu so, als würdest du da hingehören, und ignoriere alle, die das Gegenteil behaupten. Keine Angst vor Namedropping. Und jetzt, lauf!«

Leah schubst mich auf den Flur und macht die Tür hinter mir zu. Ich verspüre den übermächtigen Drang, an mir zu zweifeln und eine Schwester nach dem richtigen Weg zurück zur chirurgischen Station zu fragen. Aber Leah hat recht. Zum Zögern ist keine Zeit. Ich habe Halmoni nicht gesehen, bevor sie in den Operationssaal geschoben wurde, und ich bin das einzige Familienmitglied, das jetzt nicht da ist.

Leah und ich mögen ja aus verschiedenen Welten kommen, aber für mich wird es Zeit, ein bisschen so zu werden, wie sie ist. Ich muss ein Mensch werden, der »Zugang nur für Personal«-Schilder nicht respektiert.

Julia hat einen Dreier mit Katze

Gruppenchat
03:46

Alex: JULIA BETHANY HARMOND
Julia: Was hab ich gemacht?
Alex: LEAHS VATER HAT DIESES KUNSTFORUM GEBAUT!!
Julia: Das ist mir klar.
Morgan: Das ist eigentlich jedem klar.
Julia: Moment mal, du hast nicht gewusst, dass ihr Dad Michael Sonnenfeld ist? Haha, das ist allgemein bekannt.
Alex: Wie kann es sein, dass alle so was wissen, nur ich nicht.
Morgan: Vielleicht, weil du deine Wochenenden mit Videospielen verbringst, statt unter Leute zu gehen?
Kevin: He! Gebt nicht Videospielen die Schuld. Ich wusste, wer Leahs Vater ist.
Alex: UND WARUM HAST DU ES MIR DANN NICHT ERZÄHLT?
Kevin: Beruhige dich. Du schreibst schon wie Julia.
Julia: Kev, beeilst du dich jetzt mal?
Morgan: Wie kann es sein, dass ihr beide immer noch nicht im selben Zimmer seid?
Julia: Weil Kevin ewig braucht, um sein Elfenkostüm zu korrigieren. Was sonst?

Alex: GIBT ES FÜR SO WAS NICHT EINE ART BRO CODE?

Julia: Ein Bro Code wäre so was wie, dass Kevin keinen Sex mit Leah haben kann. Das hat nichts mit der Enthüllung zu tun, ob der Vater von irgendwem nun Millionär ist oder nicht.

Kevin: Ich verspreche, keinen Sex mit Leah zu haben, Bro.

Morgan: Sorry, können wir noch mal darauf zurückkommen, warum Kevin sein Elfenkostüm korrigieren muss?

Julia: Auf keinen Fall werde ich mit einem anatomisch unkorrekten Elfen Sex haben.

Morgan: Recht hast du, DAS wäre nämlich seltsam.

Julia: Genau. Ich stehe nur auf urgesunden Elfensex.

Heute 3:52: Morgan gibt dem Chat den Titel: »URGESUNDER ELFENSEX«

Alex: Julia, wie kannst du das so gechillt sehen? Weißt du nicht mehr, wie sich meine Großmutter aufgeregt hat, als ihr Park zerstört wurde? Es gab Protestaktionen!!

Morgan: Es gibt andere Parks in der Nähe, oder?

Alex: NICHT MIT GÄNSEN.

Julia: Du musst dich echt mal abregen. Ihr Dad hat dem Krankenhaus einen Haufen Geld gespendet. Und ihre ganze Familie arbeitet jeden Sonntag für die Tafel. Er ist einer von den guten Millionären.

Alex: EINER VON DEN GUTEN MILLIONÄREN? Julia, du bist Präsidentin vom Club der jungen Demokraten. Hörst du, was du da sagst?

Julia: Schatzmeisterin, genau genommen.

Alex: JULIA

Julia: ALEX

Alex: WIE KANN ES SEIN, DASS DU DIESES KUNSTFORUM UNTERSTÜTZT?

Julia: Weil es cool ist? Hör mal, das mit den Gänsen tut mir leid. Wirklich. Du weißt, wie viel ich für Wasservögel übrighabe. Aber das Kunstforum ist toll. Morgan und ich machen diesen Sommer einen Textilkunst-Kurs.

Kevin: Was in aller Welt ist Textilkunst?

Morgan: Halt mich da raus! Ich bin auf der Seite von Alex' Großmutter.

Julia: Ich auch! Ich sag ja nur, dass das Kunstforum toll ist. Und Mr Sonnenfeld ist nett. Nur weil er superreich ist, muss er ja kein Alien sein.

Alex: Hm, irgendwie schon.

Kevin: Lol

Morgan: Nur zur Info: Wenn du bei diesem Mädchen landen willst, solltest du ihren Dad wahrscheinlich nicht als Alien bezeichnen.

Morgan: Übrigens, hat noch jemand irgendwas auf dem Dach gehört?

Julia: Du könntest Leah Alien nennen, wenn ihr Alien-Sex Rollenspiele macht. Ihr dürftet auch die grüne Schminke benutzen, die Kevin gefunden hat.

Morgan: Ich hab das Gefühl, Leah könnte auf urgesunden Alien-Sex stehen.

Kevin: Ich würde das nicht empfehlen. Meine Haut juckt.

Kevin: Ich meinte, die grüne Schminke würde ich nicht empfehlen. Zu Alien-Sex kann ich nichts sagen. Oder zu irgendwelchem anderen Sex.

Julia: NA, VIELLEICHT KÖNNTEN WIR JA SEX HABEN, WENN DU ENDLICH MIT DEINEM BESCHEUERTEN KOSTÜM FERTIG WERDEN WÜRDEST.

Heute 3:57: Morgan gibt dem Chat den Titel: »URGESUNDER ALIEN-SEX«

Madison

»Ich bin dran.« Jake schiebt sich eine Handvoll *Cheetos* in den Mund und kaut lautstark, orangeroter Staub verteilt sich überall.

»Thomas Jefferson, JFK und Teddy Roosevelt.«

»Und die sind alle lebendig und einigermaßen jung in diesem Szenario?« Auf die Ellenbogen gestützt lehne ich mich zurück.

»Ja. Stell dir diese Typen in ihrer Blütezeit vor.«

»Okay. Also, Thomas Jefferson war furchtbar, den würde ich eindeutig killen.«

»Gute Wahl.«

»Das ist eine schwere Aufgabe«, quengele ich. »Diese Typen kann ich mir nur alt vorstellen.«

»Hey, du hast mir einen Haufen Pokémons vorgesetzt und ich musste sie mir nicht … wie hast du das noch genannt?«

»Animiert?«

»Genau. Ich musste sie mir nicht animiert vorstellen.«

»Okay, okay. Sekunde, ich hab's gleich.«

Normalerweise bin ich ein Fan von *Fuck, Marry, Kill*, aber diese Runde beweist bloß, wie wenig ich aus dem Geschichtsunterricht noch weiß. Allerdings bin ich beeindruckt, dass Jake, mal abgesehen von George Washington, drei Präsidenten aufzählen konnte.

»Ich glaube, ich würde JFK vögeln«, sage ich. »Sogar zu seiner Zeit waren sich alle einig, dass er heiß war, oder? Folglich würde ich Teddy Roosevelt heiraten. Ich weiß nur noch, dass der Teddybär nach ihm benannt wurde, und da stelle ich mir vor, dass er kuschelig war. Das ist der Stoff, aus dem man gute Ehemänner macht.«

»Du würdest nicht JFK heiraten?«

»He, du hast gesagt, bei *Fuck, Marry, Kill* wird man nicht verurteilt.« Aus Protest bewerfe ich Jake mit einem *Cheeto*.

»Genauso wenig wie du mich nicht dafür verurteilt hast, dass ich Pikachu vögeln wollte«, sagt Jake.

»Aber Pikachu ist ein Baby! Das ist widerlich.«

»Babe, damit waren wir doch schon durch. Wer ist der Pokémon-Experte auf diesem Dach?« Widerwillig zeige ich auf Jake. »Ein Pikachu ist so was wie eine Hunderasse. Es gibt also erwachsene Pikachus und Baby-Pikachus. Ich würde ein erwachsenes vögeln. Einvernehmlich, das versteht sich von selbst. Außerdem gibt es in Gen 2 nachgewiesenermaßen ein Pikachu-Baby namens Pichu – und das beweist ja wohl, dass das klassische Pikachu kein Baby ist.«

»Ich hab nur zwanzig Prozent von dem verstanden, was du eben gesagt hast.«

»Das liegt nur daran, dass du in deiner Kindheit nicht genug Zeit damit verbracht hast, Pokémon zu spielen«, sagt Jake.

»Ich habe in meiner Kindheit höchst selten irgendwelche Spiele gespielt. Dazu hatte ich keine Zeit. Ich habe immer getanzt.«

»Ach ja, ich hatte ganz vergessen, dass du eine Tänzerin bist. Echt krank.«

»Ich war eine Tänzerin«, verbessere ich Jake. »Ich war eine Hardcore Ballerina. Ich habe zwanzig Stunden die Woche getanzt und jeden Sommer Intensivkurse bei Profis besucht.«

»Hattest du vor, Profi zu werden?«

»Keiner würde das so ausdrücken, aber ja.« Ich lache. »Ist irgendwie so wie Baseball, würde ich sagen. Du kannst auf ein College für Tanz gehen oder sofort bei einem Ensemble vortanzen. Das war mein Ziel.«

»Und warum hast du aufgehört?«

»Lange Geschichte.«

»Konntest du dein Bein hinterm Kopf hochhalten, so wie diese Zirkusleute?«, fragt Jake.

»So etwa?« Ich schwinge mein Bein anmutig himmelwärts und ziehe es an mein Gesicht, bis das Knie die Nase berührt. »Ging mal wesentlich leichter, aber ich hab's noch drauf.«

»Das ist so verdammt abgefahren.«

»Danke.« Ich lasse das Bein los, zur großen Erleichterung meiner Oberschenkelmuskulatur.

Dann lege ich mich aufs Dach zurück und lasse den Kopf in den Händen ruhen. Die ganze letzte Woche war es bewölkt und regnerisch, aber heute ist die Nacht absolut klar. Ich hab mir eigentlich nie was aus Sternegucken oder irgendwelchen anderen Arten von Naturbetrachtungen gemacht, doch sogar ich muss zugeben, dass der Ausblick von hier oben spektakulär ist.

Trotz allem, was Jake gesagt hat, ist es nicht romantisch auf dem Dach.

Hauptsächlich, weil jedes meiner Körperteile ausgekühlt ist, und Kälte hat als Gefühl so gar nichts von sexy. Doch wie die Sterne am dunklen Himmel funkeln, bis in den letzten Winkel hinein ... ist irgendwie inspirierend. Das gibt mir das Gefühl, unbesiegbar zu sein – und dieses Gefühl hat eine wie ich nicht so oft.

»Also, warum hast du aufgehört zu tanzen?«, fragt Jake wieder.

»Du bist außergewöhnlich hartnäckig heute Nacht.« Jake ist ein bisschen wie ein übereifriger Welpe. Wenn er was macht, das mich nervt, oder über was redet, das mir nicht gefällt, kann ich ihn normalerweise mit der menschlichen Entsprechung für einen Hundekuchen ablenken.

»Du musst nicht drüber reden.« Jake zuckt mit den Schultern. »Aber es schien so, als würdest du es wollen.«

Ich habe mit Jake über diese Jahre meines Lebens gesprochen, und er ist so nett, mich nicht zu drängen. Selbstverständlich habe ich ihm schon aus Rücksichtnahme von meinem Lupus erzählt, aber seitdem hat er ihn nicht mehr erwähnt. Er sieht mehr in mir als meine Diagnose. Oder er hat unser Gespräch völlig vergessen. Wie dem auch sei, Jake ist eine willkommene Erholung von den lupusbesessenen Menschen in meinem Leben. Manchmal ist es besser, die Vergangenheit in der Vergangenheit zu lassen. Aber es hat schon was Besonderes, mit Jake an meiner Seite auf diesem Dach zu liegen, über uns Millionen von Sternen … deshalb möchte ich ihm eine Antwort geben.

»Als ich jünger war, habe ich sechs Tage die Woche getanzt. Müde zu sein und Schmerzen zu haben, war also normal für mich. Ich hab nicht weiter drüber nachgedacht. Aber dann wurde es tausend Mal schlimmer. Ich konnte kaum noch aus dem Bett kommen, andauernd tat alles weh, solche Sachen.«

»Und da hast du dann Lumos gekriegt«, sagt Jake.

»Lupus.« Ich lächele. Jake erinnert sich doch an unser Gespräch.

»Doch, ja. Plötzlich ging es mir schlecht, obwohl ich vielleicht schon eine ganze Weile Symptome hatte. Die Ärzte haben für die Diagnose über einen Monat gebraucht, und für mich ging's in dieser Zeit immer wieder ins Krankenhaus. Danach hatte ich so viel mit Arztbesuchen und dem Nachholen von Unterrichtsstoff zu tun, dass ich beim Tanzen enorm viel verpasst hatte.«

»Also hast du aufgehört?«

»Noch nicht ganz. Ich wollte immer noch Ballerina werden. Sobald der Lupus einigermaßen unter Kontrolle war, habe ich drauf bestanden, wieder tanzen zu gehen. Meine

Mom ist ausgeflippt vor Angst. Sie fand es zu früh. Aber mir war das egal.« Ich zittere, als eine kalte Brise übers Dach weht. Jake rückt näher an mich heran, damit ich mich an seine Schulter lehnen kann. Ich habe nie mit irgendwem über meinen letzten Tag beim Tanzen geredet, nicht mal mit Morgan.

»Ich hab mich total angestrengt im Kurs, so wie immer«, fahre ich fort. »Ich hätte eine Pause machen sollen, aber ich wollte beweisen, dass ich es durchziehen kann. Wie sich herausgestellt hat, konnte ich es nicht. Als ich an jenem Abend nach Hause kam, waren alle Symptome wieder da, schlimmer noch als vorher. Ich wurde im Notarztwagen ins Krankenhaus gebracht. Es war erniedrigend.«

»Das tut mir echt leid«, sagt Jake.

»Schließlich haben meine Ärzte mir einen Freizeittanzkurs genehmigt, aber irgendwie fühlte sich das schlimmer an. Ich will ja nicht angeben oder so, aber ich war wirklich gut. Ich konnte mich nicht in einer Ballettstunde mit Mädchen sehen, die es nicht so ernst mit dem Tanzen meinten wie ich. Also habe ich aufgehört.«

»Wow. Und du hast nie wieder getanzt?«

»Nein.« Ich erzähle Jake nicht, wie oft ich in den Keller schleiche, um Übungen an der Stange zu machen – und unweigerlich anfange zu schluchzen. Das ist zu persönlich und lässt sich nicht mal unterm Sternenzelt teilen.

»Wirst du noch immer müde, wenn du was Körperliches machst? Oder geht das klar mit uns?«, fragt Jake. Ich gebe ihm einen Rippenstoß. Nur Jake bringt es fertig, eine traumatische Geschichte über meine chronische Krankheit als Überleitung zum Sex nutzen.

»Mit uns geht das klar«, sage ich und massiere mir die Handgelenke. »Aber ich bin mir nicht sicher, ob das mit dem Dach klargeht.«

»Och, Babe, warum nicht? Ich dachte, wir würden uns dem Mile-High-Club anschließen.«

»Erstens: Der Mile-High-Club ist für Sex im Flugzeug. Wir sind vielleicht sieben Meter vom Boden entfernt. Und einen Sieben-Meter-Club gibt es nicht.«

»Wir könnten einen gründen«, sagt Jake mit einem Zwinkern.

»Zweitens, mir ist kalt, von daher musst du auch frieren, du hast nämlich überall Gänsehaut.« Ich nutze die Gelegenheit, ihm mit der Handfläche über die Brust zu streichen. Jake ist muskelbepackt, auch mit Gänsehaut. »Und drittens: Die Kondome sind noch im Haus.«

»Shit. An die *Cheetos* haben wir gedacht, aber nicht an die Kondome.«

»Beides wichtig, aber …«

»Ja.« Jake kniet sich hin und verschafft sich einen Überblick über die Umgebung. »Okay, lass uns von diesem Dach hüpfen, dann schleichen wir wieder rein, finden die Kondome und ab geht's.«

»Hüpfen? Dein Plan besteht darin, von diesem Dach zu … hüpfen?!«

»Nicht buchstäblich. Ich meinte hüpfen so als … Na, du weißt schon … Wie hieß das noch gleich im Englischunterricht?«

»Metapher? Redewendung?«

»Genau«, sagt Jake. »Ich dachte, wir kommen genauso runter, wie wir raufgekommen sind. Hört sich das gut an, Babe?«

»Öh, ja?« Ich starre über den Rand des Daches. Plötzlich fällt mir wieder ein, wie viel leichter es ist, eine Leiter raufzuklettern als runter. Und zwar eine echte Leiter, nicht ein wackeliges, von Ranken umwuchertes Gestell. »Du musst vorgehen«, sage ich. »Ich will, dass du mich auffangen kannst, falls ich den Halt verliere oder so.«

»Klar, Babe. Ich pass auf dich auf.« Jake duckt sich und geht vorsichtig bis zum Rand des Daches, mit den Händen stützt er sich ab. »Und wenn du abrutschst, dann lass dich einfach fallen. Wenn du versuchst dich festzuhalten, könntest du dir das Handgelenk brechen. Blaue Flecken überall zu haben, ist besser.«

»Moment«, sage ich, denn da bewegt sich was.

»Babe, das war ein Witz! Wenn du fällst, bin ich da und fange dich auf. Das war eher ein Rat für mich. Ich darf mir meinen verdammten Wurfarm nicht kaputt machen so kurz vor dem Sommer.«

»Nein, im Ernst.« Ich zeige auf das orange Fellknäuel, das übers Dach stolziert. »Das muss doch die Katze von drinnen sein, oder?«

Wie auf ein Stichwort faucht die Katze mich an und ihr Schwanz zuckt.

»Wie ist die denn hier raufgekommen?«, fragt Jake.

»Wie wir, nehme ich mal an. Katzen können klettern, oder?«

»Das ist Spider-Cat.«

»Wir haben wohl die Tür aufgelassen«, sage ich. »Mist. Zoe wird ja so sauer auf mich sein, wenn ich schuld bin, dass der Kater verloren geht. Wir müssen ihn vom Dach schaffen, ehe jemand mitkriegt, dass er weg ist.«

»Okay, gut. Wir hüpfen vom Dach, bringen den Kater rein und dann geht's ab. Abgemacht?« Jake kriecht auf Spider-Cat zu, der auf die andere Seite vom Dach flitzt.

»Ich glaube nicht, dass wir ihn uns einfach schnappen können.«

»Ohne Scheiß.« Er seufzt. »Lass es mich ein letztes Mal versuchen. Wir kriegen raus, wie man Katzen fängt, fangen die Katze, hüpfen vom Dach, bringen Spider-Cat ins Haus, holen die Kondome – und dann haben wir Sex.«

Ich nicke.

»Also, ganz ehrlich, es im Flugzeug zu tun, wäre viel einfacher gewesen.«

Zoe

Mein Onkel hat einen grauenhaften Geschmack.

Das Yale-Zimmer war schlimm, klar, aber sein Küchenfußboden ist wahrhaft abscheulich. Ich weiß nicht mal, woraus er besteht – Stein, Fliesen, irgendein Plastikgemisch? –, aber er ist immens hässlich. Wer will denn einen olivgrünen Fußboden? Und nicht irgendeinen olivgrünen Boden. Dieser Stein/Fliesen/sonstwas-Boden ist mit Goldstaub gesprenkelt. Ganz so, als wäre er die verdammte Marie-Antoinette von Zentraloregon. Es ist ekelhaft.

Der Boden ist auch im wahrsten Sinne des Wortes ekelhaft. Jetzt, nachdem das reine Schluchzen nachgelassen und sich auf ein paar versprengte Tränen und gelegentliches Schniefen reduziert hat, bemerke ich die dünne Dreckschicht, die den Boden bedeckt. Und meinen Körper. Man sollte denken, dass jemand, der sich Goldsprenkel leisten kann, auch Geld für eine Reinigungskraft hat. Oder gar einen Lifecoach, der ihm beibringt, ein weniger großer Arsch zu sein.

Ich weiß, meinen Onkel trifft keine Schuld. Er ist zwar auf jede nur denkbare Weise ein furchtbarer Mensch, aber er ist nicht der Grund für mein Weinen. Vor meinen Freund*innen die Wahrheit verheimlichen, meiner Freundin mit Absicht mehr Stress machen, die Bewerbung an der Alma Mater meines Onkels, um meiner Familie zu gefallen – und jede schlechte Entscheidung auf dem Weg dahin –, ist allein Zoe Blackwell zu verdanken. Ich verdiene es, lang hingestreckt auf dem Boden zu liegen und mit den Fingerspitzen unglückliche Smileys in den Staub zu malen. Meine ganze Abschlussballnacht ist ein einziges großes, unglückliches Smiley.

Ich weiß auch, dass man nicht produktiv mit negativen Gefühlen umgeht, indem man sich darin suhlt. An Selbsterkenntnis fehlt es mir nicht. Doch jetzt gerade sind meine Optionen: Scones-Teig fertig rühren, auf dem Boden suhlen oder die Probleme auf reife Art angehen.

Ich entscheide mich für suhlen.

Die Haustür fliegt auf und knallt mit solcher Wucht gegen den Tisch in der Diele, dass bestimmt eine Kerbe bleibt. Eine heulende Morgan erscheint in der Tür. »Du hattest recht«, schluchzt sie. »Madison und Jake sind auf dem Dach.« Sie knallt die Tür hinter sich zu und legt sich zu mir auf den Küchenboden. »Ich konnte ihre Stimmen hören und hab sie rumlaufen sehen, ich weiß also, dass sie es sind. Und Jake war nackt, was nur heißen kann, dass sie auf dem Dach Sex haben werden.«

»Moment mal … was?« Ich starre Morgan an. Ihre Haut ist rot und fleckig, Tränen glänzen in ihren Augen. Es ist, als würde man in einen Spiegel gucken. Einen unglaublich wenig schmeichelhaften Spiegel. »Ich hab das alles nur gesagt, damit du … Also, ich glaube nicht, dass sie tatsächlich auf dem Dach sind.«

»Ich sag's dir doch«, erwidert Morgan hicksend und schluchzend. »Sie sind nackt da oben. Kein Wunder, dass Morgan sich nicht am Gruppenchat beteiligt hat. Sie ist vollauf damit beschäftigt, sich umzubringen.«

»Hör mal, ich muss dir was sagen. Ich habe was Furchtbares getan.« Ich setze mich auf und ziehe die Beine unter den Hintern. Meine Lüge hat meine Freundin an den Rand einer Panikattacke gebracht. Das kann ich nicht zulassen. Es wird Zeit zu gestehen, dass ich ein schrecklicher Mensch bin.

Morgan guckt mich verwirrt an. »Weinst du auch? Warum weinst du?«

Ich hole tief Luft. »Folgendes ist passiert – und bitte, mach nicht sofort mit mir Schluss.«

»Zoe, was ist los?« Morgan wendet sich mir zu, nimmt meine staubigen Hände.

»Ich habe mich völlig irrational verhalten.« Ich verspüre das Bedürfnis, diesem Gespräch das Eingeständnis vorauszuschicken, dass ich mich absolut bizarr aufgeführt habe. »Als ich dir von Yale erzählt habe und du so megaglücklich warst, habe ich mich verraten gefühlt. Ich wollte, dass du traurig bist oder wenigstens gemischte Gefühle hast. Ich dachte, du würdest mich bitten zu bleiben.«

Morgan macht den Mund auf, aber ich rede weiter, ehe sie reagieren kann.

»Und ich weiß, dass ich eine Heuchlerin bin. Ich finde es dämlich, wenn Leute ihrer Highschool-Liebe zur Uni folgen, weil alles dafürspricht, dass sie sich im Laufe von ein paar Monaten trennen werden. Der rationale Teil meines Gehirns ist davon fest überzeugt. Abgesehen davon, ich leg mich doch nicht mit der Statistik an. Aber es hat mich trotzdem traurig gemacht, dass du nicht für uns gekämpft hast.«

»Zoe …«

»Warte, ich bin fast fertig.« Ich streiche mir ein paar tränennasse Haarsträhnen hinters Ohr. »Als du gefeiert hast und megaglücklich warst, wollte ich nur weinen. Also habe ich mir was Absurdes über Jake und Madison auf dem Dach ausgedacht. Ich wusste, du würdest rausgehen und mich ein paar Minuten allein lassen. Das war dumm und manipulativ. Besonders weil du so empfindlich auf alles reagierst, was mit Madison zu tun hat. Ich hab wirklich Schuldgefühle.«

Morgan legt den Kopf ein wenig schräg, während sie darauf wartet, dass ich fertig werde. Normalerweise kann ich ihre Gefühle lesen, aber dieses Mal bin ich ratlos. Ihr Gesicht ist wie eine unbemalte Leinwand.

»Ja. Das war's. Jetzt kannst du reden.« Ich tu so, als würde ich meine Lippen mit einem Reißverschluss verschließen. Morgan lächelt, was mich erleichtert, aber sie erwidert nicht gleich etwas.

»Okay«, sagt sie schließlich. »Das waren eine Menge

Informationen. Ich finde, wir sollten alle deine Punkte ordentlich der Reihe nach besprechen.«

»Gott, ich liebe dich so sehr.« Morgan sieht mich mit zusammengekniffenen Augen an. »Sorry, ich rede jetzt nicht.« Ich verschließe die Lippen wieder und gebe ihr mit einer Handbewegung zu verstehen, dass sie weiterreden soll.

»Also, als Erstes: Madison und Jake sind ganz bestimmt auf dem Dach. Nun ja, ich finde es seltsam, dass du eine Geschichte erfindest, um mich aus dem Haus zu kriegen, aber du hast recht gehabt.«

»Aber das ist unmöglich«, sage ich. »Auf keinen Fall …«

»Glaubst du, ich kann nicht gucken?«, blafft Morgan. »Ich schwöre auf so gut wie alles. Ich habe meine Zwillingsschwester mit ihrem nackten, widerlichen Freund auf dem Dach gesehen. Ich mag ja ein wenig obsessiv sei, aber Wahnvorstellungen habe ich nicht. Und blind bin ich auch nicht. Du kannst rausgehen und selber nachsehen.«

»Sorry, ich glaube dir.« Ich starre an die Decke und versuche mir vorzustellen, wie Madison und Jake es genau über uns treiben. Ist kein tröstlicher Gedanke. »Ich verstehe nicht, wie die da raufgekommen sind«, sage ich. »Auf einem Dach rummachen ist megagefährlich, besonders bei Nacht.«

»Ja, warum raste ich hier wohl aus?«, jammert Morgan.

»Sorry, sorry, sorry. Das war überhaupt nicht hilfreich von mir.«

Morgan würgt ein Lachen raus. Sie rutscht rüber, sodass wir beide auf den Kühlschrank gucken, dann legt sie sich auf den Fußboden und zieht mich mit runter. Ich kann spüren, wie der Dreck mir an Armen und Rücken klebt, aber in meiner Lage beschwert man sich nicht. Zusammen starren wir die tollen Deckenbalken an.

»Wirst du mit mir Schluss machen?«, fragt Morgan.

»Was redest du da?« Ich rappele mich so schnell auf die Ellenbogen hoch, dass es staubt. »Natürlich nicht. Nach all dem solltest du mit mir Schluss machen.«

Morgan setzt sich auf, ich sehe, wie ihr wieder Tränen in die Augen steigen. »Du bist also sauer geworden, weil ich nicht darum gebettelt habe, dass du mit mir in Oregon bleibst. Was übrigens nur ein selbstsüchtiger und kontrollbesessener Mensch tun würde.«

Mir wird heiß. »Ja, tut mir auch leid«, murmele ich.

»Aber so wie du das eben gesagt hast, hört es sich an, als wäre es das Ende unserer Beziehung, wenn du nach Yale gehst«, sagt Morgan. »Und das habe ich nicht eine Sekunde gedacht. Irgendwie weiß ich ja, dass du recht hast. Die Chancen stehen nicht gut für eine Fernbeziehung. Aber warum glaubst du nicht, dass wir es trotzdem schaffen könnten? Das ist ja so, als ob du es nicht mal versuchen wolltest.«

»Morgan, es tut mir so leid.« Eine halbe Sekunde später strömen mir schon wieder die Tränen aus den Augen. Ich hätte nicht gedacht, dass noch Flüssigkeit in meinen Tränenkanälen sein könnte, aber anscheinend irre ich mich heute Nacht in vielen Dingen.

Ein paar Minuten lang weinen Morgan und ich zusammen auf dem Boden. Sie umarmt mich und ich klammere mich an sie und unser Make-up ist unglaublich verschmiert. Als die Tränen schließlich langsamer fließen, wird mir klar, dass ich noch ein weiteres Geständnis ablegen muss.

»Hör mal«, schniefe ich. »Da ist noch was anderes.« Ich trommele mit den Fingern auf den Boden. Dieses Gefühl geistert mir nun schon seit Monaten im Kopf herum. Wenn ich ehrlich bin, vielleicht sogar seit Jahren.

Das ist wie mit kleinen Kindern. Die wollen alle Astronauten werden. Durch den Weltraum fliegen und andere Planeten besuchen klingt so cool, wenn man im Kindergarten ist und nicht versteht, dass

1. für Raumfahrt jahrelanges Training nötig ist,

2. nur die Besten tatsächlich in den Weltraum geschickt werden und

3. die Aussicht besteht, dass die eigene Mission mit Tod und Zerstörung endet. Nach Yale zu gehen, war mein Kleinkindertraum. Aus weiter Ferne war es leicht, sich für vier Jahre an einer anspruchsvollen Uni in Connecticut zu verpflichten. Jetzt, wo ich angenommen worden bin, habe ich das Gefühl, ich würde ich auf wer weiß was zu durchs Sonnensystem katapultiert werden – und mein einziger Wunsch ist nur, zurück nach Hause auf die Erde zu kommen.

»Was ist denn?« Morgan sieht mich panisch an. »Weißt du, deshalb denke ich, dass du versuchst, mit mir Schluss zu machen.«

»Nein, nein.« Ich atme tief durch. »Das hat nichts mit dir zu tun.« Dieses Gefühl nagt schon seit einer ganzen Weile an mir, aber ihm laut Ausdruck zu verleihen, scheint mir ein riesiger Sprung zu sein. »Ich habe nicht gedacht, unsere Beziehung würde nicht funktionieren, wenn ich nach Yale gehe«, sage ich und ich versuche meine Worte mit Sorgfalt zu wählen. »Aber ich weiß nicht, ob ich überhaupt noch nach Yale gehen möchte.«

»Wie meinst du das?«, fragt Morgan, so als könne sie die Worte nicht begreifen, die mir da aus dem Mund kommen.

»Ich weiß, dass ich nach Yale gehen soll. Ich weiß, dass das mein Traum ist, seit ich fünf Jahre alt bin. Und ich weiß, dass ich alle genervt habe, weil ich ständig davon rede.« Wieder bin ich kurz davor, zusammenzubrechen. »Aber jetzt fühlt sich das alles verkehrt an. Ich weiß nicht, was ich machen soll. Und ich hab eine Scheißangst.«

Julia

»Dieses Mal habe ich gründlich recherchiert«, ruft Kevin aus dem Bad. »Bist du bereit für Sex mit einem Elf?«

»Bitte sprich diese Worte nie wieder aus«, sage ich.

»Wenn das dein Wunsch ist.«

Ehrlich gesagt, der Gedanke an Kevin als Elf hat schon was Heißes. Elfen sind mit Abstand die attraktivsten Fantasywesen. Ich weiß, dass manche Leute auf Meerjungfrauen stehen, aber nichts anderes als die Disney-Version kennen. Veritable mythologische Meerjungfrauen sind absolut Furcht einflößend. Da ist nicht viel mit Muschel-BHs und singenden Hummern. Elfen hingegen ziehen mich mehr an. Sie sind anmutig und geschmeidig, haben oft eine geheimnisvolle oder gar finstere Aura. Abgesehen davon sind sie superschlau, und ich lege Wert auf den Intellekt meines Partners, egal ob er nun Mensch oder was anderes ist.

»In Ordnung, Mylady. Bist du bereit, von einem Elf entführt zu werden?«

»So was von bereit.«

Wieder geht die Tür auf. Dieses Mal kann ich Kevin sehen. Und glaubt es oder nicht, er sieht tatsächlich aus wie ein Elf. Das braune Handtuch hat er gegen ein cremefarbenes Laken ausgetauscht, das er sich um den Leib gebunden hat. Hat ein bisschen was von einer Toga, aber wahrscheinlich kommen irgendwo in der römischen Mythologie auch Elfen vor. Die schwarzen Haare hat er mit *sehr* viel Gel zu kurzen Spitzen geformt und er hat sich kleine Gummibänder um die Ohren gebunden, damit sie spitz aussehen. Mein einziger Einwand wäre, dass seine Haut immer noch einen Grünschimmer hat, aber ich beschließe, das durchgehen zu lassen. Er sieht schon verdammt elfisch aus.

»Bist du Yesmina, Hüterin des bronzenen Kelches?« Kevin hat sogar seine Stimme verändert. Das Minnie-Maus-Quieken ist einem sanfteren, lyrischeren Ton gewichen. »Antworte mir, Lady!«

Ich lasse mich auf das Spiel ein. »Ja, ich hüte den Kelch für den Schwertmeister Abedebio. Doch die Elfen von Todrina werden an seine Macht niemals rühren können.«

»Ah, aber da irrst du dich.« Kevin macht ein paar Schritte auf mich zu, dann zögert er. »Was machen wir jetzt?«, flüstert er.

»Ich dachte, du wolltest mich entführen«, flüstere ich zurück. »Übrigens macht das die ganze Geschichte kaputt, wenn wir ständig überlegen, was wir als Nächstes machen sollen.«

»Okay, aber wie kidnappe ich dich? Soll ich dich im Schrank verstecken?«

»Wenn du mir deinen Plan verrätst, bist du ein ziemlich schlechter Entführer.«

»Stimmt.« Kevin richtet seine Ohrgummis. Die müssen ihm wehtun, geht mir auf, doch ich weiß seinen Einsatz durchaus zu würdigen. »Macht dich das schon an?«

»Eigentlich nicht. Aber ich glaube, wir sollten es weiter versuchen. Du hast dir zu viel Mühe mit deinem Kostüm gegeben, um jetzt schon aufzugeben. Ich versuche, mich mehr drauf einzulassen.«

»Okay, ich auch. Aber, warte mal eben.«

Ich denke, Kevin führt nun seinen Elfenmonolog fort, aber da macht er plötzlich einen Schritt nach vorn und drückt seine Lippen auf meine. Immer noch dieselben Lippen und im Großen und Ganzen dieselbe Kusstechnik, doch er ist fordernder als sonst. So zu tun, als wäre er ein Elf, hat Kevin anscheinend zu einer neuen Art Selbstbewusstsein verholfen. Ich lasse mich auf den Kuss ein, schlinge beide Arme um Kevins Hüfte. Das ist wild, leidenschaftlich und sexy, wie direkt aus einem Fantasyroman. Das ist die Art Rollenspiel, auf die ich mich einlassen kann.

Bald schon nestele ich an dem Laken herum, das Kevin sich um den Leib geschlungen hat, und versuche den Knoten zu lösen und darunter seine Haut zu spüren. Kevin nimmt die Arme von meinem Rücken und will mir helfen. Einen Moment lang glaube ich, dass er die Knoten aufmachen wird, aber dann wechselt er den Kurs. Sanft dreht er mir beide Arme auf den Rücken und wickelt mir einen Stoffstreifen um die Handgelenke.

»Was machst du da?« Ich löse die Lippen von seinen. Diese neue Art Vorspiel verwirrt mich enorm.

»Was denn? Ich nehme dich gefangen, mein Liebling«, sagt Kevin mit seiner sinnlichen Elfenstimme. Er zieht den Stoffstreifen stramm und bindet einen Knoten, der meine Handgelenke an Ort und Stelle festhält. Und keine Ahnung, ob es Kevins einnehmende Elfenpräsenz ist oder diese neue Art, mich zu küssen, aber so langsam dämmert mir, warum *Cosmo* Rollenspiele vorschlägt.

»Ohhh, schlau … ich meine … ich verlange, dass du mich sofort losbindest! Ich bin die große Yesmina, Hüterin des bronzenen Kelches, Tochter von Lady Jammes, Eignerin des Icharoo Anwesens! Ich werde nicht zur Gefangenen eines unbedeutenden Elfs, ganz gleich, wie attraktiv ich ihn auch finden mag!«

»Leider hast du keine Wahl, was das angeht«, sagt Kevin der Elf. »Ich glaube kaum, dass deine Wächter dich in den dunklen Hügeln von Todrina finden werden.« Mit einem listigen Lächeln hebt er mich vom Fußboden auf und wirft mich aufs Bett. Sekunden später ist er auf mir, küsst meinen Hals, fährt mir mit den Händen durchs Haar. Als Reaktion darauf winde ich mich, schließlich kann ich mit auf dem Rücken gefesselten Händen nicht viel rummachen.

»Du musst mich losbinden«, keuche ich in Kevins Ohr. Sofort stoppt er alles, womit er gerade beschäftigt ist. Gerade als es anfing, mich auch anzumachen.

»Was ist? Bist du okay? Hab ich dir wehgetan?«

»Nein, *Elfenknabe*, das gehörte zu meiner Rolle. Ich muss doch wohl gegen meine Entführung protestieren.«

»Woher soll ich das wissen?«, fragt Kevin.

»Guter Einwand«, sage ich. »Wir brauchen ein Safeword, damit du weißt, wann du wirklich aufhören musst.« Ich erinnere mich noch an einen Artikel, den ich vor einiger Zeit in der *Cosmo* gesehen habe. Der richtete sich an Leute, die mit heftigeren Sachen wie BDSM experimentieren, die ohne klare Grenzen gefährlich werden können. Aber wenn ein Safeword Kevin nicht aus seiner Rolle fallen lässt, bin ich dabei. »Wir brauchen was, das wir im normalen Gespräch niemals sagen würden.«

»Hm, okay.« Kevin macht eine Pause. »Wie wär's mit Tauben?«

»Tauben?«

»Ja. Wenn wir rummachen, redest du nie von Tauben.«

»Na und?«

»Das ist also das ideale Wort.«

»Genau, aber warum Tauben?«

»Weil es alle deine Kriterien erfüllt«, sagt Kevin. »Ich will ja nur helfen. Strauß könnten wir auch nehmen. Oder Kolibri.«

»Hast du irgendein Ding mit Vögeln, über das ich Bescheid wissen sollte?«

»Nein. Wenn ich Vögeln gegenüber sexuelle Gefühle hätte, dann wäre das ein furchtbares Safeword, denn ich könnte zufällig irgendwas mit Tauben stöhnen.«

»Okay, okay. Egal. Tauben ist in Ordnung.« Das Kribbeln, das ich gefühlt hatte, vergeht langsam und ich will es unbedingt zurück. »Machst du jetzt bitte weiter mit mir rum?«

Kevin klettert wieder auf mich und wir setzen unser elfisches Vorspiel fort. Küssen und winden und keuchen und wälzen. Es ist so intensiv, dass ich die Entführungssituation völlig vergesse, bis die Stofffessel um meine Handgelenke am Bettpfosten hängen bleibt und der Knoten sich lockert. Wieder protestiere ich.

»Ich verlange, dass du mich losbindest«, sage ich mit meiner besten Yesmina-Stimme. Dieses Mal hört Kevin nicht auf. Stattdessen legt er noch einen Zahn zu und wirft mich herum, sodass ich hilflos auf ihm liege. »Meine Wächter werden mich hier finden, und sie werden Rache nehmen an dir und deinem Elfenclan! Alle fünf Ecken von Elgorp werden sie absuchen, wenn das erforderlich ist!«

»Nun, dann sollten wir wohl dafür sorgen, dass sie dich nicht finden«, sagt Kevin der Elf. Er wälzt sich vom Bett und nimmt mich wieder auf den Arm.

»Stopp!«, kreische ich. »Wohin bringst du mich?«

»An einen Ort, der nur mir bekannt ist. Ein Ort, an dem man dich niemals finden wird.«

Kevin öffnet die Tür vom Wandschrank und knipst das Licht an. Er zerrt ein paar Wolldecken auf den Boden, was für einen Kidnapper echt rücksichtsvoll ist, und setzt mich in das gepolsterte Nest. Dann, mit einer hochgezogenen

Augenbraue, schließt er die Tür. Ich höre, wie das Schloss einrastet.

»Komm zurück! Ich verlange, dass du zurückkommst!«

»Ah, aber du bist jetzt für alle Ewigkeit in diesem Verlies gefangen.«

Etwas drängt mich, Kevin zu erzählen, dass die Elfen von Todrina nicht in Schlössern mit Verliesen leben, aber ich will die Stimmung nicht kaputtmachen. Also spiele ich die Rolle der Yesmina weiter. Ziemlich großartig sogar, wenn ich das mal über mich sagen darf. »Nicht das Verlies! Es ist so dunkel und unheimlich«, rufe ich aus und winde mich auf dem Haufen Wolldecken. Durch die Bewegungen fällt meine provisorische Handfessel ab. So viel zu Kevins Entführungstalent.

Als meine Augen sich an die Dunkelheit gewöhnt haben, schaue ich mich in der Umgebung um, so wie Yesmina es tun würde. Die Brettspiele, die an der Rückwand gestapelt sind, könnten Schatzkisten sein. Die Krawatten, die an einem Bügel über mir baumeln, könnten blutrünstige Schlangen sein. Die vielen Schuhe sind vielleicht die Überbleibsel anderer Gefangener, die schon vor langer Zeit in diesem verbotenen Land verschmachtet sind.

»Äh, das Schloss funktioniert nicht.«

»Du musst mir helfen«, rufe ich mit gespielter Verzweiflung. »Die Schlangen fressen mich sonst bei lebendigem Leib! Sie wissen nicht, dass ich die Auserwählte bin. Ihr Blutdurst kennt keine Grenzen.«

»Nein, Jules. Das Schloss ist ab.«

»Und was wird mein Volk daheim erleiden müssen?« Ich bin jetzt total in meiner Rolle drin. Es ist, als wären Yesmina und ich ein und dieselbe Person. Vielleicht sollte ich auf der Uni Theater belegen. Diesen Gedanken will ich im Hinterkopf behalten, während ich meinen leidenschaftlichen Monolog fortsetze. »Die Existenz vieler Menschen hängt von mir ab. Sie verlassen sich auf mich. Meine Familie wird verzweifeln! Ich schwöre dir, wenn meine Wächter dich nicht finden, dann findet meine Familie dich. Sie wird meinen Tod rächen!«

»Julia, im Ernst ...«

»Sie werden den Elfen von Todrina den Krieg erklären! Eure Ländereien werden verwüstet, dein Volk ist verloren. Sie werden ...«

»TAUBEN!«, brüllt Kevin. »Meine Güte, Julia, Tauben.«

»Hä?« Ich setze mich in meinen Wolldecken auf. Meine Sinne sind geschärft und zwischen meinen Beinen ist es feucht. Ich will jetzt nur noch Kevin bei mir in diesem Schrank haben, der mich mit Elfenarmen umschlingt, während wir uns in unserem Fantasyland lieben. »Was ist mit Tauben?«

»Tauben ist das Safeword, weißt du noch?«

»Genau. Was ist denn? War das zu viel Fantasy? Warte, hab ich aus Versehen zu viel verraten?«

»Nein, Julia. Mit mir ist alles in Ordnung. Es geht um den Schrank.«

»Was ist denn mit dem Schrank?« Ich rappele mich vom Fußboden hoch und greife nach dem Türknauf. Er dreht sich nicht.

»Das Schloss ist kaputt«, sagt Kevin. »Ich glaube, du bist da drinnen gefangen.«

Alex

Den ganzen Weg zurück zum Warteraum spüre ich, wie ich schrumpfe. Ohne Leah ist der verbotene Gang nur irgendein x-beliebiger Flur. Lang, weiß, leer. Ohne Schwestern, die wissen wollen, was ich hier zu suchen habe.

Ich hätte Leah mitnehmen sollen. Sogar ihr besorgtes Geplapper hätte mir geholfen, den Gedanken zu entkommen, die mich überfallen, als ich den Weg allein gehe. Es war völlig sinnlos, sie zurückzulassen, damit sie die Losnummern in Erfahrung bringt. Halmoni wird ihr einzelnes Los zweifellos vergessen haben und Aussicht auf einen Gewinn dürfte ohnehin kaum bestehen. Diese ganze Sache mit der Lotterie war ein vergeblicher Versuch, mich abzulenken, während ich eigentlich bei Eltern und Schwester hätte sitzen und geduldig auf das Ende der Operation warten sollen.

Jeder Muskel in meinem Körper verspannt sich, als ich mich den möglicherweise vernichtenden Neuigkeiten nähere. Oder wunderbaren Neuigkeiten. Die SMS von meinem Dad lässt sich nicht klar deuten. Er würde mir ganz bestimmt nichts Schlimmes in einer SMS mitteilen, diese ernüchternde Einsicht lässt die Galle in meinem Hals hochsteigen. Aber er würde auch bei guten Nachrichten nicht ausführlich werden, wenn er gerade mit den Ärzten spricht. Zum Zustand meiner Großmutter gibt es also null Anhaltspunkte. Und Bauchgefühl ist auch keine Hilfe. Mein Bauch kommuniziert nämlich einzig und allein den starken Wunsch, zu erbrechen.

Als ich im Warteraum eintreffe, ist der letzte Rest Glücksgefühl von meinem Abenteuer mit Leah verschwunden. Ich bin wieder im selben grell erleuchteten Raum mit demselben fleckigen Teppich und denselben Sofas. Ich warte wieder.

Jenny schläft auf einem der Sofas, die Beine an die Brust gezogen, ihre Atmung wird von winzigen Schnarchern unterbrochen. Mom sitzt neben ihr, streichelt ihr den Kopf und liest eine Zeitschrift, während Dad mit gedämpfter Stimme mit der Empfangsdame spricht.

»Ji-hoon«, sagt Mom, sie ruft mich bei meinem koreanischen Namen, lächelt und winkt mich zu sich.

All meine Verspannungen in Rücken und Schultern schmelzen dahin. Das ist nicht das künstliche, nichts als Zähne präsentierende Lächeln, das Mom für Vertreter an der Tür aufsetzt oder wenn ihr Chef zum Essen kommt. Das ist ihr echtes Lächeln. Das Lächeln, das Mom auf Fotos nicht zeigen möchte, weil sie die kleine Lücke zwischen ihren Schneidezähnen und die Fältchen um die Mundwinkel nicht mag.

Ihr echtes Lächeln würde sie nur lächeln, wenn mit Halmoni alles in Ordnung ist.

»Was ist los? Wie geht es Halmoni?«

»Sie ist aus dem Operationssaal gekommen«, sagt Mom in einem Mix aus Koreanisch und Englisch. »Der Arzt sagt, alles ist gut gegangen. Wir können zu ihr, wenn sie aufwacht.«

»Sie ist noch nicht wach?« Meine Stimme wird schriller und ich spüre, wie sich meine Rückenmuskulatur wieder verknotet. »Wie lange geht das schon?«

»Deiner Großmutter geht es gut, Alex.« Dad geht durch den Raum auf uns zu. Er legt mir eine Hand auf die Schulter. »Sie wacht aus der Betäubung auf. Das dauert eine Weile, aber in zehn oder zwanzig Minuten können wir zu ihr.«

»Und was ist mit Jenny. Weiß sie Bescheid?«

»Lass deine Schwester schlafen«, sagt Mom. »Sie hat morgen Ballett. Wir wecken sie, wenn wir Halmoni besuchen können.«

»Glaubst du, sie ist nach dieser Nacht imstande zu tanzen?«, frage ich.

»Sie hat Probe für ihr Duett«, sagt Mom. »Wenn sie nicht kommt, wird Oaklynns Mutter versuchen, ein Solo für Oaklynn draus zu machen.«

»Aber sie wird erschöpft sein und …«

Dad schneidet mir das Wort ab. »Lasst uns die Tanzproblematik zu Hause besprechen«, sagt er. Ich lasse mich wieder in meinen Sessel fallen. Die Nachricht von Halmonis Erholung scheint Mom wieder in ihren Normalzustand versetzt zu haben. Das bedeutet, dass Jenny auf jeden Fall morgen zu ihrer Probe mit Oaklynn erscheinen wird. Das bedeutet auch, dass jegliche Interaktion zwischen Leah und meiner Mutter deutlich weniger positiv ausfallen wird. Vielleicht sollte ich Leah eine Nachricht schicken und sie bitten, im Auto zu warten. Oder ihr gar sagen, dass sie sich nach Hause fahren lassen soll, und ihr anbieten, sich morgen mit mir zu treffen. Mein neugieriger Vater hat allerdings andere Pläne.

»Erzähl uns alles über Leah«, sagt Dad mit einem nicht besonders subtilen Zwinkern. »Ist sie schon gegangen?«

Beim Klang eines Mädchennamens richten sich Moms Ohren auf. »Wer ist Leah?« Sie kneift die Augen zusammen.

»Alex' neue Freundin«, sagt Dad.

»Sie ist nicht meine Freundin.« Ich versuche meinen Eltern diesen Punkt ganz unmissverständlich klarzumachen, aber Mom guckt immer noch entsetzt und Dad hochzufrieden mit sich selbst. »Und sie ist immer noch hier. Sie hat Leute getroffen, die sie kennt.« Ich bin noch nicht bereit, die Bombe Leah-ist-die-Tochter-von-Halmonis-Erzfeind platzen zu lassen. Jetzt nicht – und vielleicht nie.

»Ist sie mir vorgestellt worden?«, fragt Mom.

»Zwei Mal bis jetzt«, sage ich langsam. Neben mir fällt es meinem Dad schwer, sein Lachen unter Kontrolle zu halten. »Unten im Foyer hast du sie umarmt und geweint und sie mein Mädchen genannt … ich meine, meine Freundin? Erinnerst du dich?« Mom schüttelt den Kopf. »Und sie war diejenige, die das Essen gebracht hat. Die Pfannkuchen, die Jenny gegessen hat?« Mom guckt mich mit leerem Blick an. Ich wusste, dass ihr Benehmen ein wenig seltsam war, aber ich dachte, sie würde sich wenigstens vage an Leahs Existenz erinnern.

»Wo wir gerade davon sprechen …« Dad schaut sich im Raum um. »Ist noch was zu essen da? Hat Leah nicht eine Menge Tüten mitgebracht?«

»Hm … das Essen war Teil einer geschäftlichen Transaktion«, sage ich.

»Was meinst du denn damit?«, will Dad wissen.

»Welcher Art ist deine Beziehung zu diesem Mädchen?« Mit einer Handbewegung wischt Mom Dads Frage weg. Sie hält ihre Befragung offenbar für wichtiger als Dads Hunger. »Ich finde nicht, dass du dich mit einem Mädchen verabreden solltest, das du uns nicht mal vorgestellt hast. Kennst du ihre Familie? Was sind das für Leute? Bist du sicher, dass du dich so kurz, bevor du zum Studieren weggehst, mit jemandem einlassen willst? Wo wird Leah studieren? Ist es eine gute Schule oder nicht?«

»Wir gehen wirklich, wirklich, wirklich nicht miteinander«, versichere ich meiner Mutter. Sie streichelt Jennys Haare jetzt deutlich weniger zärtlich. »Julia hat uns für den Abschlussball zusammengebracht. Aber das war als absolut einmaliges Ereignis gedacht.«

Ich versuche mich an die anderen zehn Fragen zu erinnern, die Mom zu Leah gestellt hat, aber ich kann nur an die letzte denken. Wohin wird Leah nächstes Jahr zum Studieren gehen? Hat sie das überhaupt erwähnt? Jede Menge Leute gehen an die University of Oregon, so wie ich, aber nicht alle. Leahs Eltern haben mit Sicherheit genug Geld für ein teures College in einem anderen Bundesstaat. Was wird es bedeuten, wenn Leah auf eine Uni weit weg geht? Ehrlich gesagt, kann ich das leicht beantworten. Leah und ich werden getrennte Wege gehen, so wie wir es immer vorhatten. Allerdings weiß ich nicht, was passieren wird, wenn Leah hierbleibt. Das ist die echte Frage.

»Nun, sie ist sehr hübsch«, sagt Dad mit einem Blick zur Tür.

»Moment, das ist Leah?«, fragt Mom, die seinem Blick gefolgt ist.

»Erkennst du sie wirklich nicht wieder?« Mein Dad lacht wieder. »Sie war die ganze Nacht da, Michelle.«

Ich schaue auf. Leah steht in der Tür des Warteraums mit einem riesigen Lächeln im Gesicht. Sie hüpft auf den Zehen und winkt mich heran.

»Sie hat ein bisschen Ähnlichkeit mit der jungen Judy Garland«, sagt mein Dad. »Oder der alten Judy Garland, wenn man den *Zauberer von Oz* als Ausgangspunkt nimmt.«

»Okay, Dad, was auch immer.« Ich wische mir die verschwitzten Handflächen an der Hose ab. Die schwindelerregende Kombination aus Aufregung und Angst, die ich empfunden habe, als ich durchs Krankenhaus gerannt bin, ist wieder da.

»Ich gehe jetzt und rede mit Leah«, sage ich. »Und ich schwöre, dass wir kein Paar sind, könnt ihr sie also bitte behandeln wie eine ganz normale Freundin?« Ich schaue von einem Elternteil zum anderen und bin mir nicht sicher, wem ich weniger traue. An diesem Punkt ist eine Inquisition von Mom vielleicht erträglicher als Dads Reminiszenzen an Schauspielerinnen der 1940-er Jahre.

»Ich war die ganze Nacht über absolut höflich«, sagt Dad. Ich funkele ihn an, denn nichts könnte von der Wahrheit weiter entfernt sein, aber ich nehme, was ich kriegen kann.

Ich stehe auf, streiche die Knitterfalten aus meiner Hose und gehe zu Leah rüber. Bis ich an der Tür bin, ist ihr Grinsen zu doppelter Größe angewachsen, und sie macht tatsächlich Luftsprünge.

»Dreimal darfst du raten«, flüstert sie aufgeregt.

Ich hab vor *Was?* zu sagen, ein normaler Mensch würde das tun, aber mir sprudelt eine andere Frage aus dem Mund. »Wohin gehst du zum Studieren?«, frage ich. »Nächstes Jahr, meine ich. Auf welche Uni gehst du?«

»Hä?« Leah hört auf zu hopsen. »Was redest du da?« Sie schüttelt den Kopf. »Nein, wir müssen meine Sache zuerst machen. Das ist viel wichtiger. Es hat ein wenig gedauert, bis ich die richtige Website und die Zahlen gefunden habe, die offiziell gezogen worden sind.« Leahs Gesicht ist gerötet und sie hüpft wieder. »Und als ich die Zahlen überprüft habe, da konnte ich es nicht glauben. Aber ich hab es zwei-, drei- und viermal nachgeprüft, das schwöre ich.« Leah packt meine Hände. »Alex. Deine Großmutter hat die Lotterie gewonnen!«

»Mr und Mrs Song?« Eine Schwester betritt den Raum. »Ihre Mutter ist jetzt wach, wenn Sie zu ihr möchten.«

»Komm, wir gehen.« Ich zerre Leah zur Schwester. »Ich muss Halmoni sehen.« Dann erst hat mein Hirn Leahs Worte verarbeitet.

»Moment mal, hast du das ernst gemeint?« Ich lasse ihre Hand fallen und senke die Stimme zu einem Flüstern. »Hast du eben gesagt, meine Großmutter habe die Lotterie gewonnen?«

Madison

Ein Körperteil nach dem anderen. An mehr kann ich nicht denken.

Ich löse den eisernen Griff meiner linken Hand vom Rankgitter. Die Gelenke in meinen Fingern tun so weh, als hätten sie stundenlang in dieser Stellung ausharren müssen, dabei war es nicht mal eine Minute. Ich suche mir eine neue Holzstrebe auf Augenhöhe und packe sie mit meiner ganzen verfügbaren Energie – und viel ist das nicht.

Zittrig atme ich aus. Nun ist der linke Fuß dran.

Unter mir auf der Veranda erweist sich Jake als alles andere als hilfreich. »Du packst das, Babe! Au! Fuck, fuck, au, fuck. Spider-Cat will nicht aufhören, mich zu kratzen. Auuua … fuck. Babe, beeilst du dich mal? Wir müssen ihn reinbringen.«

Nachdem wir zwanzig Minuten mit Engelszungen auf Spider-Cat eingeredet und ihm vorgemacht haben, zerbrochene Zweige wären Leckerlis, war ich bereit aufzugeben. Und an dieser Stelle hat Jake sich auf den Kater geworfen. Ohne Warnung, ohne Strategie, er ist einfach quer übers Dach gehechtet und hatte den Kater schon in den Armen, bevor der reagieren konnte.

Natürlich gab es danach jede Menge Gekratze und Gejaule – das Kratzen kam von Spider-Cat, das Jaulen zu gleichen Teilen von Jake und seinem neuen Gefangenen – aber Jake hatte es geschafft, mit einer sich windenden Katze auf dem Arm vom Dach zu klettern. Das war eine eindrucksvolle Demonstration körperlicher Leistungsfähigkeit, die es mit jedem Superheldenfilm aufnehmen konnte. Wenn ich doch nur ein Fünkchen davon in mir hätte.

Ich blende Jakes Theater aus und konzentriere mich auf die vor mir liegende Aufgabe.

Langsam und bedächtig ziehe ich den linken Fuß vom Rankgitter. In meinem Knöchel pocht der dumpfe Schmerz, den ich immer am Anfang eines Schubes spüre. Ich lasse den Knöchel langsam kreisen, eine Bewegung, die den Schmerz manchmal lindert, aber meine Gelenke sind längst über Dehnungen hinaus. Die Zehen krallen sich ein paar Streben tiefer ans Gitter. Zum Glück habe ich beschlossen, die Sandalen auf dem Dach zurückzulassen. Es waren sowieso nur welche von Target für zehn Dollar, und ich brauche so viel Bodenhaftung, wie ich nur kriegen kann.

»Au! Ich will dir doch bloß helfen, du blöde Katze. Wolltest du etwa die ganze Nacht auf dem Dach festsitzen? Fuck! Babe, dieses Ding haut mir seine Krallen in die Brust. Warum ist es so sauer auf mich?«

So, jetzt den rechten Fuß. Der findet leicht neuen Halt. Aus irgendwelchen Gründen tut mir meine linke Seite immer mehr weh als die rechte. Wenn ich das meinem Arzt erkläre, merke ich, dass er mir nicht glaubt. »Das ist höchst untypisch für Lupus-Patienten«, sagt er dann. Aber ich bin die Expertin für meinen eigenen Körper, wenigstens sagt meine Mom mir das ständig. Und ich glaube, mein linker Arm und das linke Bein sind immer am schmerzhaftesten.

»Babe, gleich hast du's geschafft«, ruft Jake. »Nur ein kleiner Sprung, megaleicht.«

Ich riskiere einen Blick nach unten. Die ganze Zeit habe ich die Wand vor mir im Auge behalten, aber jetzt kann ich sehen, dass ich den halben Weg nach unten zurückgelegt habe. Trotzdem scheint mir der Boden wahnsinnig weit weg zu sein. Ein Sprung aus dieser Höhe mag für Jake ein Klacks sein, aber für mich? Meine Unterlippe zittert, als mir eine einzelne Träne über die Wange rollt. Ich möchte wütend sein über meine Unfähigkeit beim Klettern und meine Blödheit, überhaupt aufs Dach gestiegen zu sein, aber für Wut braucht man Kraft. Und bei mir ist die Luft raus.

»Auuuu! Babe, hilfst du mir mal? Spider-Cat hat mir eben das Gesicht zerkratzt. FUCK! AUUUA!« Unter mir höre ich ein dumpfes Geräusch. »Oh nein. Shit, shit, shit. Babe, er hat sich befreit. Tut mir leid, aber echt, er hatte es auf meine Augen abgesehen. Madison!?« Da Jake die Katze nicht mehr im Griff hat, kann er seine Aufmerksamkeit nun auf mich richten. »Alles in Ordnung mit dir da oben?«

»Ich schaffe das nicht.« Meine Stimme bricht. »Ich werde abstürzen.«

»Nein, wirst du nicht!«, ruft Jake. »Es wirkt hoch, aber

ich schwöre, der Sprung ist supereasy. Du musst es einfach machen, Babe. Ich fang dich auf.«

Der Sprung ist supereasy, denke ich für mich. *Wenn Jake das kann, kannst du das auch. Du warst mal Ballerina! So ein Sprung ist kein Problem.*

Aber meine Hände und Füße bleiben fest verbunden mit dem Rankgitter. Mein ganzer Körper fängt an zu beben. Sogar dieser kleine Sprung kommt mir im Moment unmöglich vor.

»Komm schon, Mad! Einmal tief Luft holen und springen.«

Ich nicke. Der technische Ablauf ist einfach.

Kralle dich nicht am Rankgitter fest, lockere den Griff.

Beuge die Knie und stoße dich von der Wand ab.

Lande in einem Plié, damit deine Beine den Aufprall abfangen können.

Genau wie bei einem Grand Jeté.

Ich rekapituliere die Schritte noch mal im Kopf. Und dann noch mal. Schließlich hole ich tief Luft und stürze mich vom Gitter.

In der Luft fühlt sich alles gut an. Doch dann läuft es schief. Ich habe keine Zeit für ein Plié, das den Aufprall abfängt. Denn in der Sekunde, in der mein Fuß die Veranda berührt, zerfällt mein Körper zu einem Haufen Gliedmaßen.

Wenn man fällt, ist das in der Regel auch bei einer kurzen Strecke schmerzhaft, aber ich merke nichts. Es tut sowieso schon alles weh, was machen da schon ein bisschen mehr Qualen aus? Nein, den Schmerz fühle ich nicht. Aber ich fühle alles andere.

Traurigkeit.

Peinlichkeit.

Blödheit.

Wut.

Wie ein Uhrwerk funktioniert das. Sobald ein Stück von meinem Leben glücklich ist, sabotiert mich mein Körper und macht ein bemitleidenswertes Häufchen Elend aus mir. Ich hätte nicht mit Jake aufs Dach klettern sollen. Das habe ich in dem Moment gewusst, in dem er die *Cheetos* aufs Dach geworfen hat. Aber ich konnte dem Reiz nicht widerstehen, was Neues auszuprobieren, waghalsig zu sein und abenteuerlich. Das ist das Gegenteil von allem, was ich sonst bin, und mir gefiel die Vorstellung, zur Abwechslung mal als die Anti-Madison zu leben. Aber was hochgeht, muss auch wieder runterkommen. Und dieses Mal war das heftig für mich.

»Babe, bist du okay?« Jake eilt an meine Seite. »Was ist? Rede mit mir?« Ich kann seinen heißen Atem auf dem Gesicht spüren und die Handfläche, die er mir auf die Stirn drückt wie eine besorgte Mutter, die prüft, ob ihr Kleinkind Fieber hat. Ich kneife die Augen weiter fest zu.

Vor fünf Jahren ging es mir zum letzten Mal so. Das war beim Sportfest, einer sportlichen Pflichtveranstaltung der Schule im Frühling, bei der sich die gesamte Mittelstufe draußen versammelte zu Staffelläufen, Hindernisrennen und komplizierten Wettspielen, die mit Eimern voll Seifenwasser und riesigen Schwämmen zu tun hatten. Wenn man in der siebten Klasse war, fand man diese Sportfeste mittlerweile als alles andere als cool. Wir verbrachten also den größten Teil des Tages damit, uns über die kindischen Aktivitäten lustig zu machen, die man uns zwang auszuprobieren. Aber insgeheim liebte ich das Sportfest. Im Seilspringen gewann ich jedes Jahr, und Morgan und ich waren gefürchtet als dreibeiniges Wettlaufteam.

Schon als mein Wecker morgens klingelte, wusste ich, dass etwas nicht stimmte. Ich fühlte mich fiebrig, meine Gelenke taten weh, ich war wacklig auf den Beinen und hatte die schlimmsten Bauchschmerzen meines Lebens. Aber das Sportfest durfte ich nicht verpassen. Ich log meine Mom und Morgan an und spielte herunter, wie mies es mir ging. Da ist nur eine Erkältung im Anzug, dachte ich. Kein Grund zur Sorge. Nie wieder hat Morgan mir seitdem irgendwas geglaubt, was ich über meine Gesundheit sage. Das war damals das letzte Mal, da bin mir ziemlich sicher.

Als ich mit den anderen Siebtklässlern raus in die sengende Hitze marschiert bin, fühlte ich mich schon schwach. In genau diesem Moment hätte ich aufgeben, meine Mom anrufen und zum Arzt gehen sollen. Aber Schwäche einzugestehen, ist nie eine meiner Stärken gewesen. Statt irgendjemandem zu erzählen, wie es mir ging, malte ich mir das

Gesicht an, zog mir ein rotes Stirnband über und bekam Thomas Reeder als Partner für die Vorrunde des Dreibeinigen Rennes. Thomas und ich waren nicht so eingespielt wie mein Zwilling und ich. Wir stürzten sofort ins braune Gras. Ich weiß noch, wie Thomas mich am Arm zerrte und sagte, ich solle schnell aufstehen. »Wenn wir nicht mal so tun, als würden wir mitmachen«, sagte er, »kriegen wir eine schlechte Note.«

Ihm war nicht klar, dass jeder Muskel in meinem Körper mitmachen wollte, aber nicht konnte.

Vor fünf Jahren, als ich weinend im Gras lag, von Schmerzen überwältigt, hatte ich Angst und war ganz durcheinander. Mein Körper hatte mich noch nie im Stich gelassen. Nicht, als ich mit dem Spitzentanz angefangen hatte. Nicht, als ich ganze Tage lang geprobt hatte. Es machte mir furchtbare Angst, nicht zu verstehen, warum das so war. In den folgenden Wochen wurde es sogar noch schlimmer. Derweil wurde ich von Arzt zu Arzt geschickt und man versuchte herauszufinden, was mir fehlte. Keiner fand eine Antwort, bis schließlich ein noch schlimmerer Schub mich ins Krankenhaus brachte.

Jetzt kenne ich den Namen meiner Krankheit, die Symptome, mit denen ich rechnen muss, alle präventiven Maßnahmen, die ich treffen sollte. Die Krankheit macht mir keine Angst mehr. Sie macht mich nur verdammt wütend.

»Madison, du musst reden. Sag mir, was los ist.« Jake versucht mich auf die Füße zu stellen, aber ich bleibe am

Boden liegen. Die Schwerkraft ist im Moment viel zu stark, um gegen sie anzukämpfen.

»Mir geht's gut«, sage ich. »Nichts gebrochen, glaub ich.«

»Okay, gut«, sagt Jake. »Bist du auch sicher, dass es dir gut geht? Wir müssen nämlich diesen Kater einfangen. Siehst du ihn da drüben im Gras? Weit ist er nicht gekommen. Aber ich dachte, wir sollten uns vielleicht ein bisschen Thunfisch oder Katzenleckerlis oder so was besorgen, um ihn wieder ins Haus zu locken. Der Kater ist ziemlich stark, ist wahrscheinlich das Günstigste, ihn zu überlisten, dachte ich.«

»Mach dir um den keine Sorgen«, murmele ich. Jake hört mich nicht.

»Also, Spider-Cat und ich haben gerade eine ziemlich schwierige Beziehung. Ich sag nur, er wollte mir die Augen auskratzen. Du solltest bei unserer Rettungsoperation also in der ersten Reihe sein, während ich im Hintergrund die Fäden ziehe. Spider-Cat darf keinen Verdacht schöpfen.«

»Vergiss den Kater«, sage ich.

»Hä?« Jake kniet sich neben mich auf die Veranda.

»Vergiss den Kater«, wiederhole ich. »Du musst mir ins Haus helfen.«

»Was ist los? Du hast doch gesagt, es ist nichts gebrochen.« Jake guckt an mir hoch und runter, so als würde ihm nun erst aufgehen, dass es auch noch andere Probleme nach sich ziehen könnte, wenn man ein Stück vom Dach fällt.

»Ich hab einen Schub«, flüstere ich. Tränen laufen mir über die Wangen.

»Einen was? Hä? Was ist los?«

Ich kneife die Augen zu, damit Jake mich nicht weinen sieht. Zum ersten Mal seit langer Zeit wünsche ich mir, Morgan wäre bei mir – und nicht Jake. Sie würde keine blöden Fragen stellen. Sie würde mir helfen, ins Bett zu kommen. Sie würde mir Wasser bringen und alles, was ich sonst noch haben will. Sie würde zuhören, wenn ich über meine Gefühle rede – und dabei würden wir *Findet Nemo* gucken. Und Montag würde sie mich zu meinem Rheumatologen fahren und alles wäre wieder besser.

»Ein Schub«, sage ich zu Jake. »Das ist, wenn alle Lupus-Symptome sich verschlimmern, grob gesagt. Schmerz, Müdigkeit, Kopfweh. Einfach nur eine Menge Schmerzen.«

»Was hat das ausgelöst? Musst du ins Krankenhaus?«

»Alles Mögliche kann einen Schub auslösen«, erkläre ich. *Zum Beispiel Überanstrengung, zu wenig Schlaf, minderwertige Nahrungsmittel und das Ignorieren erster Symptome.* Im Grunde war dieser ganze Abend ein einziger Lupus-Trigger, aber das sage ich Jake nicht. »Krankenhaus ist nicht nötig. Hilf mir nur ins Haus.«

»Kein Problem.« Jake nimmt mich auf den Arm und steht auf, in einer geschmeidigen Bewegung.

»Hast du nicht gesagt, du könntest mich nicht heben?«

»Ich kann dich nicht aufs Dach werfen, hab ich gesagt. Dich auf den Arm nehmen ist leicht.« Ich versuche zu lachen, aber mein Lächeln entgleist zur Grimasse. Ich drücke das Gesicht ans Jakes Brust, als er meinen schlaffen Körper zur Tür trägt.

»Äh, Babe?« Jake bleibt in der Tür stehen, durch die wir uns noch vor einer Stunde so enthusiastisch rausgeschlichen haben.

»Hm.«

»Und was ist jetzt mit Spider-Cat?«

»Mach dir um den keine Sorgen«, sage ich.

»Aber, Babe, Stubentiger können in der Wildnis nicht überleben. Die können nicht jagen, weil sie keine Klauen haben oder so was. Und wenn Spider-Cat einen schlechten Ortssinn hat, könnte er sich da draußen im Wald verlaufen.«

Ich will die Augen verdrehen, aber sogar diese kleine Geste der Genervtheit tut weh. Katzeretten ist nun wirklich das Letzte, was mir gerade am Herzen liegt, aber Jake scheint an dem Tier zu hängen, das ihm fast die Augen ausgekratzt hätte.

»Ich schreibe den anderen«, sage ich. »Jemand anders kann den Kater suchen.«

»Wirst du ihnen sagen, dass wir den Kater draußen gelassen haben?«

»Tja, vielleicht nicht.« Meine Schwester würde mich völlig verstehen, wenn ich meine eigene Gesundheit über das Wohlbefinden einer auf Dächer kletternden Katze stelle. Ehrlich, sie würde Katzen ermorden, wenn mir das irgendwie helfen könnte. Aber ich will nicht, dass Zoe Ärger kriegt. Ich kapiere zwar nicht, warum sie in den letzten Tagen so schlecht drauf war, aber irgendwas hat sie, so viel ist klar. Wenn ich den Kater ihres Onkels verliere, nimmt sie das möglicherweise nicht gelassen hin.

»Bring mich einfach rein«, sage ich mit zitternder Stimme. »Ich schreib den anderen … irgendwas. Ich sag, die Katze ist rausgelaufen, aber ich weiß nicht, wie.«

»Sicher?«, fragt Jake.

»Bitte«, sage ich. »Ich brauche jetzt ein Bett.«

Urgesunder Alien-Sex

Gruppenchat
04:23 Uhr

Alex: Meine Großmutter hat die Operation überstanden! Der Arzt sagt, alles ist gut gegangen. Wir können in ein paar Minuten zu ihr, wenn sie aufgewacht ist.

Morgan: Das ist wunderbar! Bin so froh, dass die Operation gut gelaufen ist.

Kevin: Oh, Gott sei Dank. Sag ihr, wir lassen sie grüßen!

Kevin: Und Julia sagt auch yay!

Kevin: Julia sagt, ich hab nicht genug Ausrufezeichen benutzt.

Morgan: Warum kann Julia nicht ihre eigenen Ausrufezeichen tippen?

Kevin: Sie ist in einem Wandschrank eingesperrt. Das Schloss ist kaputtgegangen und wir kriegen sie nicht wieder raus.

Morgan: Wie habt ihr euch denn da reingefummelt – im wahrsten Sinne des Wortes?

Kevin: Es hatte was mit einem Verlies zu tun. Mach dir keine Sorgen deswegen.

Kevin: Julia sagt, ihr solltet euch alle Sorgen machen, weil sie in einem Wandschrank festsitzt. Stellt euch 17 Ausrufezeichen vor.

Zoe: Kannst du ihr Handy unter der Tür durchschieben?

Kevin: Gute Idee.

Morgan: Wer hätte voraussagen können, dass Julia und Kevin den exotischsten Sex haben würden.

Zoe: Mich überrascht das null.

Julia: ICH BIN ZURÜCK IN DER WELT DES CYBERSPACE. HALLELUJA. DAS WAREN HARTE ZEHN MINUTEN.

Morgan: Du sitzt immer noch in einem Wandschrank, Julia.

Julia: Ohne Handy in einem Wandschrank festzusitzen, ist eine völlig andere Erfahrung, als mit einem Handy in einem Wandschrank festzusitzen.

Kevin: Kennt sich irgendjemand gut mit Türknäufen aus?

Zoe: Tritt einfach die Tür ein. Ist mir scheißegal.

Kevin: Ich mache deinem Onkel nicht die Tür kaputt, Zoe.

Zoe: Dann hab ich Pech gehabt.

Alex: Sorry, hab mich ablenken lassen. Es geht hier ziemlich verrückt zu. Irgendwie drehe ich durch. Aber danke für all die netten Wünsche, Gedanken und so weiter. Ich werde meiner Großmutter erzählen, dass ihr alle an sie gedacht habt.

Julia: Verrückt? Mit Leah? 😉😉😉

Alex: Nein, Julia. Verrückt mit meiner Großmutter.

Kevin: Alles in Ordnung?

Alex: Ja. Mehr als in Ordnung. Wir wissen es noch nicht hundertprozentig, aber wir glauben, dass sie die Lotterie gewonnen haben könnte. Gewissermaßen.

Morgan: Was?

Kevin: Was?????

Julia: WAS IN ALLER WELT?!?!?!?

Alex: Ja, hat was Unwirkliches. Aber ehrlich gesagt deckt das vielleicht nur die Benzinkosten, weil sie und ihre Freunde jetzt einen weiteren Weg bis zu einem guten Park fahren müssen. Mal sehen, was Leah dazu sagt.

Julia: OH MEIN GOTT

Alex: Was?

Julia: Deine Großmutter hat gerade eine Operation überstanden und in der Lotterie gewonnen und du regst dich immer noch drüber auf, dass Leahs Vater ein Kunstforum gebaut hat?

Alex: Na und?

Julia: NA, DU BIST EINDEUTIG VERLIEBT IN DIESES MÄDCHEN.

Zoe: Ja, ganz offensichtlich.

Morgan: Alex ist verlihiebt.

Alex: Ihr führt euch auf wie Sechsjährige

Morgan: Du aber auch.

Julia: OOOOOOHHHHH

Kevin: Wenn du jetzt reich bist, können wir da nicht eine Kreuzfahrt machen?

Julia: Nein, er muss mit Leah nach Paris fahren oder so was.

Madison: Sorry, hatte mein Handy nicht bei mir. Ich hab also was verpasst. Jake und ich haben die Katze draußen gesehen, wussten aber nicht, wie wir sie einfangen sollten. Kann jemand helfen?

Madison: Zoe, die Katze ist draußen.

Julia: ZOE DIE KATZE!!!

Madison: Zoe?

Kevin: Keine Ahnung, warum sie nicht antwortet. Ich geh mal und sag's ihr.

Madison: Danke

Zoe

»Ich versteh nicht, was sich verändert hat«, sagt Morgan. »Yale ist immer dein Traum gewesen.«

»Keine Ahnung. Vielleicht ist das immer noch so. Ich weiß es nicht.« Ich bin jetzt vom ekligen Fußboden aufgestanden und knete wütend Scones-Teig – mit frisch gewaschenen Händen.

»Aber sonst weißt du immer«, sagt Morgan. »Du gehst durchs Leben, als wäre es ein einziger großer mathematischer Beweis. Für alles hast du eine logische Erklärung. Du bist irgendwie der entschlusskräftigste Mensch, den ich kenne.«

»Nun, dann ist bei mir vermutlich was ausgehakt.« Ich knalle den Teig auf den Tresen. Diesem Teig habe ich fast schon alles Leben rausgeknetet, aber ich muss beschäftigt bleiben. Diese Scones werden ungenießbar sein, wenn sie es denn je bis in den Ofen schaffen.

»So hab ich das nicht gemeint.« Morgan wirft einen Blick auf ihr Handy. »Oh mein Gott, Julia sitzt im Wandschrank fest. Das ist zum Totlachen.«

»Typisch für sie«, sage ich.

Morgan tippt auf ihr Handy ein, während auf meinem pausenlos neue Nachrichten aufleuchten. Ich wische mir die Klebrigkeit von den Händen, damit ich auch antworten kann. Unsere Freunde sollen nicht wissen, dass ich in einer Krise bin. Noch mehr Leute, die rumrennen und Yale-Banner schwingen, kann ich gerade nicht gebrauchen.

Irgendwann treffen nicht mehr so viele Nachrichten ein. »Okay«, sagt Morgan da. »Was sagt dein Bauch dir? Also, was fühlt sich richtig an?«

»Ich weiß nicht, wie man auf seinen Bauch hört. Wo lernt man so was?«

»Man fühlt es einfach.« Morgan zuckt mit den Schultern. »So treffe ich Entscheidungen.«

»Also, ich *fühle* bloß Panik.« Jetzt steche ich mit dem spitzen Ende eines Holzlöffels auf den Teig ein. Das hat was Therapeutisches, allerdings bin ich mir nicht sicher, ob das auch gut für die Scones ist. »Ich glaube nicht, dass ich einen entscheidungsfreudigen Bauch habe.«

»Okay, dann vergiss das mit dem Bauch«, sagt Morgan. »Du solltest diese Entscheidung auf eine Art treffen, die für dein Hirn einen Sinn ergibt. Lass uns eine Pro-und-Contra-Liste aufstellen. Gründe, die dafür sprechen, dass du nach Yale gehst, und Gründe, die für die Uni von Oregon sprechen. Aber du musst aufhören, auf die Scones einzustechen.«

»Du bist die beste Freundin aller Zeiten«, sage ich. »Du weißt, dass ich nichts heißer finde als eine Pro-und-Contra-Liste.«

»Du wirst nie müde, das zu erwähnen.« Morgan lächelt. »Hast du ein Blatt Papier oder so was?«

»Ich hab noch was Besseres.« Ich werfe meinen Holzlöffel in die Spüle und laufe den hinteren Flur runter zur Garage.

Letztes Jahr hatte Onkel Ross beschlossen, alle Blackwells aus der Umgebung zu einem Spieleabend einzuladen. Der wurde ziemlich ungemütlich, als er haushoch bei *Pictionary* verlor – ganz im Ernst, was er da gezeichnet hatte, kann unmöglich ein Schnabeltier gewesen sein –, und seitdem hat es keinen Spieleabend mehr gegeben. Aber wie ich meinen Onkel kenne, wird er das teure Whiteboard nicht weggeworfen haben, auf dem wir gemalt haben. Und voilà, unter jeder Menge Spinnweben finde ich die *Pictionary*-Staffelei. Ich säubere das Holzgestell mit einem rumliegenden Badehandtuch und schleppe sie zurück in die Küche.

»Ta-da!« Mit einer ausladenden Armbewegung präsentiere ich Morgan das Whiteboard.

»Das ist erstaunlich«, sagt Morgan. »In diesem Haus gibt es buchstäblich alles.«

»Nur nichts so Nützliches wie Eier.« Ich nehme den magnetischen Marker vom Board und werfe ihn Morgan zu. »Du hast hier die Leitung. Hilf mir, mich mittels Logik und Vernunft für eine Uni zu entscheiden.«

»Ich werde mein Bestes tun.« Mit einem lila Strich teilt Morgan die Tafel in der Mitte. Auf die linke Seite zeichnet sie einen Klecks, aus dem an einem Ende ein Dreieck ragt. Auf die rechte zeichnet sie einen Klecks, der mit vielen kleinen Strichen gespickt ist.

»Was soll das denn sein?« Es hat eine merkwürdige Ähnlichkeit mit dem Schnabeltier von Onkel Ross.

»Das ist eine Ente. Stellvertretend für die Oregon Ducks.« Morgan ergänzt die erste Zeichnung um ein Paar Flügel und ein Auge. »Das hier steht für die *Yale Bulldogs.*« Verbesserungen der dürftigen Zeichnung würden auch nichts rausreißen, deshalb schreibt Morgan mit winzigen Buchstaben ›Hund‹ darunter.

»Na, Oregon gewinnt. Die haben eindeutig das bessere Maskottchen«, sage ich.

»Bist du sicher, dass du Bulldoggen nicht nur hasst, weil dein Onkel diese Katze hat?«

»Nein, ich mag nur flauschige Hunde«, sage ich. »Aber alle Enten sind süß.«

»Verstehe.« Morgan schreibt »besseres Maskottchen« in die Oregon-Spalte. »Wie sieht's mit dem akademischen Bereich aus?«

»Hm … naja. In Yale sind die Kurse kleiner. Und es kommen weniger Studierende auf einen Lehrenden. Und das Statistikprogramm ist besser.«

»Gut, gut.« Morgan setzt all diese Punkte auf die Yale-Seite. »Wie sieht es mit dem Standort aus?«

»Oregon hat Regen, aber Connecticut hat Schnee. Regen ist ein bisschen besser, aber eigentlich nimmt sich das nichts.« Morgan malt eine Wolke mit Schneeflocken auf die eine Seite und eine Wolke mit Regentropfen auf die andere. Es wird nur allzu deutlich, dass ihr keine Karriere in der darstellenden Kunst beschieden sein wird. Obwohl sie meinem Onkel bei *Pictionary* ernsthaft Konkurrenz machen könnte.

»Wie sieht es mit dem Campus-Leben aus?« Morgan wartet mit gezücktem Marker auf mein Urteil.

Letzten Sommer, als wir mit der ganzen Familie auf einer Hochzeit an der Ostküste waren, haben mein Dad und ich einen Tag auf dem Campus von Yale verbracht. Nun ja, eigentlich hätten nur mein Dad und ich hinfahren sollen. Aber als Onkel Ross rauskriegte, dass wir seinen liebsten Ort auf Erden besuchen würden, hat er Fahrgemeinschaften organisiert und die meisten meiner Cousins und Cousinen aufgefordert, auch mitzukommen. Den größten Teil unserer Tour habe ich damit verbracht, die kleineren Kinder zu beruhigen und meinen Dad anzuflehen, doch bitte, bitte nicht ständig die Schlachthymne zu singen. In meinem Hirn war kein Platz mehr für interessante Einzelheiten des Campuslebens. Ich versuche meine Erinnerungen mit dem zu vergleichen, was ich über das Campusleben an der University von Oregon weiß.

»Natürlich sind sie da anders. Aber beides wäre gleich gut.«

»Ernsthaft?« Morgan funkelt mich an. »Erwartest du von mir, dass ich glaube, du hättest keine Präferenz? Ich weiß, dass du Recherchen zu diesen Unis anstellst, seit du fünf bist.«

Ich starre aufs Whiteboard. Während der Prozess, eine Pro-Con-Liste zu erstellen, zweifellos Freude macht, fällt mir nichts ein, das Morgan der einen oder der anderen Spalte noch hinzufügen könnte. Zu Hause habe ich eine Flut von Tabellen und Umfragen auf dem Computer gespeichert. Auf meinem Regal habe ich ein ganzes Brett nur für Uni-Kataloge eingerichtet. Morgan hat recht. Ich wäge die Vor- und Nachteile verschiedener Universitäten schon mindestens seit der Mittelstufe gegeneinander ab.

»Mach schon, Zoe.« Morgan trommelt ungeduldig auf den Marker. »Was kommt noch auf die Liste?«

»Vielleicht sollte ich online mal nach einer dieser Vergleichstabellen suchen.« Ich strecke den Arm nach meinem Handy aus.

»Du brauchst nichts zu googeln.« Morgan schiebt unsere beiden Handys über den Küchentresen, außer Reichweite. »Du recherchierst diese Sachen schon das ganze Jahr. Das hier sollen deine persönlichen Pros und Contras sein, nicht das, was irgendein Blogger meint.«

»Ist ja gut.« Ich verschränke die Arme vor der Brust. »Also: Yale ist besser in der Forschung. Und mehr Studierende absolvieren Auslandssemester. Aber es ist ein harter Wettbewerb, und das ist vielleicht nicht so gut. Oregon hat eine wirklich gute Football-Mannschaft …«

»Was dir egal ist«, wirft Morgan ein. Das trifft den Nagel auf den Kopf. Leider.

»Aber der Zusammenhalt ist gut. Und man engagiert sich für die Gemeinschaft.«

Morgan setzt beides auf die Liste, dann dreht sie sich zu mir um. »Wie ist das Ranking?«, fragt sie. »Auf der nationalen Liste?«

»Das ist ein alberner Algorithmus.« Ich weiß genau, worauf Morgan damit hinauswill, und es ist nicht hilfreich. »Die Zahlen werden manipuliert und es geht nur ums Prestige. Mir ist egal, wie elitär die Uni ist.«

»Ja, aber wo stehen sie?«

»Yale ist an dritter Stelle. Oregon auf Platz 104.« Ich seufze. »Jedenfalls letztes Mal, als ich nachgeguckt habe.«

»Ich glaube, wir können davon ausgehen, dass sich das nicht grundlegend geändert hat.« Morgan schreibt die Zahlen in fetten Lettern auf die Tafel, dann malt sie einen Haufen Sterne neben Yale.

»Du machst Oregon grundlos schlecht«, blaffe ich. Ich muss sofort wieder Teig kneten. Oder ihn mit dem Löffel piken. Listen aufstellen müsste mich eigentlich aufmuntern, aber es frustriert mich nur.

»Ich mache gar nichts schlecht«, sagt Morgan. »Ich werde auf die Uni von Oregon gehen, ich mag sie also offensichtlich.«

»Aber du solltest mir helfen, eine logische Entscheidung zu treffen, und du bist völlig voreingenommen!« Scheiß drauf. Ich schnappe mir den Teig und fange an, ihn auf den Tresen zu schlagen.

»Oh mein Gott.« Morgan wirft den Marker auf den Boden. »Ich soll voreingenommen sein? Meinst du das ernst, Zoe?« Morgan funkelt mich wütend an und liest unsere Liste in einem sarkastischen Ton vor. »Yale hat bessere Kurse, bessere Lehrer, bessere Möglichkeiten und ist die drittbeste aller Unis im ganzen Land. Aber, oh, wie schade. Du magst das Maskottchen nicht!«

Ich dachte, ich hätte keine Tränen mehr, aber da sind sie wieder. Ich schmeiße den Teig in seine Schüssel und greife nach einem Papiertuch, um mir die Augen zu trocknen. »Warum bist du gemein, wenn es um diese Sache geht?« Schniefend unterdrücke ich ein Schluchzen. »Deshalb habe ich das Gefühl, dass du mich loswerden willst.«

»Ich will doch gar nicht gemein sein.« Morgans Stimme zittert jetzt auch. »Du hast mich gebeten, dir zu helfen, eine rationale Entscheidung zu treffen, und kein rationales Argument auf der Welt lässt die Uni von Oregon besser dastehen als Yale. Mehr will ich doch gar nicht sagen.«

»Du willst, dass ich nach Connecticut ziehe!« Mit jeder Sekunde, die vergeht, verliere ich mehr und mehr die Kontrolle. Das ist der Grund dafür, dass Menschen nicht die ganze Nacht wach bleiben sollen. Morgens um vier passiert nie was Gutes.

»Ich will dich nicht loswerden!«, kreischt Morgan zurück. »Du bist diejenige, die ständig Little Miss Logical sein will. Ich bin diejenige, die gesagt hat: Hör auf dein Bauchgefühl. Erinnerst du dich? Was willst du von mir?«

»Ich weiß nicht, was ich von dir will. Wenn ich das wüsste, würde ich ja nicht ausrasten!«

Morgan und ich starren uns über die Kücheninsel hinweg an. Ich muss nach Luft schnappen. Sie reibt sich die Augen. Seit zwei Jahren sind wir zusammen und niemals haben wir so gestritten. Unsere Unstimmigkeiten werden in ruhigen, gesitteten Gesprächen geregelt. Ohne hysterisches Gebrüll.

»Hey, äh, ich will ja nicht stören …«

»WAS!?«, brüllen Morgan und ich im Chor. Ich wirbele herum und sehe einen Kevin in der Tür stehen, der eindeutig unangenehm berührt ist.

»Sorry, Kev.« Ich versuche meine Stimme zu senken und ein halbwegs normales Gesicht zu machen. »Wie lange stehst du schon da?«

»Länger als ideal«, sagt Kevin.

»Ist okay.« Morgan geht um die Insel herum, stellt sich neben mich und legt mir die Hand auf den Rücken. Schon diese kleine Berührung ist tröstlich. »Was ist los?«

»Habt ihr auf eure Handys geguckt?«, fragt Kevin. »Madison hat geschrieben.«

»Schon eine Weile nicht mehr.« Ich hole mir mein Mobiltelefon vom anderen Ende des Tresens. Und ja, da sind sieben ungelesene Nachrichten.

»Geht es Madison gut? Was ist passiert?« Morgans Hand krallt sich in mein Kleid.

»Sie und Jake haben den Kater von deinem Onkel draußen gesehen«, sagt Kevin. »Madison geht's gut, aber dem Kater vielleicht nicht.«

Julia

Es hat den größten Teil der Nacht gedauert, aber endlich bin ich hinreichend erregt.

Und das nervt.

Denn ich sitze ganz allein in einem Wandschrank und höre, wie Kevin auf der anderen Seite am Türknauf wackelt. Ich könnte das Kribbeln selber stillen, aber darum sollte es heute Nacht nicht gehen. Der Sinn des Paktes ist doch einzig und allein, sexy Sachen *mit* meinem Freund zu machen.

»Das nervt ja so!«, brülle ich Kevin zu.

»Wenigstens hast du dein Handy.«

»Ich will kein Handy. Ich will dich.«

»Ich arbeite dran, Jules.«

»Ich weiß.« Ich schnaube frustriert und trommele mit den Füßen auf den Teppichboden. Ich führe mich auf wie ein Kleinkind, aber Fakt ist, dass ich im Wandschrank von Zoes komischem Onkel festsitze. Und wie soll man sich da anders benehmen?

»Hast du Licht da drinnen?«, fragt Kevin. »Kannst du versuchen, die Tür von deiner Seite aufzukriegen?«

»Oh, bist du schlau.« Ich stelle mein Handy heller ein und taste mich an der Wand entlang, bis ich einen Lichtschalter finde. »Bingo!« Ein grelles, fluoreszierendes Licht erleuchtet den Wandschrank. Und ich bin nicht mehr Yesmina, Hüterin des bronzenen Kelches, die in einem Verlies mit schlängelnden Schlangen und versteckten Schätzen gefangen gehalten wird. Ich bin nur Julia. Und Julia friert, ist sauer und leider immer noch Jungfrau.

»Versuch mal, die Tür auf deiner Seite aufzumachen«, sagt Kevin. »Mein Riegeldings ist eingeklemmt.«

»Ist das ein Euphemismus für irgendeine Sexstellung?«

»Was?! Nein, ich versuche nur, dich aus einem Wandschrank zu holen. Sex habe ich im Moment gar nicht im Kopf.«

»Das ist bedauerlich.«

»Probier bitte mal, ob die Tür aufgeht.«

»Warte.« Ich drücke den Türdrücker runter, aber nichts tut sich. Und auf dieser Seite braucht man einen Schlüssel für die Tür. »Warum baut man so ein Schloss in einen Wandschrank ein?«, frage ich. »Das ist ja so, als wäre dieses Haus für Kidnapper gebaut worden.«

»Ich weiß. Es ergibt keinen Sinn. Vielleicht haben sie es verkehrt rum eingebaut oder so.«

»Ich schreibe Zoe und frag mal, ob sie was von einem Schlüssel weiß.« Ich hebe mein Telefon vom Boden auf. »Oh, Mist«, sage ich, als ich die letzten Beiträge von unserem Gruppenchat lese.

»Was ist?«

»Madison hat die Höllenkatze draußen gesehen. Und Zoe reagiert nicht.« Ich schreibe Zoe noch mal in Großbuchstaben. Mancher mag meinen Stil der elektronischen Kommunikation nervig finden, aber ich bin fest davon überzeugt, dass Großbuchstaben die optimale Art sind, meinem Enthusiasmus Ausdruck zu verleihen.

»Es passieren zu viele Dinge auf einmal«, sagt Kevin. »Okay, kannst du dich ein paar Minuten gedulden? Ich geh mal eben zu Zoe, erzähle ihr das mit der Katze und frag sie nach einem Schlüssel.«

»Aber mir ist kalt.« Ich weiß, dass Kevin nicht sehen kann, wie ich schmolle, deshalb moduliere ich meine Stimme so quengelig wie möglich.

»Du bist in einem Wandschrank, Julia. Zieh einen Mantel an.«

»Gut, egal. Ich komme schon zurecht, so ganz allein.«

»Ich bin gleich wieder da, okay? Ich liebe dich.«

»Ich dich auch«, sage ich. »Oh, und mach ganz klar, dass ich nicht diejenige war, die Höllenkatze rausgelassen hat. Wenn ich sie hätte umbringen wollen, dann wäre Blut geflossen.«

Aber Kevin ist schon weg.

Ich stochere auf engstem Raum herum. Eigentlich soll das hier ein begehbarer Wandschrank sein, und ich hab ja auch reingehen können, um dann festzusitzen, aber riesig ist er nicht. In drei Schritten kann ich von der Tür zur Rückwand gelangen.

Ich fange an, die eingebauten Regale nach einem Mantel abzusuchen. Dieser Schrank birgt allerdings eine seltsame

Auswahl von Kleidungsstücken. Ein Korb voller einzelner Socken, einige Sweatshirts, hier und da ein Paar Jeans und ein Zylinder. Zoe hat gesagt, ihr Onkel wohnt hier zeitweise, aber ich kann mir nicht vorstellen, was für eine Art Leben er mit dieser Ausstattung führt.

Ich nehme mir ein dunkelblaues Sweatshirt mit dem Aufdruck »Yale Alumni Association« vom nächstliegenden Stapel. Die Vorstellung, das Sweatshirt eines alten Knackers zu tragen, gefällt mir nicht, aber es ist besser als zu Tode zu frieren. Und da ich schon mal dabei bin, schnappe ich mir noch eine neongelbe Trainingshose. Eigentlich kann ich auch ganz aus diesem Kleid raus. Unser Elgorp-Rollenspiel werden wir so bald nicht wieder aufnehmen.

Nachdem ich mir bequemere Sachen angezogen habe, lege ich noch ein paar Wolldecken auf mein provisorisches Bett und lasse mich auf den Bauch fallen. Auf meinem Handy gibt's nichts Neues, also öffne ich Spotify und klicke den traurigsten Song an, den Fynn Ludwig je geschrieben hat. »Ode to Alexis«. Da geht es um Fynns Beziehung zu seiner Ex-Freundin und die Melodie ist atemberaubend. Aber nicht mal Fynns wehmütiges Raunen kann mich im Moment trösten.

Ich fühle mich wie eine Versagerin.

Ich hatte die perfekteste Nacht aller Zeiten geplant und es ist wirklich alles, alles schiefgelaufen.

Was, wenn das ein Zeichen dafür ist, dass meine Beziehung zu Kevin dem Untergang geweiht ist?

Was, wenn ich zu den Losern gehöre, die ihre beste Zeit in der Highschool hatten?

Was, wenn der Rest meines Lebens nichts weiter als eine Serie gescheiterter Versuche sein wird, die einfachsten menschlichen Funktionen zu meistern?

WAS, WENN ICH FÜR DEN REST MEINES IRDISCHEN LEBENS IN DIESEM WANDSCHRANK FESTSITZE?

Ich packe ein paar Springerstiefel und schleudere sie durch den winzigen Raum. Mit einem befriedigenden Krachen treffen sie die Wand.

»Jules, alles okay mit dir?« Kevin klopft an die Tür.

»Nein, ich bin sauer. Deshalb werfe ich Schuhe an die Wand.«

»Na, gut, dass du in dieser Lage Vernunft bewahrst«, sagt Kevin. »Hör mal …«

»Es gibt keinen Schlüssel?« Ich hab ihm die Niederlage sofort angehört.

»Ich konnte nicht mal fragen«, sagt Kevin. »Zoe und Morgan waren gerade dabei, sich zu streiten, und es war megapeinlich, ich wollte da nur wieder raus. Das mit der Katze habe ich ihnen aber erzählt.«

»Hm.« Normalerweise würde mich diese Art Tratsch total aufmuntern. Alle, die behaupten, kein bisschen an Tratsch interessiert zu sein, lügen sich doch selber an. Aber heute Nacht ist das anders.

»Was ist los?«, fragt Kevin.

»Wie meinst du das?«

»Na, du zeigst kein Interesse für die letzten Neuigkeiten über Zoe und Morgan und dieser deprimierende Song läuft in Dauerschleife. Ich kenne dich, Julia.«

»Tust du wohl.« Ich regele die Lautstärke vom Handy runter. Dass »Ode to Alexis« in der Wiederholung hängen bleibt, hatte ich gar nicht beabsichtigt, aber es passt.

»Also, was ist los?« Kevin steckt einen Finger unter der Tür durch und wackelt damit herum. Ich strecke ebenfalls einen Finger aus, um seinem zu begegnen. Es ist beinahe romantisch.

»Ich reg mich auf, weil alles schiefgegangen ist. Ist blöde, ich weiß, aber ich hab mir so gewünscht, dass das hier die perfekte Nacht wird. Ich wollte, dass die Highschool mit einem Knall endet. Buchstäblich.« Kevin lacht. »Ach ... das sollte eine Nacht werden, von der wir in sechzig Jahren unseren Enkelkindern erzählen können. Weißt du?«

»Erst mal: Ich weiß nicht, warum du überzeugt davon bist, dass unsere Enkel überhaupt hören wollen, wie wir Sex gehabt haben. Das ist komisch. Haben deine Großeltern je mit dir über Sex geredet?«

»Äh, nein. Aber ich sag ja ...«

Kevin fällt mir ins Wort. »Aber das hier ist ohnehin eine viel bessere Geschichte. Wir haben uns wie Fantasygestalten verkleidet. Du warst in einem Wandschrank eingesperrt, für den es keinen Schlüssel gab! Diese Nacht wirst du nie wieder vergessen.«

»Es geht nicht allein um die Geschichte.«

»Was dann?«

»Ich glaube, ich wollte Bestätigung dafür, dass mit uns nächstes Jahr alles gut läuft. Ich dachte, wenn wir Sex haben, macht das alles offizieller.«

»Das verstehe ich.« Kevin zwängt seine ganze Hand unter der Tür durch. Sie ist in einem merkwürdigen Winkel festgeklemmt, aber ich ergreife sie dankbar.

»Tust du das?«

»Ja. Also, ich bin nicht deiner Meinung, aber ich verstehe, warum du besorgt bist.« Eine kurze Pause entsteht. »Julia, das mit uns ist so offiziell, wie was für Leute in unserem Alter nur sein kann. Ich hab sogar vorgeschlagen, dir einen Ring zu kaufen, als Symbol für mein Versprechen.«

»Und das habe ich abgelehnt, weil Ringe ein widerliches Symbol für weibliche Unterdrückung sind.«

»Worauf ich hinauswill, ist: Ich bin voll dabei. Und du auch, da bin ich mir ziemlich sicher.«

»Das bin ich definitiv.« Ich drücke Kevins Finger.

»Au. Warte. Ich muss meine Hand wiederhaben.« Kevin fummelt seine Finger unter der Tür raus. Er ist noch da, das weiß ich, aber mir fehlt, dass ich nun nicht mal ein kleines Stück von ihm berühren kann. »Hör mal, wenn du so wild drauf bist, Sex zu haben, können wir morgen Abend ein Airbnb mieten.«

»Morgen Abend muss ich für die Mathearbeit lernen«, sage ich.

»Okay, dann vielleicht nicht morgen. Aber wir haben noch jede andere Nacht in diesem Sommer vor uns.«

»Och, du würdest diesen Sommer jede Nacht ein Airbnb für mich mieten?«

»Bis mir das Geld ausgeht. Was eigentlich sofort der Fall wäre.«

»Vielleicht kann Alex' Oma unsere Sexpläne ja finanziell unterstützen. Wenn sie denn in der Lotterie gewonnen hat.«

»Das kann einfach nicht wahr sein.«

»Ich weiß nicht. Irgendwie glaube ich es.«

Dieses Mal stecke ich die Hand unter der Tür durch. Es ist höllisch unbequem und es könnte sein, dass ich mir das Handgelenk zerre, wenn ich zu lange in dieser Stellung bleibe. Aber dann kitzelt Kevin mir die Finger und das ist so süß, dass es die Schmerzen wert ist.

»Fühlst du dich besser?«, fragt er.

»Na ja, ich bin immer noch eine Jungfrau im Wandschrank und eine Höllenkatze läuft frei herum, ideal ist es also nicht.«

»Stimmt wohl.«

»Aber ich bin mit dir zusammen.« Ich lächele, als Kevin meine Hand drückt.

»Also geht es mir viel besser als gut.«

Madison

»Alles wieder gut jetzt, Babe?«

Ich mache die Augen zu, damit mir die Tränen nicht über die Wangen rollen. Wenn es doch nur so leicht wäre.

Jake hat mich ins Haus getragen, aufs Bett gelegt und mir mein Handy gereicht, damit ich meinen Freunden schreiben konnte. Sogar die allerkleinsten Daumenbewegungen auf der Tastatur waren schmerzhaft. Und selbstverständlich haben Zoe und Morgan sich ausgerechnet diesen Moment ausgesucht, um mal nicht an ihren Handys zu kleben, ich musste also so lange weiterschreiben, bis Kevin sich bereit erklärte, sie zu suchen.

»Na, wenn es dir besser geht …«

Ich hab gar nicht gesagt, dass es mir besser geht, möchte ich schreien. Aber wenn ich schreie, werde ich weinen. Und ich will auf gar keinen Fall vor Jake weinen.

»… dann könnten wir beide mit was weitermachen, das uns mehr Spaß macht. Wenn du weißt, was ich meine.«

Das Einzige, das mir jetzt Spaß machen würde, ist schlafen. Aber ich kann nie schlafen, wenn mein Lupus so schlimm ist wie jetzt.

»Wir könnten Theodor mal ’ne tolle Show liefern, wenn du weißt, was ich meine.«

Ich recke den Hals gerade so weit, dass ich Theodors leblose Augen mitleidig auf mich runterstarren sehe. Der Typ hat's erfasst. Wenn er nicht so tot wäre, könnte er Jake sagen, dass er seine verdammte Klappe halten und mir grünen Tee mit einem Spritzer Kokosmilch bringen soll.

»Wir könnten heute Nacht mal eine heiße Nummer schieben, wenn du weißt, was ich meine.«

»Jake«, stöhne ich. »Jedes tote Tier in diesem Raum weiß, was du meinst.«

»Oh, cool. Okay, lass mich nur kurz ins Bad, und dann kommt der Homerun ...« Jake zwinkert mir zu. »Wenn du weißt, was ich meine.« Er schlendert zum Bad und ich sinke noch tiefer ins Bett.

Normalerweise stört mich Jakes Unbedarftheit nicht. Ehrlich gesagt, genieße ich seine optimistische Lebenseinstellung. Ich bewundere, dass er sich von kleinen (oder großen) Dingen nicht unterkriegen lässt. Aber Jakes Unbedarftheit ist nur bis zu einer gewissen Grenze liebenswert. Und diese Grenze war überschritten, als ich hinten auf der Veranda zusammengebrochen bin.

Ich rühre mich, will mich auf die Seite drehen, aber meine Gliedmaßen sind bleiern und total unkooperativ. Ich zappele herum, versuche verzweifelt, eine bequeme Position zu finden, doch es ist, als würde ich in Treibsand liegen. Je mehr ich mich zu bewegen versuche, desto tiefer versinke ich in der Matratze.

»So, Babe, nun wollen wir diesen Schlagmann mal zu

seiner Strike Zone bringen.« Jake lacht über seinen eigenen Witz. »Äh, weiß nicht, ob der gut war? Was meinst du?«

Ich zwinge mich, den Kopf vom Kissen zu heben, damit ich Jake besser sehen kann. Er hat die Boxershorts noch an, zum Glück, aber seine Haut glänzt irgendwie. Ich hab das Gefühl, er hat sich überall mit Lotion oder Öl eingerieben, als eine Art Ritual vor dem Sex oder so.

Noch nie in meinem Leben bin ich weniger an Sex mit Jake interessiert gewesen. Ich würde noch nicht mal wollen, wenn ich mich bewegen könnte. Ehrlich gesagt, will mir gerade nicht einfallen, was ich überhaupt mal anziehend an ihm gefunden habe. Mit Freuden würde ich Sex für den Rest meines Lebens aufgeben, wenn ich dafür jetzt nur fünf Minuten Erleichterung bekommen könnte.

»Nein«, sage ich.

»Ja, du hast recht. Die davor waren besser.«

»Nein zum Sex. Und sie waren alle furchtbar.«

»Hä?« Jake kommt zum Bett, mit sorgenvoll verknoteter Stirn, ganz so, als würde er meine Erschöpfung zum ersten Mal bemerken. »Bist du sicher, dass es dir gut geht, Babe? Du siehst nämlich gar nicht so gut aus.«

»Was du nicht sagst«, murmele ich.

»Was hast du gesagt?«

»Hör mal ...« Bewegen ist immer noch schwierig, aber ich drehe den Hals so, dass ich Jake ansehen kann. »Das hier ist ein ziemlich starker Lupus-Schub. Völlig ausgeschlossen, dass ich irgendwas Körperliches machen kann.«

Jake starrt mich an, und einen ganz kurzen Augenblick befürchte ich, dass er sich so benehmen wird wie all die fürchterlichen Typen, von denen ich gehört habe. Dass er mich zu etwas nötigen wird, das ich nicht machen will. Oder einen Wutanfall kriegt und mit mir Schluss macht.

Aber Jake tut weder das eine noch das andere.

»Och, kein Ding, Babe.« Jake legt sich neben mich und schmiegt den Kopf an meinen Arm. »Aufs Dach zu klettern war ziemlich viel für dich. Wir können einfach was Chilliges machen.«

»Danke.« Langsam atme ich aus, dankbar, dass Jake angemessen reagiert hat.

Siehst du, stelle ich mir vor, zu Morgan zu sagen, *er mag ja nicht der einfühlsamste Typ der Welt sein, aber er ist nicht das Arschloch, für das du ihn hältst.*

Dann zucke ich zusammen, weil ich genau weiß, wie Morgan darauf reagieren würde. *Wow, kein Arschloch,* würde sie sagen. *Bin ich froh, dass du so hohe Ansprüche hast, Madison. Schön für dich.*

Dieses Gespräch hatten wir schon.

»Was können wir tun, damit du weniger lupusig wirst«, fragt Jake.

»Da gibt es keine einfache Lösung, damit er verschwindet.« Ich lasse die Augen wieder zufallen. »Manchmal versuche ich es mit Dehnen oder ein bisschen Yoga. Normalerweise hilft ein Bad, meine Muskeln können sich da ein bisschen entspannen. Aber ehrlich gesagt, ich muss mich einfach ausruhen. Ist Scheiße, aber ist so.«

»Ich hab's!« Jake richtet sich ruckartig auf, dabei verdreht er mir schmerzhaft den Arm. Meine Augenlider sind schwer, aber ich zwinge mich, sie wieder aufzuklappen, damit ich Jake ansehen kann. »Mein Kumpel Duncan macht eine After-Party. Da können wir hingehen!«

»Was redest du …« Alle wohlwollenden Gefühle, die ich für Jake hatte, lösen sich in Luft auf.

»Er hat ein irre cooles Jacuzzi im Garten. Das ist wie eine Badewanne, nur besser. Das hat so abgefahrene Düsen, die einem den Rücken massieren, den Hintern und was sonst noch massiert werden muss.« Jake springt vom Bett. »Und PUFF!« Er wedelt mit den Finger in der Luft herum. »Schmerz ist weg.«

Ich gucke ihn giftig an.

»Babe, ich schwöre, das ist, als würde man auf einer sprudelnden Wolke schweben. Ich hab mich wie ein ganz neuer Mensch gefühlt.«

»Kann es sein, dass du was geraucht hast, während du in diesem Jacuzzi warst?«, frage ich.

»Oh ja, dafür können wir schon sorgen. Duncan hat immer einen anständigen Vorrat.«

Ich habe keine Worte für Jake, deshalb mache ich die Augen wieder zu und lasse mich von der Matratze verschlingen.

»Was sagst du dazu, Babe? Ziehen wir ab zu Duncan?«

»Ja, Jake«, sage ich mit einer vor Sarkasmus triefenden Stimme, als ich mich wieder in mein Kissen kuschele. »Lass uns zu Duncans Party gehen. Morgen früh ist mein Lupus dann kuriert.«

»Keine Ahnung, wie das mit dem Kurieren ist«, sagt Jake. »Aber ich bin total down, weil du so fertig bist. Duncan wirst du lieben. Übrigens, während du im Hot Tub chillst, finde ich ja vielleicht 'ne Flasche Cola und wir können dieses Mentos-Experiment mal echt durchziehen. Ich hab doch gemerkt, dass du mir nicht glauben wolltest.« Jake rennt im Raum rum und sammelt diverse Kleidungsstücke zusammen und summt dabei eine Melodie, die sich anhört wie *Yankee Doodle.*

Er will dir nicht wehtun, sage ich mir. Jake ist einfach nicht mit den verschiedenen Begleiterscheinungen von Autoimmunerkrankungen vertraut. Das ist nicht seine Schuld. Ich muss einfach Klartext mit ihm reden. Ihm sagen, dass ich nicht zu der Party gehen kann. Ich muss schlafen und er muss gehen. Möglicherweise für immer.

Meine Augen klappen auf, als mir dieser Gedanke in den Kopf kommt.

Will ich mit Jake Schluss machen?

Sollte ich mit Jake Schluss machen?

Ich habe ganz bestimmt nicht vor, ihn zu heiraten. Oder diese Beziehung fortzusetzen, wenn er im Herbst nach San Diego geht. Aber ich war immer davon ausgegangen, dass wir zumindest diesen Sommer zusammenbleiben würden. Wir würden uns sämtliche Marvel-Filme in chronologischer Reihenfolge ansehen, spät nachts noch Abstecher zu McDonald's machen und am Wochenende an die Küste fahren. Und in der Woche vor seiner Abreise würden wir herzerweichend und freundschaftlich miteinander Schluss machen. Ich würde mich irgendwann stark genug fühlen, um mit ihm zu schlafen.

»Bin gleich fertig«, ruft Jake. Aus seinem Summen ist jetzt Singen geworden. Ich habe keinen Schimmer, wo *Yankee Doodle* hergekommen ist, aber er ist voll drauf, auch wenn er den Text nicht kennt. Den kenne ich auch nicht, aber ich bin mir ziemlich sicher, dass Yankee Doodle keine Farm hatte.

Ich zerre die Arme über die Laken, bis ich die knochigen Kniescheiben umklammern kann. Das sind fünf Sekunden Anstrengung. Ich bin in der Lage, mich fünf Sekunden anzustrengen.

Mit einem Grunzen ziehe ich mich in eine sitzende Stellung hoch, vom Kopfteil des Bettes gestützt. Mein Körper schmerzt, als die wütenden Muskeln sich auf die neue Haltung einlassen, und ich schließe kurz die Augen, um den Schmerz zu neutralisieren.

»Hey, Jake«, sage ich.

Jake bleibt mitten in einem E-I-E-I-Doodel-O hängen und sieht mich an. »Was ist?«, fragt er.

In diesem Moment habe ich das Gefühl, ich würde in

diesem Gedicht von Robert Frost stecken, das wir im letzten Halbjahr gelesen haben. Zwei Wege gabeln sich im Wald oder was in der Art.

Am Ende des ersten Weges liegen Duncans Haus, ein Jacuzzi voll bekiffter Baseballspieler und ein weiteres gescheitertes Mentos-Experiment. Ich kann mich dazu zwingen, den Rest der Nacht zu funktionieren, einen angenehmen Sommer mit Jake verbringen und die Erinnerungen an meinen ersten Freund für den Rest meines Lebens genießen.

Am Ende des zweiten Weges liegt ein Sommer, den ich allein verbringen werde, eine peinliche Trennung, während der ich kaum bei Bewusstsein bin, und ein Ende meiner Highschoolzeit, das wohl kaum erbärmlicher ausfallen könnte. Ich könnte meine Freunde anlügen und sagen, Jake und ich hätten einen wunderbaren Abend verbracht, aber beschlossen auseinanderzugehen, ehe die Dinge zu ernst werden können. Doch dann müsste ich immer noch mit den Erinnerungen an meine katastrophale Abschlussballnacht leben.

»Wolltest du was sagen?«, fragt Jake.

Natürlich gibt es da auch noch eine dritte Option. Die vielleicht vernünftigste Wahlmöglichkeit. Ich kann Jake die Wahrheit sagen – ich muss schlafen, er sollte allein zu Duncan gehen, ich rufe ihn dann in ein paar Tagen an. Aber es gibt einen Grund dafür, dass der Reisende keine Ewigkeit am Scheideweg stehen bleibt. Robert Frost war ein schlauer

Typ. Er wusste, dass nichts mieser ist, als die falsche Wahl zu treffen.

»Mad, bist du fertig?«, fragt Jake wieder.

»Ja«, sage ich, dieses Mal ohne irgendwelchen Sarkasmus. »Lass uns auf eine Party gehen.«

Alex

»Was erzählst du da? Dass meine Großmutter in der Lotterie gewonnen hat, ist völlig ausgeschlossen. Die Chancen sind …« Mir fällt kein Wort ein, das beschreiben könnte, wie unmöglich ein Lotteriegewinn ist. »… absurd. Die Chancen sind schlicht und einfach absurd.«

»Erstens, du solltest das Wort ›absurd‹ wirklich häufiger verwenden. Es ist entzückend.« Leah reicht mir das Lotterielos. »Und du hast recht. Sie hat nicht den ganzen Jackpot gewonnen, aber sie hatte alle Zahlen – bis auf eine.«

»Oh.« Ich spüre, wie mir die Brust ein ganz klein wenig abschwillt. Ich wusste zwar, wie unmöglich das war, was Leah sagte, trotzdem hatte ich mir ein bisschen Hoffnung gemacht. Alles andere heute Nacht ist unwirklich gewesen, wer will denn da behaupten, dass ein Lotteriegewinn überhaupt nicht infrage gekommen wäre? »Dann solltest du wirklich nicht sagen, dass sie die Lotterie gewonnen hat. Die Sache mit den Zahlen ist schon ein cooler Zufall, aber …«

»Alex, sie hat fünfzigtausend Dollar gewonnen.«

»Moment mal, was?«

Leah bedeutet mir, leiser zu sprechen. Auf der anderen Seite des Foyers wartet meine Familie darauf, dass ich mich ihnen anschließe, damit wir Halmoni besuchen können. Mein Dad stützt Jenny den Rücken, die noch im Halbschlaf ist, und meine Mom betrachtet mit giftigem Blick etwas, das sie für Liebesgeflüster zwischen mir und Leah hält.

»Den Jackpot gewinnt man, wenn man alle Zahlen hat«, flüstert Leah. »Aber man kriegt auch noch Geld, wenn man die meisten Zahlen richtig hat. Zuerst hab ich es auch nicht geglaubt, weil ich eine Meldung über jemand anderen gelesen habe, der mit genau denselben Zahlen fünfzigtausend Dollar gewonnen hat. Aber ich hab die Regeln noch mal nachgelesen, und manchmal kriegen Leute Lose mit denselben Zahlen …«

»Jemand anders hatte dieselben Zahlen?«, frage ich.

»Ja, seltsam, nicht? Irgendein Junge hat da ein Lotterielos auf der Straße gefunden und fünfzigtausend Dollar gewonnen. Er ist erst dreizehn, also darf er eigentlich …«

Ich achte nicht mehr auf Leahs Worte, weil ich weiß, dass sie die Wahrheit sagt. Halmoni hatte zwei identische Lotterielose gekauft, so wie jede Woche. Wenn irgendein Junge ein Los auf der Straße gefunden und fünfzigtausend Dollar gewonnen hat, na, dann bedeutet das, dass Halmoni auch um fünfzigtausend Dollar reicher ist. Damit sichert sie sich ganz bestimmt ein Interview mit ihrem glatzköpfigen Lieblingsmoderator, allerdings aus anderen Gründen, als sie geplant hatte. Dass sie ausgerechnet in dieser Woche das zweite Lotterielos verloren hat! Wenn sie aus dem Krankenhaus kommt, gehe ich als Erstes mit ihr neue Hosen kaufen – ohne Löcher in den Taschen. Ihre Garderobe müsste ohnehin mal aufgefrischt werden.

»Alex, kommst du?« Dads Stimme hallt durch die Stille im Warteraum.

»Ja, sorry. Nur noch eine Sekunde.«

»Das ist nur für Angehörige«, ergänzt Mom in einem Ton, der sowohl informativ als auch auf diese ganz spezielle Weise passiv-aggressiv ist, die nur meine Mutter beherrscht.

Leah schaut mich verwirrt an. »Ich dachte, deine Mom mag mich.«

»Ich hab dir gesagt, dass sich das nicht hält«, sage ich. »Sie ist wieder bei Sinnen und hat begriffen, dass du ein Mädchen bist.«

»Och, wie schade.« Leah und ich lächeln uns kurz an, aber dann räuspert meine Mutter sich und die Stimmung ist hin.

»Hör mal, ich muss zu Halmoni, wenn du also nach Hause fahren und schlafen willst …« Leah schüttelt den Kopf. »Oder wenn du noch andere Pläne hast oder so …«

»Alex, es ist fünf Uhr morgens. Um diese Zeit hat niemand Pläne. Ich warte genau hier.«

»Danke.«

Leah nickt.

»Nein, im Ernst. Nicht nur fürs Bleiben, auch für …« Ich kann nicht ausdrücken, wie sehr es mir geholfen hat, Leah heute Nacht hier zu haben. Mit ihr an meiner Seite habe ich es irgendwie hingekriegt, nicht die Nerven zu verlieren. Nicht nur das, es hat mir tatsächlich Spaß gemacht, durchs Krankenhaus zu schleichen, Schwestern mit Pfannkuchen zu bestechen und mich über Immobiliengeschäfte zu streiten. Sex im Wald war das vielleicht nicht gerade, aber meine Ballnacht war auf ihre ganz eigene Art unvergesslich – und das habe ich ihr zu verdanken. »Ich bin wirklich froh, dass du hier warst und …«

Mom räuspert sich wieder. Ein schneller Blick über die Schulter bestätigt, dass jeder im Warteraum uns anstarrt.

»Einfach … danke.« Ich lehne mich zu Leah rüber, bis unsere Gesichter nur Zentimeter voneinander entfernt sind. Ich glaube, man könnte das als meinen eigenen Prä-Kuss-Move werten, aber das ist jetzt nicht der richtige Zeitpunkt dafür. Ich habe ganz bestimmt nicht vor, meinen ersten Kuss zu erleben, wenn meine Eltern von der anderen Seite des Raumes zuschauen. Stattdessen schlinge ich beide Arme um Leah und drücke sie fest. Sie erwidert das, legt die Wange auf meine Schulter und die Hände auf meinen Rücken. Ihr Haar duftet nach Kokosnuss.

Ein paar Sekunden halten wir einander, dann trennen wir uns. »Bis dann.« Ich drücke Leahs Hand ein letztes Mal, dann schließe ich mich schnell meinen Eltern an. Dad grinst mit einem irren Glitzern in den Augen, während Mom geschockt mit halb geöffneten Lippen starrt. Zum Glück ist Jenny nicht ganz bei sich, sonst wäre ich schon wieder mit der Ist-sie-deine-Freundin-Inquisition konfrontiert. Meine Eltern würden ganz bestimmt nur allzu gern ähnlich geartete Befragungen starten, aber im Moment hat Halmoni Vorrang.

Ich zockele hinter meiner Familie her, an einem anderen »Nur für Krankenhauspersonal«-Schild vorbei. Dieser Flur ist genauso karg und genauso grell erleuchtet wie der, durch den Leah und ich uns geschlichen haben, aber hier wimmeln doppelt so viele Schwestern herum. Vielleicht ist die Tagschicht gerade gekommen, um die Nachtschicht abzulösen. Die Schwester, der wir folgen, bleibt neben einer offenen Tür stehen. Im Raum kann ich gerade eben die Umrisse eines Krankenhausbettes ausmachen.

»Ihre Mutter liegt in diesem Zimmer«, sagt die Schwester. »Die meisten Patienten, die sich von so einem Eingriff erholen, sind ziemlich müde, aber sie ist ungewöhnlich munter.« Dad und ich wechseln einen Blick. Das ist absolut nicht erstaunlich. »Trotzdem sollten Sie es nicht übertreiben. Sie braucht viel Ruhe.«

Ich schlurfe hinter meinen Eltern her in den Raum. Während Dad die verschlafene Jenny auf einem Sessel absetzt, geht mein Blick zu Halmoni, die unter einem leichten Laken auf dem Bett liegt. Ihre Augen sind unter Lidern wie Pergament eingesunken, die Falten in ihrem Gesicht scheinen tiefer geworden zu sein. Ihr zarter achtzigjähriger Körper wirkt so verletzlich, wenn er nicht in einem knalligen Velourstrainingsanzug steckt. Schläuche ragen aus Nase und Arm und auf einem stummen Gerät hüpft ein heller Punkt bei jedem Herzschlag. Ich bleibe zurück, als meine Eltern sich dem Bett nähern.

»Umma?« Mit dem Handrücken streichelt Mom ihrer Mutter über die Stirn. »Wie fühlst du dich? Die Ärzte haben gesagt, du warst sehr stark.«

Halmoni bleibt eine Minute stumm und so langsam kommen mir Zweifel am Zustandsbericht der Schwester. Besonders in Sachen Munterkeit. Aber dann gehen ihre Augen auf, sie nimmt Mom, Dad, mich und die auf dem Sessel zusammengerollte Jenny wahr und sie lächelt.

»Warum guckt ihr denn alle so besorgt?«, fragt sie. Ihre Stimme klingt rau, aber stark. Das ist dieselbe alte Halmoni.

Mom würgt eine Mischung aus Lachen und Schluchzen heraus und die nervöse Spannung im Raum verfliegt. Es ist gerade mal eine Stunde her, seit die Ärzte die Operation an ihrem Herzen beendet haben, und sie muntert schon wieder alle auf, so wie immer. Mom macht sich an ihren Decken zu schaffen und fragt ein übers andere Mal: »Wie fühlst du dich wirklich?« und bringt Dad zum Schweigen, als der versucht, mit Halmoni über die Krankenversicherung zu diskutieren.

Ich möchte ihr von dem Gewinnerlos erzählen, aber dazu muss ich erst meine Eltern aus dem Raum kriegen. Irgendwann werden sie es natürlich erfahren, aber Halmoni verdient es, diese Nachricht als Erste zu hören. Ich beuge mich über sie, um sie zu umarmen, und flüstere ihr dabei ins Ohr: »Kannst du Mom und Dad kurz aus dem Zimmer schicken?«

Schon als ich klein war, ist Halmoni meine Mitverschworene gewesen, die meine Eltern angelogen hat, wenn es darum ging, wie viele Kekse ich gegessen hatte, oder die behauptet hat, es wäre der verrückte Waschbär gewesen, der die Hollywoodschaukel auf der Veranda kaputt gemacht hat. Sie reagiert mit einem kaum wahrnehmbaren Nicken, dann hustet sie bemitleidenswert. »Ich hätte gern noch ein paar Kissen«, sagt sie. »Und vielleicht auch etwas Götterspeise, wenn die Cafeteria geöffnet ist.«

»Selbstverständlich«, sagt Dad. »Ich hole dir sofort alles.«

»Würde es nicht schneller gehen, wenn Mom die Kissen holt und du die Götterspeise?«, werfe ich ein. »Ich bleibe hier«, füge ich hinzu, als Mom ihre eigene Mutter nervös anschaut.

»Ja, in Ordnung«, sagt Mom. »Welche Sorte Götterspeise?«

»Eine von jeder Sorte«, sagt Halmoni. Ich halte mir den Mund zu, damit ich erst loslache, wenn meine Eltern den Raum verlassen haben.

»Weißt du was?«, platzt es im ersten passenden Moment aus mir heraus. Ich warte gar nicht erst, bis Halmoni etwas sagt. »Du hast in der Lotterie gewonnen. Nicht das ganze Ding, aber fünfzigtausend Dollar.«

Meine Großmutter guckt verwirrt, was nur verständlich ist. »Gestern habe ich keine Lose gekauft«, sagt sie.

»Aber vorgestern. Weißt du noch, dass du eins verloren hast …«

»Eins wurde gestohlen«, korrigiert sie.

»Genau, eins wurde gestohlen. Aber das andere Los hast du mir gegeben. Und es hat gewonnen! Bis auf eine waren alle Zahlen richtig.«

Halmoni schließt die Augen und legt sich in ihr Kissen zurück. Ich mache mir Sorgen, dass es ihr wieder schlecht geht oder dass sie extrem niedergeschlagen ist, weil sie das zweite Los verloren hat. Vielleicht war es nicht meine beste Idee, sie mit dieser Neuigkeit im Krankenhaus zu überraschen. Aber als Halmoni die Augen wieder aufschlägt, funkeln sie.

»Das klingt doch so, als hättest du in der Lotterie gewonnen, Ji-hoon.« Sie lächelt.

»Ausgeschlossen. Das ist dein Los.«

»Was soll eine alte Frau mit fünfzigtausend Dollar anfangen?«

»Was soll ich mit fünfzigtausend Dollar machen«, entgegne ich.

»Deine Uni bezahlen ohne all die Kredite. Du kannst deinen Eltern sagen, dass sie mir danken können.«

»Also, nach den Steuern könnte ich mir nur ein Jahr leisten oder zwei. An einer staatlichen Uni. So was wird ständig teurer.«

Halmoni seufzt. »Was soll nur aus dieser Welt werden?« Das ist ihr Lieblingsspruch, wenn sie die Zeitung liest oder

Harry Jefferson auf Channel 8 guckt. »Wo wir gerade über Geld reden«, sagt Halmoni. Das ist ein seltsamer Übergang, aber nicht besonders ungewöhnlich für meine Großmutter. »Wie geht's dem reichen Mädchen?«

»Wovon redest du?«

»Von der Tochter von diesem *nappeun nyeosok.*«

Mein Herz hört eine Sekunde auf zu schlagen. »Wo … woher weißt du das?«, stottere ich.

Halmoni lacht. Sie genießt meinen augenblicklichen Schockzustand. »Ihr seid alle zu uns gekommen und habt im Garten Fotos gemacht.«

»Aber woher kanntest du Leah?«

»Der *nappeun nyeosok* benutzt gern Fotos von seiner Familie, um die Leute davon zu überzeugen, dass er ein Mann mit Sinn für die Gemeinschaft ist. Ich hab sie gleich erkannt, als ich sie gesehen habe.«

»Oh nein. Du wirst Leah verurteilen. Das spielt keine Rolle, weil wir nicht zusammen sind, aber du solltest sie wirklich nicht verurteilen. Sie ist so ein guter Mensch. Ich kenne sie erst ein paar Stunden, aber ich merke das. Ich weiß, dass du ihren Dad hasst, aber Leah hat keinen Einfluss auf das, was er tut. Abgesehen davon hat er einen Haufen Geld für das …«

»Ji-hoon, beruhige dich.« Halmoni hebt die Hand, dabei zerrt sie einen Schlauch mit. Ich beende meinen sinnlosen Monolog. »Sie scheint ein wunderbares Mädchen zu sein.«

»Wirklich?«

»Wirklich.« Halmonis Lider zucken und schließen sich. Ich merke, wie sehr sie sich anstrengt, wach zu bleiben. Ein paar Sekunden ruht sie sich mit geschlossenen Augen aus, dann schlägt sie sie wieder auf und lächelt mich an. »Ich hoffe, es war wunderschön für euch beide auf dem Ball.«

»Das war es. Leah war übrigens die ganze Nacht hier. Sie ist im Warteraum.«

»Sie ist hier im Krankenhaus?«

Ich nicke.

»Was machst du denn noch hier bei einer alten Frau? Du musst Prioritäten setzen, Ji-hoon.«

»Ich habe versprochen, bei dir zu bleiben.«

»Deine Eltern sind gleich wieder da.«

»Und wenn es nun eine Weile dauert, bis sie jede Farbe Götterspeise aufgetrieben haben?«

»Deine Schwester ist hier.«

»Jenny hat sich seit einer halben Stunde nicht mehr bewegt.«

»Hör auf, mir zu widersprechen, und geh zu deiner Freundin«, sagt Halmoni gähnend.

Und zum ersten Mal heute Nacht korrigiere ich die Wortwahl nicht. Meine Großmutter macht wieder die Augen zu und auf ihre Lippen legt sich ein Lächeln. »Du hast nur eine Abschlussballnacht«, sagt sie und schläft ein.

Madison

Ich habe den falschen metaphorischen Weg gewählt. Das weiß ich sofort.

Im Grunde erstaunt es mich, dass Robert Frost selbst nicht wieder zum Leben erwacht und mir eins mit seiner Schreibmaschine überzieht. Oder dem Notebook. Oder möglicherweise dem Computer. Ich gehe immer davon aus, dass die Lyrik, die wir im Englischunterricht lesen, von toten weißen Typen geschrieben wurde, doch ich könnte mich irren. Vielleicht hängt Robert Frost in genau diesem Augenblick irgendwo in einem Penthouse ab – und verurteilt mich aus der Ferne.

Ich hätte meine Meinung ändern müssen, als ich fünf Minuten brauchte, um aus dem Bett zu kommen.

Oder als Jake auf dem Weg zum Auto den größten Teil meines Gewichts schultern musste.

Aber heute Nacht scheine ich immun gegen vernünftige Entscheidungen zu sein.

Das Resultat ist, dass ich auf dem Beifahrersitz von Jakes ekelerregendem Auto sitze, die Stirn ans kühle Fenster gedrückt, und zuschaue, wie mein Atem Nebelkreise aufs Glas malt. Jake ist von »Yankee Doodle« zu einem Rap über Bitches und Ballons übergegangen. Wenigstens haben wir es nicht mehr mit einer patriotischen Farm zu tun.

Alles tut weh – die Handgelenke, die Knöchel, die Finger, der Rücken. Und jetzt dröhnt mir der Kopf. Wenn ich genug Flüssigkeit zu mir nehme, kann ich die Lupus-Kopfschmerzen normalerweise umschiffen, aber das ist heute nicht meine Glücksnacht. Bei all der Kletterei und dem Herummachen habe ich vergessen, genug zu trinken.

»Hast du schon mal Pro Bowling gespielt?«, fragt Jake plötzlich.

»Nein.« Ich löse die Stirn nicht vom Fenster.

»Duncan hat eine Xbox im Keller, wir können also spielen, wenn du willst. Meiner Meinung nach ist es das beste Bowling-Spiel, das je entworfen wurde. Beim echten Bowling bin ich scheiße, aber in der Computerspielversion bin ich eigentlich so was wie ein Gott. Alles hängt an der Wahl der Kugel.«

Ich überlege, was wohl passiert, wenn ich jetzt die Autotür aufmache. Sie einfach aufstoße, meinen Gurt löse und aus dem Auto springe. Oder rausfalle, so wie ich gerade drauf bin. Wir fahren nur fünfzig oder vielleicht sechzig Stundenkilometer. Ich könnte ein paar kleinere Verletzungen davontragen, aber der Schmerz eines verstauchten Handgelenks wäre nichts im Vergleich mit der Unerträglichkeit dieser Unterhaltung.

»Moment, ich hatte total vergessen, dass du Tänzerin bist! Wir sollten stattdessen *Just Dance* spielen. Du würdest mich total fertigmachen. Versteh mich nicht falsch. Ich hab's schon drauf, aber du bist eine echte Ballerina. Das ist Shit auf einem ganz anderen Level. Obwohl, es könnte auch sein wie bei mir und dem Verkacken beim echten Bowling. Manchmal lassen sich echte Skills nicht in Xbox Skills übertragen.«

Mein Handy steckt in meiner Handtasche. Wenn ich's raffiniert anstelle, kann ich vielleicht eine Nachricht absetzen, ohne das Handy aus der Tasche zu holen. Ich hab da mal eine Doku über ein Mädchen gesehen, das entführt worden war. Ihr war es gelungen, eine Nachricht an eine zufällig gewählte Nummer zu schicken, und der Empfänger hat die Polizei gerufen. Verstohlen lasse ich eine Hand in die Handtasche gleiten, und da wird mir klar, wie total absurd ich mich verhalte.

Jake ist kein Kidnapper. Er ist ein ganz lieber Kerl, der mich gerade zu Scheiße nervt. Ich muss nichts weiter tun, als ein bisschen Mut zusammenraffen, Jake sagen, dass er wenden soll, und dann nur noch endgültig mit ihm Schluss machen.

Kein Ding, wie Jake sagen würde.

»Yo, hast du was dagegen, wenn wir anhalten und was zu essen holen? Die Tankstelle ist gleich da vorn.«

»Was?« Ich drehe den Kopf, sodass meine Schläfe am Fenster lehnt.

»Du weißt ja, ich muss fünftausend Kalorien am Tag essen, Babe. Und ich will nicht bei Duncan auftauchen und alles kahl fressen. Das wäre unhöflich gegenüber seiner Mum, verstehst du?«

»Klar«, sage ich. »Kein Problem.«

»Sweet.« Jake biegt zur Tankstelle ab und parkt sein Auto diagonal über zwei Parkplätze. Ich finde es rücksichtslos, mehr als einen Parkplatz zu besetzen, sogar mitten in der Nacht, aber das ist jetzt nicht mein Problem. »Du kannst sitzen bleiben. Ich bin so schnell wieder da, du wirst nicht mal merken, dass ich weg war.«

Ich lehne den Kopf zurück und genieße die Stille von Jakes Abwesenheit. Zum ersten Mal heute Nacht bin ich allein und es ist herrlich. Mit schweren Augenlidern hänge ich in meinem Sitz, als ich mir meiner Lage bewusst werde.

Ich bin allein. Absolut allein. Und das bedeutet, ich kann raus aus diesem Auto und muss nie wieder einsteigen.

Die Logistik – oder das Fehlen derselben – schert mich nicht. Die Gelenkschmerzen, die ich empfinde, als ich die Autotür aufmache und aussteige, auch nicht. Ausnahmsweise bin ich mir meiner absolut sicher. Es ist, als würde Robert Frost ein Neonschild hochhalten, auf dem steht: Dies ist der richtige Weg, du unentschlossener Loser!

Ich humpele den Gehweg entlang zum Eingang. Ein Fuß nach dem anderen, so wie auf dem Rankgitter. Zwanzig Sekunden Anstrengung und ich habe es geschafft. Die Tür öffnet sich, um mich drinnen willkommen zu heißen, und die Frau mittleren Alters hinter dem Tresen grunzt, als sie meine Präsenz registriert.

Kaum zu glauben, dass ich vor fünf Stunden durch diesen Kiosk gezogen bin und Snacks und Kondome als Vorbereitung für die beste Nacht meines Lebens ausgesucht habe. Vielleicht hat dieser Lupus-Schub hier angefangen. Es waren diese verdammten Transfette, auf denen Morgan immer rumreitet.

Keine Spur von Jake, also schlurfe ich einen Gang runter, der der Pop-Tart-Gang zu sein scheint. Ob ihr's glaubt oder nicht, ich habe noch nie Pop-Tarts gegessen. Als ich klein war, hat meine Mom uns süßes Zeug zum Frühstück streng verboten. Und seit ich in der Lage bin, mir selber Snacks zu kaufen, haben mich erst der Diätplan für Tänzerinnen und dann meine blöde Krankheit daran gehindert, all die richtig guten Sachen zu probieren. Aber das ist jetzt doch eine gute Gelegenheit. Und insgeheim habe ich immer Leute beneidet, die so selbstbewusst sind, dass sie im Lebensmittelladen was essen können und dann an der Kasse für die leere Packung bezahlen.

Ich erwäge, die neue Geschmacksrichtung Erdbeermilch zu nehmen, entscheide mich dann aber für das klassische Zimt-und-brauner-Zucker-Pop-Tart. Das ist besser für eine Pop-Tart-Jungfrau wie mich. Ich schnappe mir die nächststehende Schachtel und rutsche langsam runter auf den gefliesten Boden. Die Kassiererin merkt nicht, dass ich die Verpackung aufreiße und einen Bissen vom ersten Pop-Tart meines Lebens nehme, oder es ist ihr egal.

»Madison?« Jake taucht am Ende meines Ganges auf, die

Arme voll mit einem Sixpack Diät Cola, einem Eimer Trockenfleisch und einem Sack Kartoffelchips. »Was machst du da?«

»Das hier schmeckt nicht mal wie brauner Zucker«, sage ich mit vollem Mund. »Das schmeckt wie Pappe.«

»Was machst du da? Bist du okay?« Jake lässt sein Futter auf den Boden fallen und hockt sich schnell neben mich. »Babe, warum isst du Pop-Tarts auf dem Fußboden? Was ist los?«

»Ich kann nicht fassen, dass mir das hier entgangen ist.«

»Babe, du machst mir ein bisschen Angst. Geht es dir auch gut?«

Jake nimmt mir das Pop-Tart aus der Hand und holt mich aus einer durch Blätterteig ausgelösten Trance. »Du redest viel von Pop-Tarts.«

»Du hast viel von Bowling geredet.« Das scheint die natürlichste Antwort zu sein.

Jake setzt sich neben mich. »Ich weiß, dass ich zu viel geredet habe«, sagt er. »Ich hab gemerkt, dass es dir schlecht ging, und ich dachte, Ablenkung würde vielleicht helfen. Ein bisschen chillige Gespräche, du weißt schon. Aber das war blöd von mir. Tut mir leid. Ich hab versucht zu helfen, hab aber verkackt. Der blöde Duncan und seine blöde Xbox.«

Ich weiß zu schätzen, dass Jake die Verbindung zwischen virtuellem Bowling und Pop-Tarts fraglos akzeptiert hat, aber es wäre ungerecht von mir, ihm die Schuld zu geben. Nichts ist hier seine Schuld.

»Nein, hör mir zu.« Ich nehme Jakes Hand. »Du bist nicht blöd. Wenn das jemand sagt, liegt er falsch.« Mir fällt all das Negative ein, das meine Schwester im Laufe des letzten Jahres in Jakes Richtung geschickt hat. Ich hoffe ernsthaft, dass er ihr ständiges Augenverdrehen und die hingemurmelten Kommentare nicht bemerkt hat.

»Mann, du hast null Erfahrung mit Lupus und heute Nacht hast du dein Bestes gegeben, um mir zu helfen. Dafür bin ich dir so dankbar. Ich war es, die schlechte Entscheidungen getroffen hat. Ich hätte es dir sagen müssen, als ich anfing, mich scheiße zu fühlen.« Wie um dafür noch den Beweis zu liefern, rutscht mein Körper noch weiter in die Regale mit den unverderblichen Lebensmitteln.

»Ich kann's besser machen«, beharrt Jake. »Ich will dir helfen. Sag mir genau, was ich tun muss. Wenn du willst, kannst du eine Liste machen. Mit Listen komme ich gut klar. Na ja, manchmal lasse ich mich ablenken, wenn die Liste langweilig ist. Aber dieses Mal passiert das nicht. Nicht, wenn ich dir helfen kann.« Ich starre auf meine Knie. Jake hat jetzt mein Pop-Tart aufgegessen, also hole ich mir ein zweites aus der Folienverpackung.

»Ich mein's ernst, Babe. Sag mir, was ich für dich tun soll.«

»Ich will, dass du gehst.« Mein Flüstern ist kaum zu hören.

»Hä?«

»Ich will, dass du gehst«, wiederhole ich etwas lauter. »Ich … Das hier ist …« Ich hole tief Luft und beschwöre allen Mut herauf, den der Pop-Tart-Gang zu bieten hat. »Ich mache gerade viel durch und ich muss ganz für mich sein. Und bei meinen Freunden. Ich schwöre, das hat nichts mit dir zu tun.«

»Klar. Ich bring dich jetzt zurück zum Haus und wir reden dann morgen.« Jake zögert keinen Augenblick und das macht das, was ich jetzt sagen muss, nur noch schwerer.

»Nein.« Ich zwinge mich, den Kloß runterzuschlucken, der in meinem Hals anschwillt. »Ich hab damit gemeint, dass ich glaube, wir müssen Schluss machen. Es tut mir leid. Ich mag dich sehr, aber das hier ist nicht mehr das Richtige für mich.«

»Das meinst du jetzt aber ernst? Du willst Schluss machen?« Die Mischung aus Verwirrung und Traurigkeit auf Jakes Gesicht ist so süß, dass es herzzerreißend ist. Er war wirklich der ideale Freund. Er ist es nur nicht mehr.

»Das tut mir so leid.« Ein paar Tränen laufen mir an der Nase runter. Wenn ich noch irgendwo Energie hätte, würde ich jetzt heulen. Es ist wirklich bedauerlich. Ich beende meine erste richtige Beziehung im Pop-Tart-Gang eines Mini-Markts und schaffe es nicht, mehr als ein paar einsame Tränen rauszudrücken.

»Ich kapier nicht, warum. Ist es, weil es dir schlecht geht?«

Ich schüttele den Kopf. »Ehrlich, das hat nicht nur mit meiner Gesundheit zu tun. Ich glaube, dieser Schub hat mir nur Dinge klargemacht, die ich schon gefühlt hab.

Also, es ist ja nicht so, dass wir im College noch ein Paar sein werden, oder? Das hier kommt nur ein paar Monate früher.«

»Das ist wohl wahr«, sagt Jake. »Du wirst mir fehlen diesen Sommer.«

»Du mir auch.«

»Obwohl ich und Duncan dann mehr Zeit haben, den Mentos-Trick perfekt hinzukriegen.« Jake lacht vor sich hin. Es ist ein trauriges Lachen, aber ich bin erleichtert darüber, dass unsere Trennung ihn nicht davon abhalten wird, auf Dächer zu klettern. Jake bleibt Jake.

Schweigend sitzen wir zusammen auf dem Fußboden des Mini-Markts. Er reibt mir den Scheitel, was irgendwie seltsam ist, aber hauptsächlich süß. Ich nage an meinem Pop-Tart und lasse die Fußgelenke langsam kreisen.

»Komm.« Jake steht auf und reicht mir seine Hand. »Ich setz dich beim Haus ab.«

Wieder einmal schüttele ich den Kopf. »Lass mich einfach hier zurück.«

»Babe … äh, Madison wollte ich sagen. Geht gar nicht, dass ich dich an einer miesen Tankstelle sitzen lasse. Erst recht nicht, wenn du total lupusig bist.«

»Ich schon in Ordnung«, sage ich. »Meine Schwester ist unterwegs.« Das ist eine schreiende Lüge, könnte aber auch stimmen. Ich müsste nichts weiter tun, als Morgan eine Nachricht schreiben, dann ist sie im Handumdrehen da.

»Ich kann dich fahren. Ernsthaft, kein Problem.«

»Bitte, geh einfach.« Ich lasse den Kopf am Metallregal hinter mir ruhen. »Mir geht es wirklich bestens. Morgan wird gleich hier sein.« Jake guckt zwischen mir und der Tür hin und her. Er versucht rauszukriegen, was die richtige Wahl ist, und dafür liebe ich ihn. »Wie wär's, wenn ich dir eine Nachricht schreibe, wenn sie da ist?«, schlage ich vor.

Jake nickt und atmet aus. Er fängt an, die Sachen, die er fallen gelassen hat, in irgendwelche Regale zu stopfen. Vermutlich macht er sich nun doch über den Kühlschrank bei Duncan zu Hause her.

»Bis dann«, sagt er.

»Bis dann.«

»Viel Glück auf der Uni und im Leben und alles.«

»Gleichfalls. Hoffentlich haut das mit dem Baseball für dich hin.«

»Danke. Ich hoffe, du fängst wieder an zu tanzen. Klingt so, als hätte dich das glücklich gemacht.«

»Hm … ja, vielleicht.«

Jake tätschelt mir den Kopf. Da wir nun kein Paar mehr sind, verlegt er sich vermutlich darauf, mich zu behandeln, als wäre ich ein Hund. »Bis dann«, sagt er noch mal.

»Ja. Absolut.«

Jake hält noch einen Moment inne. Dann lächelt er, wirft mir eine ungeöffnete Schachtel Erdbeermilch-Pop-Tarts zu und geht für immer aus meinem Leben.

Zoe

»Fuck, fuck, fuck, fuck.« Ich hämmere die Faust auf den Tresen. »Wir müssen diese Scheißkatze finden.«

»Ich kann nicht fassen, dass Kevin uns beim Streiten überrascht hat«, sagt Morgan. »Du weißt, dass er das Julia erzählen wird.«

»Wie konnte das passieren? Hast du die Tür aufgelassen, als du nach draußen gegangen bist?«

»Und du weißt, dass Julia es allen weitersagen wird.« Morgan tigert auf der anderen Seite des Tresens auf und ab.

»Warte mal, eigentlich …« Wer hatte die erste Nachricht zur entlaufenen Katze gesendet? Ich überlege. »Madison und Jake waren auf dem Dach.«

»Meinst du, es wäre komisch, wenn ich zu Julia und Kevin gehen würde? Und sie bitte, niemand sonst davon zu erzählen. Ich will nicht, dass Madison sich zu sehr stresst …«

»Prioritäten, Morgan!«

»Was?« Mein Ausbruch scheint meine Freundin durcheinanderzubringen. »Oh, du redest von der Katze?«

»Ja, ich rede von der Katze. Selbstverständlich rede ich von der Katze. Und ich will die Schuld nicht automatisch auf deine Schwester abwälzen, aber es waren definitiv sie und Jake.«

»Du darfst nichts sagen!« Morgans Augen werden ganz groß und sie packt mein Handgelenk. »Bitte, sei nicht wütend auf sie. Sie hat es bestimmt nicht mit Absicht getan.«

»Ich bin auf niemanden wütend.« Ich merke, wie mir wieder die Tränen in die Augen steigen. Heute Nacht bin ich eine nicht zu stoppende Heulmaschine. Mittlerweile braucht mich nur jemand auf die falsche Art anblinzeln und ich breche in Tränen aus. »Wir müssen diesen Kater finden. Ich kann mir nicht …« Ich sauge einen Mundvoll Luft ein. »Ich kann mir nicht vorstellen, meinem Onkel zu sagen, dass ich seinen Kater verloren habe.«

Morgan reicht mir ein Geschirrhandtuch, mit dem ich mir die Nase putze. Sie guckt angeekelt, irgendwie war das wohl nicht genau das, was ich mit dem Geschirrhandtuch hätte machen sollen. »Aber Katzen haben solche Sachen drauf«, sagt sie. »Haufenweise Katzen leben draußen und kommen immer wieder nach Hause.«

»DAS IST EINE WOHNUNGSKATZE!«

»Okay, okay. Ich verstehe einfach nicht, warum du derart ausrastest. Du hasst deinen Onkel. Und seinen Kater.«

»Er ist immer noch mein Onkel!« Ich kann nicht fassen, wie wenig beeindruckt Morgan von der Ernsthaftigkeit dieser Lage ist. Ich kenne niemanden mit einem ausgeprägteren Beschützerinstinkt, und dennoch scheint sie absolut zufrieden damit zu sein, diesen Kater einen grausamen Tod am Straßenrand finden zu lassen.

»Aber du hast ihn die ganze Nacht Arschloch genannt.«

»Offenbar habe ich meine Gefühlsverwirrung wegen Yale auf ihn übertragen!« Erst als ich Morgan das zugeblafft habe, wird mir klar, dass meine Analyse voll ins Schwarze trifft, wie üblich. Onkel Ross ist ganz bestimmt nervig, aber nervig auf die »Jetzt regen wir uns mal über Onkel Ross' Benehmen an Thanksgiving auf«-Art, und nicht auf die »Lasst uns Onkel Ross' geliebtes Haustier ohne Schuldgefühle umbringen«-Art.

»Seinen Kater zu verlieren ist ein echt großes Scheiß-Ding, okay?! Ich kann meiner Familie unmöglich sagen, dass ich sein Haustier verloren habe und …« Und dass ich nicht nach Yale gehen will.

Mein unbeendeter Satz bleibt zwischen uns hängen.

Nach ein paar Sekunden nickt Morgan. »Du hast recht«, sagt sie. »Dann suchen wir jetzt die Katze. Um das andere Zeug kann ich mir später Sorgen machen.«

»Aber wie findet man einen verschwundenen Kater um fünf Uhr morgens wieder?«

»Bleib cool«, sagt Morgan. »Guck im Internet nach. So was passiert ständig.«

Ich schnappe mir mein Handy und googele »Katze suchen, draußen«.

Morgan wischt unsere Pro- und Contra-Liste mit einem Papiertuch weg und schreibt »Wie man eine Katze fängt« aufs Whiteboard.

»Was hast du gefunden?«

»Viel zu viel. Jeder hält sich für einen Experten im Katzenfangen.« Ich scrolle mich durch die Ratschläge von Tierärzten und gestandenen Katzenbesitzern. »Wenn man hinter der Katze her ist, soll man alle lauten Geräusche vermeiden und nicht ihren Namen brüllen …«

»Dann solltest du vielleicht mal aufhören zu jammern.«

»Und du solltest Notizen machen«, fauche ich. Ich bin dankbar für Morgans Input, aber schnippische Bemerkungen bringen uns nicht weiter. »Vermutlich hat sich Bulldog schon zu weit entfernt für eine Verfolgungsjagd zu Fuß.« Ich scrolle mich durch weitere Kommentare. »Die Leute schlagen auch vor, draußen Leckerlis und Katzenstreu zu verteilen, damit der Geruch die Katze zurück lockt. Und man soll das Haus absuchen, weil sie sich unter einem Bett verstecken könnte oder sonstwo.«

»Aber Madison hat gesagt, sie habe den Kater draußen gesehen.« Morgan schreibt die anderen Vorschläge aufs Whiteboard.

»Dann überspringen wir diesen Schritt. Und man soll Flugblätter machen und die Nachbarn informieren, aber das wäre wohl unsere letzte Option.«

»Stimmt.« Morgan steckt die Kappe wieder auf den Stift. Das ist ein tröstliches Geräusch, eines, das für den befriedigenden Abschluss einer Listenerstellungsrunde steht. Ich hoffe nur, dass diese Liste hilfreicher ist als unsere katastrophale Yale-versus-Oregon-Übung.

»Gib mir doch Futter, das verteile ich dann draußen«,

sagt Morgan. »Und dann können wir uns vielleicht Taschenlampen besorgen und uns auf die Suche machen.«

Ich nicke und hole den Korb mit den Katzenleckereien aus dem Vorratsraum. Es gibt Lachshappen, Kau-Sticks, Nassfutterbatzen, getrocknetes Hühnerfleisch und etwas, das sich »Rinderzart-Sticks« nennt. Mir wird so richtig schlecht. Wenn mein Onkel so viele Katzenleckereien bunkert, mag ich mir seine Reaktion nicht vorstellen, wenn er erfährt, dass ich seinen kostbaren Bulldog verloren habe.

»Toll.« Morgan nimmt mir den Korb ab. »Willst du vielleicht noch andere Sachen holen, die nach zu Hause riechen? So was wie dreckige Socken oder einen Katzenkorb?«

»Ja, gut mitgedacht.« Wenigstens engagiert sich Morgan nun voll und ganz für diese Such- und Rettungsmission. Ich will den Flur runtergehen, aber Morgan packt meine Hand.

»Sollten wir reden … über …« Sie beißt sich auf die Unterlippe.

Ich schüttele den Kopf. »Zu viel auf einmal. Können wir zuerst die Katze suchen?«

Morgan nickt und lässt meine Hand los. Sie ist die Art Mensch, die gern sämtliche Gefühle durchdiskutiert und Konflikte so schnell und gründlich wie möglich löst, aber ich bringe es einfach nicht fertig, jetzt noch mehr Tränen zu produzieren. Und ich glaube auch, wir haben bewiesen, dass es keine kluge Entscheidung für unsere Beziehung ist, wichtige Gespräche nach null Schlaf zu führen.

Ich laufe den Flur entlang und klopfe an die Tür des größten Schlafzimmers. »Herein!«, ruft Kevin. Langsam öffne ich die Tür. Hoffentlich störe ich nicht bei irgendwas. Zum Glück ist niemand im Bett, obwohl die Laken zerwühlt sind und verdächtig feucht aussehen. Kevin sitzt auf dem Teppich, mit dem Rücken an der Wandschranktür.

»Moment mal, ist Julia noch immer im Wandschrank?«, frage ich.

»Julia ist IMMER NOCH im Wandschrank«, brüllt eine sehr aufgebrachte Julia hinter der Tür. Kevin schiebt einen Finger unter der Tür durch, um sie zu beruhigen. Das ist lieb, auf eine irgendwie absurde Art.

»Okay, gut, das funktioniert tatsächlich. Könntest du vielleicht irgendwelche Kleidungsstücke von meinem Onkel unter der Tür durchschieben? Schmutzige Socken oder so was. Wir setzen darauf, dass die Katze den Geruch erkennt.«

»Ihhh! Das ist das Ekligste, das ich je gehört habe.«

»Julia, bitte.«

»Gut.« Sie seufzt theatralisch aus dem Wandschrank. »Ich hab da, glaube ich, einen Wäschekorb gesehen.« Ich höre sie wühlen und dann ein gequältes Stöhnen. »Igitt, igitt. Ist das widerlich. Warum sind Füße so eklig?«

»Hast du eine Socke?«, frage ich.

»Ih, ja.« Julia stopft eine gräuliche Socke unter die Tür. Kevin zieht sie auf der anderen Seite raus und wirft sie mir schnell zu. Ich lasse die Socke von den Fingern baumeln und versuche nicht darüber nachzudenken, warum sie feucht ist. Julia hat diese Vorbehalte nicht.

»So eklig«, stöhnt sie. »Ich muss meinen ganzen Körper desinfizieren. Kannst du dir vorstellen, dass Leute tatsächlich Socken- oder Fußfetischisten sind? Ich glaube, ich bin Antifuß-Fetischistin. Wenn mir alle Lust vergehen soll, muss man mir nur eine eklige Socke rüberschieben.«

»Julia, ich würde ja zu gern bleiben und mit dir über abgedrehten Fetischismus plaudern …«

»Bitte ermuntere sie nicht«, sagt Kevin.

»… aber ich muss mich jetzt auf die Katze konzentrieren. Ich kümmere mich um die Tür, sobald wir den Kater eingefangen haben, okay?«

»Aber selbstverständlich«, sagt Julia in einem entnervten Ton. »Lasst Julia nur mit einem Wäschekorb voll stinkender Socken in einem Wandschrank sitzen. Mir geht es hier drinnen ja offensichtlich ganz ausgezeichnet.«

»Wunderbar, klingt gut.« Ich winke Kevin zum Abschied zu und gehe den Flur wieder hoch.

»DAS WAR SARKASTISCH GEMEINT!«, kreischt Julia mir hinterher. Es ist tröstlich zu wissen, dass ich nicht die Einzige bin, die hier den Verstand verliert.

In der Küche ist niemand, also schlüpfe ich in meine Schuhe und gehe nach draußen, dabei achte ich darauf, die Haustür hinter mir zu schließen. Obwohl es möglicherweise besser wäre, die Tür jetzt offen stehen zu lassen. Aber ist es eine gute Idee, Bulldog die Gelegenheit zu geben, reinzukommen und sich Leckerlis zu holen, um dann wieder in die freie Natur zu entschwinden? Ich begreife, dass meine Fähigkeiten, vernünftig zu denken, absolut nutzlos sind, wenn sie es mit Wohnungskatzen in der Welt da draußen zu tun bekommen. Mal sehen, was Morgan denkt.

Ich entdecke meine Freundin am Ende der Auffahrt. Sie starrt auf ihr leuchtendes Handydisplay.

»Wie läuft's denn mit den Leckerlis?«, frage ich, als ich auf sie zujogge. Die Morgenluft ist kühl, aber erfrischend. Mir kommt es vor, als wäre ich länger als fünf Stunden drinnen eingesperrt gewesen. »Und glaubst du, wir sollten die Haustür auflassen?«

Morgan schüttelt heftig den Kopf, schlaffe Locken fallen ihr vors Gesicht. Damit drückt sie nicht ihre Haltung zur Türfrage aus.

»Hey, was ist denn?«, frage ich.

»Madison ist an einer Tankstelle gestrandet. Jake hat sie da sitzen lassen. Wir müssen dahin, sofort.«

»Moment mal, was ist?«

»Jake. Hat. Madison. An. Einer. Tankstelle. Sitzen lassen.« Morgan faucht jedes Wort einzeln. Sie hat die Zähne zusammengebissen und ich weiß, dass sie im Kopf in sämtlichen Varianten durchspielt, wie sie Jake erwürgen wird. »Wir brauchen Kevins Autoschlüssel.« Morgan rennt die Auffahrt wieder hoch. Ich muss einen Sprint einlegen, um mit ihr mitzuhalten.

»Warte!« Ich lege ihr die Hand auf die Schulter.

»Was?« Morgan bleibt plötzlich stehen und wirbelt zu mir herum. Die Wut, die ihr Gesicht verzerrt, ist heftiger als alles, was ich bisher gesehen habe.

»Und was ist mit der Katze?« Sobald die Worte aus dem Mund sind, weiß ich, wie schrecklich sie sich anhören. Ich versuche zu erklären: »Also, klar musst du Madison helfen, aber ich sollte hierbleiben und die Katze suchen.«

»Im Ernst, Zoe?« Morgan schüttelt den Kopf. Ich weiche einen Schritt zurück, ihre Gleichgültigkeit verletzt mich. Natürlich ist ein Kater nicht so wichtig wie Madison, aber das bedeutet doch auch nicht, dass er total unwichtig ist.

»Egal«, sagt Morgan. »Kevin und ich fahren los und holen Madison. Bleib du hier, rette deinen kostbaren Kater und hol Julia aus dem Scheißschrank. Ich kann ihr Gejammer nicht länger ertragen.«

Morgan lässt die Tüten mit den Katzenleckerlis fallen und stürmt ins Haus. Ich starre auf die Fleischbatzen, Lachshappen und die Rinderzart-Sticks, die vor meinen Füßen verstreut liegen. Irgendwie habe ich das Gefühl, dass mir die schwerere Aufgabe zugefallen ist.

Urgesunder Alien Sex

Gruppenchat
05:04

Alex: Hey, seid ihr noch im Haus? Ist es okay, wenn ich rüberkomme, nachdem ich Leah nach Haus gebracht habe?
Julia: Kannst du einen Werkzeugkoffer mitbringen?
Alex: Warum?
Julia: WEIL ICH IN EINEM VERDAMMTEN WANDSCHRANK EINGESPERRT BIN.
Alex: Immer noch?
Julia: JA. NIEMAND INTERESSIERT SICH FÜR MICH.
Kevin: Es ist nicht so, als hätten wir es nicht versucht.
Heute 5:08: Julia gibt dem Chat den Titel: »JULIA IST ALLEN GANZ EGAL«
Morgan: Julia, wir versuchen das Katerproblem in den Griff zu kriegen. Kannst du dich bitte beruhigen?
Julia: DABEI KANN ICH HELFEN! HOLT MICH EINFACH AUS DEM SCHRANK!
Morgan. Du wärst überhaupt keine Hilfe. Du hasst Katzen.
Julia: DIE HILFLOSIGKEIT DER GEFANGENSCHAFT HASSE ICH NOCH VIEL MEHR.

Morgan: Kevin, kannst du deine Freundin bitte unterhalten?

Kevin: Dieser Chat ist unterhaltsamer als alles, was mir einfallen könnte.

Alex: Keiner hat meine Frage beantwortet.

Kevin: Welche Frage?

Alex: Seid ihr noch da? Ist es in Ordnung, wenn ich noch rüberkomme?

Kevin: Natürlich!

Julia: NUR WENN DU EINE KETTENSÄGE MITBRINGST.

Morgan: Julia, ich werde diese Tür gleich eintreten und dein Telefon in tausend Stücke schlagen.

Julia: DAS WÄRE EIN GERINGER PREIS FÜR MEINE FREIHEIT

Alex: Hahahahahaha

Kevin: lol

Madison: He, Leute, ich brauche Hilfe.

Morgan: Was ist los?

Madison: Ich bin an einer Tankstelle, allein, und ich muss abgeholt werden. Es ist die an der Ausfahrt 9, die überfallen worden ist.

Morgan: Bist du okay.

Julia: Da war ein Raubüberfall?

Madison: Ja, ich muss einfach nur zurück zum Haus.

Madison: Sorry, ich meinte: ja, ich bin okay. Es gab keinen Raubüberfall. Ich meinte, es ist die Tankstelle, von der wir vor Kurzem geredet haben.

Morgan: Was ist los? Wo ist Jake?

Madison: Ich weiß, das hört sich jetzt schlimm an, aber flipp nicht aus. Er ist zu seinem Freund gefahren, ich hab ihm allerdings gesagt, dass er gehen soll, weil ich erst mitwollte, dann ging es mir aber nicht gut und wir haben uns getrennt und ich wollte allein sein und ich wusste, einer von euch würde mich schon abholen kommen, okay?

Morgan: Dir geht es schlecht?

Madison: Ja.

Morgan: Wie schlimm ist der Schmerz auf der Skala von 0-10?

Madison: Keine Ahnung. 8

Morgan: Wir sind gleich bei dir. Beweg dich nicht. Wenn es schlimmer wird, ruf den Notarzt.

Madison: Danke

Morgan: Kev, kannst du mich fahren?

Kevin: Bin schon unterwegs.

Madison: Sorry, dass ich allen die Nacht versaue.

Kevin: Du hast gar nichts versaut.

Morgan: In fünf Minuten bin ich da.

Madison: Hab euch lieb.

Julia: Also

Julia: Ich will ja nicht so sein …

Julia: Aber ich wollte mal daran erinnern, dass ich noch immer im Schrank stecke.

Julia: Und wenn dieses Haus jetzt in Brand gerät, WÜRDE ICH DEN SICHEREN TOD FINDEN.

Julia

Ich schicke wieder eine Nachricht in den Gruppenchat, aber niemand antwortet.

Wahrscheinlich weinen alle, fallen sich in die Arme und genießen mitten in einem *Quik Mart* einen tränenreichen Moment. Oder war es ein *7-Eleven*? Das ist so was von unfair. Nicht nur, dass es für Kevin und mich heute Nacht keinen Sex geben wird (und das war mein Sex-Pakt!), jetzt entgeht mir auch noch der emotionale Moment, an den alle anderen sich noch Jahre erinnern werden.

»Julia? Julia!«

»OH MEIN GOTT! Wer bist du? Wie kannst du so schnell wieder da sein?«

Jemand brüllt quer durchs Haus, aber ich weiß nicht, wer. Mein Hirn schaltet von der instinktiven Furcht, mir könnte was entgehen, zu meiner vorherigen Angst vor Feuer und landet schließlich bei der sehr realen und total gruseligen Möglichkeit einer Entführung. Was, wenn irgendein Fremder ins Haus eingedrungen ist? Was, wenn sie es schon lange auf mich abgesehen hatten und das Schicksal präsentiert ihnen nun die perfekte Gelegenheit? Oder was, wenn diese ganze Nacht nichts weiter war als ein ausgeklügelter Plan, mich in einem geschlossenen Raum einzusperren?

Aber dann antwortet mir jemand – und es ist Zoe und kein Kidnapper.

»Morgan und Kevin sind ohne mich gefahren. Ich muss diesen Scheißkater finden. Kann sein, dass ich grob war, aber egal. Ist ja nicht so als ob … ach, egal.«

»Was redest du da?«

»Nichts.« Zoe macht eine Pause, aber ich weiß aus Erfahrung, dass es die Pause vor einer Erklärung ist, also unterbreche ich sie nicht. »Morgan und ich haben uns die ganze Nacht gestritten«, sagt sie schließlich.

»Ja, Kevin hat erwähnt, dass ihr Streit hattet.«

»Fantastisch.« Zoes Ton ist verbittert.

»Also, ich hab's ja keinem erzählt«, sage ich schnell. Zoe ist meine einzige Hoffnung, vor Sonnenaufgang wieder aus diesem Wandschrank rauszukommen. »Ich sitze hier schon Stunden fest. Und Kevin hat auch keine Einzelheiten genannt.«

»Nein, mir ist alles total egal. Wir haben uns um was ganz Blödes gestritten. Morgan war es wichtiger, dass man unseren Streit nicht hört, als den Kater zu finden.« Zoe schlägt mit der flachen Hand gegen die Wandschranktür. »Ist auch egal. Dann wollen wir dich mal rausholen.«

»Hattest du dir da was Bestimmtes gedacht?«, frage ich. »Denn ich habe schon alles probiert. Schloss aufbrechen, die Sache mit der Kreditkarte, so richtig fest ziehen.«

»Das ist nur ein ganz normales Türschloss, kein Riegel, oder?«, fragt Zoe.

»Glaub schon.«

»Cool. Dann reißen wir den Knauf ab. Bin gleich wieder da.«

Sofort erkenne ich Fehler in Zoes Plan. Erstens, man kann den Knauf nicht entfernen, ohne die Tür ernsthaft zu beschädigen. Zoe hatte zwar zu Anfang der Nacht so dahingesagt, dass wir das Haus zerstören können, aber genau wie ich ist sie eine, die Regeln befolgt. Und zweitens habe ich große Zweifel daran, dass Zoe körperlich stark genug ist, um irgendwas abzureißen. Ich könnte es nicht, und ich habe zwei Sommer in Folge an einem körperlich anstrengenden Sommerlager teilgenommen.

»Ich hab so ein Hammerdings!«, verkündet Zoe wenig später.

»Äh, ja, Zoe. Ich weiß nicht, ob das so ein guter Plan ist.«

»Bist du weit genug weg von der Tür?«

Ich rutsche in den hinteren Teil des Schranks. »Jetzt ja.«

»Gut. Eins …«

»Alles bestens, ich kann auch noch ein bisschen länger in diesem Wandschrank bleiben.«

»… zwei …«

»Wir beruhigen uns jetzt. Vielleicht kannst du mal nach einem Schlüssel suchen.«

»DREI!«

Ich kneife die Augen zu und schütze den Kopf mit den Armen, so wie man das bei einem Tornado machen soll.

Ein kehliger Schrei ertönt, gefolgt von einem lauten Krachen und dem Geräusch von splitterndem Holz. Zoe juchzt vor Aufregung und ich spähe durch die Wimpern. Dort, wo ein glänzender goldenen Türknauf gewesen ist, gähnt nun ein leeres Loch. Und dort, wo eine völlig makellose Tür gewesen ist … naja, die Tür ist immer noch intakt, wenn man über die Holzsplitter auf dem Boden hinwegsieht.

»Zoe?« Durch das Loch sehe ich die Strasssteine auf Zoes Kleid unter der Deckenlampe glitzern. »Alles in Ordnung?«

»Oh mein Gott.« Zoe hakt den Finger in das leere Loch und zieht die Tür auf. Ihre Augen strahlen und sie keucht. »Das war befreiend. So was hab ich noch nie gemacht.«

Während Zoe stolz ihren Hammer schwingt und die Zerstörung begutachtet, husche ich aus dem Wandschrank. Das Erste, das ich sehe, ist meine Wasserflasche auf dem Nachttisch. Bis zu diesem Augenblick war mir gar nicht klar, wie total ausgetrocknet ich bin.

»Oh mein Gott …« Zoe sammelt Bruchstücke von der Tür auf, sie guckt jetzt deutlich beunruhigt. »Ich kann nicht fassen, dass ich tatsächlich die Tür zertrümmert habe. Was hab ich nur gemacht?«

Das ist genau das Ergebnis, vor dem ich Zoe warnen wollte. Aber das muss man ihr jetzt nicht sagen. »Wird dein Onkel deswegen richtig sauer werden?«, frage ich zwischen zwei Schluck Wasser.

Zoe zögert. Dann schüttelt sie den Kopf. »Nein. Solange wir den Kater wiederfinden, macht er kein Drama draus. Die Tür ist ein Kollateralschaden. Wenn wir den Kater nicht finden …«

»Wirst du in ein fremdes Land auswandern?«, beende ich den Satz.

»Genau.«

Während Zoe sich eine passendere Katzenjägermontur überzieht (ich hab ihr die hässliche Jogginghose von ihrem Onkel vorgeschlagen, die sicher praktischer ist als ihr superteures Ballkleid), bringt sie mich auf den Stand von Morgans Recherche. Ich verbeiße mir das Lachen, so gut es geht, als sie die »Wie man eine Katze fängt«-Liste auf dem Whiteboard beschreibt. Die beiden wissen gar nicht, wie anbetungswürdig perfekt sie füreinander sind.

»Vor der Haustür haben wir schon überall Leckerlis verteilt, ich finde, wir nutzen jetzt die Taschenlampen von unseren Handys und suchen das Grundstück ab«, sagt Zoe. »Ich weiß, du stellst dich an, wenn's um Katzen geht …«

»Ich habe eine absolut rational begründete Angst vor Katzen«, korrigiere ich.

»Nein. Das ist absurd. Katzen sind die am wenigsten Furcht einflößenden Tiere auf Erden.« Ich mache den Mund auf, um diese krasse Fehleinschätzung richtigzustellen. Katzen repräsentieren das Böse schlechthin, aber Zoe hält die Hand hoch und bremst mich aus. »Du kannst der Späher sein. Wenn wir den Kater sehen, versuch nicht, dich ihm zu nähern. Ich hab das Gefühl, du schreist los und machst alles kaputt.«

»Ach ja, und nur keine Sorge, dass ich mich absichtlich einer Katze nähern könnte.«

Die Handys im Taschenlampenmodus schleichen Zoe und ich in den Garten. Laut Morgans Internetrecherchen müssen wir megaleise sein, also laufen wir auf Zehenspitzen herum, so als wären wir diejenigen, die sich vor dem Kater verstecken, und nicht umgekehrt. Jetzt begreife ich, warum Zoe für diese Expedition unbedingt Gesellschaft haben wollte. Trotz der Terrassenbeleuchtung ist es hier draußen ein bisschen unheimlich. Ein schmaler Rasenstreifen führt ums Haus herum, aber dahinter ist Wald. Echter Wald. Wir reden hier von solchen Riesenpinien und Kiefern, wie man sie an der Autobahn sieht, nicht von diesen kleinen Ahornbäumchen, die hier und da in den Vorstädten sprießen.

»Hierher, Miez! Hierher, Miezmiezmiez.« Zoe trällert der Katze was mit einer Babystimme vor, die auch gruselig wäre, wenn wir nicht allein mitten im Wald rumlaufen würden.

»Ich dachte, wir sollten leise sein«, flüstere ich. Zoe leuchtet mit ihrer Taschenlampe unter die Veranda und steckt den Kopf in all die kleinen Ecken. Ich konzentriere mich mehr auf die offenen Grasflächen. Schließlich will ich nicht, dass Höllenkatze sich unvermittelt auf mich stürzt und zu Tode krallt. Die Vorstellung, entführt zu werden, hat mir Angst gemacht, aber ein Katzenangriff ist der Stoff, aus dem meine Alpträume sind.

»Wir wollen ihn nur nicht erschrecken«, sagt Zoe. »Aber ich muss ihn irgendwie rufen.«

»Hat er ein Halsband getragen?«

»Ja. Es war marineblau, glaube ich. Ach, was sag ich. Es war definitiv marineblau. Aber ich weiß nicht, welche Informationen draufstanden.«

»Verstehe.« Mit zusammengekniffenen Augen spähe ich am Waldrand entlang und versuche irgendwelche Bewegungen auszumachen. Es bereitet mir Sorgen, dass der nächste Schritt dieser Such- und Rettungsaktion ein Vorstoß in den Wald sein könnte. Auf unserer Fahrt hierher habe ich noch Witze darüber gemacht, dass wir in den Plot von einem Horrorfilm treten würden, aber so witzig finde ich das jetzt gar nicht mehr.

»Weißt du, ich glaube, da war ein kleines Glöckchen an seinem Halsband.«

Ich gehe noch ein paar Schritte auf den Waldrand zu, dabei spitze ich die Ohren und achte auf ungewöhnliche Geräusche. Und da berührt mein Fuß etwas Raues. Mein ganzer Körper zuckt zurück, ich erstarre zu Stein. Bin ich etwa auf eine Schildkröte getreten? (Auf Tumblr habe ich einen Post über die schwindende Schildkrötenpopulation in diesem Teil des Landes gelesen, und dass ich zufällig eine der wenigen verbleibenden Schildkröten ermorde, kann unser Ökosystem wirklich nicht gebrauchen.) Aber dann trifft der Schein meiner Taschenlampe auf ein kleines Stück Metall – und ich fühle mich noch mieser.

Ich bücke mich und hebe ein Halsband auf. Marineblau mit einer kleinen Glocke und einem herzförmigen Anhänger, auf dem zu lesen ist: »Bulldog der Kater«.

Mein erster Gedanke ist, dass Bulldog ein unglaublich bescheuerter Name für eine Katze ist.

Mein zweiter, dass Zoe so was von geliefert ist.

Alex

Ich stelle die Heizung ab und die Klimaanlage an. Doch sobald kalte Luft ins Auto strömt, friere ich. Wir sind in dieser Zwischenzone, in der kühle Luft zu kalt und warme zu heiß ist, aber irgendwie ist Luftbewegung nötig, um gegen die Feuchtigkeit anzukommen. Ich stelle die Heizung wieder an.

Leah beobachtet mich, das spüre ich. Natürlich kann ich sie nicht ansehen und Bestätigung für mein Gefühl finden, denn das würde alles nur noch peinlicher machen. Ich wage einen Seitenblick, aber die periphere Wahrnehmung war bei mir noch nie besonders gut. Ich sehe die Umrisse von Leahs Körper auf dem Beifahrersitz, kann aber keine Details ausmachen, die mir helfen würden, die Lage einzuschätzen.

»Da oben links«, sagt Leah.

»Oh, du wohnst in Wessex Gardens?«

»Hm.«

»Nette Gegend.«

»Hm.«

Ich winde mich. Was für ein suboptimaler Wortwechsel. Wessex Gardens ist das reichste Viertel dieser Stadt, das weiß jeder. Was, wenn Leah denkt, ich würde damit was

Negatives unterstellen wollen? Ich finde die Menge Geld, die ihre Eltern besitzen, ein wenig beunruhigend, aber das soll Leah nicht wissen. Ich riskiere eine echte Drehung des Kopfes. Sie starrt durch die Windschutzscheibe nach draußen, die Lippen leicht gerunzelt. Oder ist das vielleicht ein Lächeln? Schwer zu sagen im Dunkeln.

Keine Ahnung, was aus dem entspannten Verhältnis geworden ist, das wir im Krankenhaus hatten. Die Witze und das Geplänkel hatten sich so natürlich angefühlt, als das Leben meiner Großmutter noch auf dem Spiel stand, aber jetzt fällt mir nichts ein, das ich sagen könnte. Halmonis Zustand und ihre Reaktion auf den Lotteriegewinn haben wir schon auf dem Weg zum Parkplatz im Detail erörtert. Aber in der Sekunde, in der wir die Sicherheitsgurte angelegt haben und losgefahren sind, ist ein unerträgliches Schweigen über meinen Subaru hereingebrochen.

»Du kannst hier reinfahren«, sagt Leah.

»Genau hier?«

»Ja. Der Eingang ist da vorne.«

»Das ist der Country Club.«

»Ich weiß. Früher hatte ich hier Schwimmunterricht.«

Ich folge Leahs Anweisungen und biege auf den dunklen Platz ein. Parkmöglichkeiten gibt es reichlich, also wähle ich einen Platz zwischen zwei Straßenlaternen. Nach einem weiteren schnellen Blick zu Leah stelle ich die Automatik auf P. Den Motor schalte ich aber nicht aus. So viel Stille könnte mich umbringen.

»Warum sind wir auf einem Parkplatz?«, frage ich.

»Tut mir leid«, sagt Leah im selben Moment.

»Warte. Was tut dir leid?«

»Das mit dem Parkplatz. Ist komisch, ich weiß. Es ist nur so … meine Mom wacht früh auf und ich wollte nicht, dass sie ein unbekanntes Auto draußen sieht. Ich dachte, es wäre schön, wenn wir ein paar Minuten reden könnten, ohne dass meine Mom neugierig wird.«

»Das ist verständlich.«

Aber das ist es nicht. Wir hätten in den letzten zwanzig Minuten reden können, und mehr als was über links abbiegen und Umgehungsstraßen haben wir nicht über die Lippen gebracht. In meiner Tasche vibriert das Handy nonstop, aber ich will nicht unhöflich sein und meine Nachrichten abrufen, wenn Leah und ich mitten beim … was immer das auch ist … Ich trommele mit den Fingern aufs Lenkrad. Leah wechselt die Stellung auf ihrem Sitz.

Plötzlich habe ich Julias Stimme im Kopf. *Da ist eindeutig eine sexuelle Spannung zwischen euch beiden, Alex. Du musst was machen.* Ihr Ton wäre locker, und doch wäre sie todernst. Kevin und Zoe würden lachen und ihr zustimmen. Morgan würde was Inspirierendes beisteuern wie, dass ich Leah sagen muss, was ich empfinde, ehe es zu spät ist, und Madison würde mir einen bedeutsamen Blick zuwerfen. Ich spüre, wie meine Ohren heiß werden, als mir aufgeht, in welcher Lage ich mich befinde.

Es ist die Nacht nach dem Abschlussball.

Ich sitze in meinem Auto.

Allein mit einem Mädchen.

»Also …« Leah lacht nervös. »Warum hast du mich vorhin nach meiner Uni gefragt?«

»Oh, richtig.« Mein dringendes Bedürfnis, zu erfahren, wo Leah nächstes Jahr leben wird, hatte ich ganz vergessen. Aber jetzt fühlt es sich wieder an, als würde mir eine wesentliche Information fehlen. Ich kann keinen Schritt machen, wenn der Schritt nirgendwo hinführt. Doch ich versuche, nicht zu zeigen, wie viel für mich von ihrer Antwort abhängt.

»Ja. Äh, ich hab mich gefragt, wo du wohl zum Studieren hingehst nächstes Jahr. Wenn du überhaupt irgendwo hingehst. Selbstverständlich ist nicht zur Uni gehen auch eine zulässige Lebensentscheidung. Aber ich meine …« Mein Gestotter mündet in Schweigen. So viel zum Coolbleiben.

»Ich gehe nach Middlebury«, sagt Leah. »In Vermont.«

»Oh.« Ich richte den Blick weiterhin auf den Baum vor meinem Fenster. Wenn ich Leah ansehen würde, könnte es sein, dass ich anfange zu weinen – und das wäre grauenvoll. Wir kennen uns erst zwölf Stunden. Ich sollte nicht derart am Boden zerstört sein, weil ich ein Mädchen verlieren werde, dem ich vor zwölf Stunden zum ersten Mal begegnet bin.

»Nun, das ergibt Sinn.«

»Was ergibt Sinn?«

»Dass du nach Middlebury gehst.« Hinten in meiner Kehle bildet sich ein Kloß. Ich huste ein paarmal, um ihn loszuwerden. »Damit will ich sagen … es gibt jede Menge Parks in Vermont. Reichlich Gänse, die man aus ihrem natürlichen Habitat vertreiben kann.«

»Oh. Mein. Gott.« Leah gibt mir einen Klaps auf den Arm. »Gerade wurde es romantisch – und da musst du von Gänsen anfangen. Weißt du, als Typ, der behauptet, all diese tollen Werte zu haben, scheint dir unabhängiges Denken herzlich wenig zu bedeuten. Dir ist doch aber klar, dass Leute an was ganz anderes glauben können als ihre Eltern …«

Ich falle Leah ins Wort. »Es wurde gerade romantisch?«

Sie nickt. Dann lächelt sie.

Dieses Mal wird mein ganzer Körper heiß, nicht bloß die Ohren. Leah wird also nicht meine Lebenspartnerin sein. Damit ist aber nicht ausgeschlossen, dass wir uns treffen können, ehe sie nach Vermont abreist. Eine Sommerliebe, so was erleben Menschen immerzu. Vor allem in dem Sommer, nach dem sie woanders studieren gehen. Das ist der Ausgangspunkt für sämtliche Highschool-Romanzen, die je gedreht worden sind.

»Guck nicht so glücklich«, sagt Leah.

»Was?« Plötzlich kommt mir die Befürchtung, diese ganze Situation völlig missverstanden zu haben. »Warum soll ich denn nicht glücklich gucken?«

»Weil ich gleich nach unserem Schulabschluss weggehen werde.«

»Warum? Welche Uni fängt denn im Juni schon an?« Jetzt macht mich der Gedanke wütend, dass Middlebury mir Leah allzu bald wegnehmen wird. Heute Nacht durchlebe ich wirklich das volle Spektrum menschlicher Emotionen.

»Nicht wegen der Uni«, sagt Leah. »Meine Familie hat ein Haus in Martha's Vineyard. Da fahren wir jeden Sommer hin.« Sie seufzt und legt den Kopf auf meine Schulter. Ich bin in Versuchung, eine ätzende Bemerkung darüber zu machen, wie verstörend es sein muss, ein Ferienhaus zu haben, aber ich merke, dass sie wirklich traurig ist.

»Sonst …« Leah macht eine Pause. »Sonst hätte ich dich schon längst gefragt, ob du mit mir ausgehst.«

Irgendwie verschlucke ich mich an meiner eigenen Spucke. Leah nimmt den Kopf von meiner Schulter, als mich ein Hustenanfall schüttelt. »Alex! Geht es dir nicht gut?« Leah klatscht mir ein paarmal die Hand auf den Rücken. »Was ist los mit dir? Hast du was dagegen, dass ein Mädchen einen Jungen fragt, ob er ausgehen will?« Sie grinst.

Ich weiß genau, worauf sie hinauswill, aber ich keuche zu sehr, um zu widersprechen.

»Ich muss schon sagen, das ist nicht besonders progressiv von dir. Von jemandem, dem so viel an der Umwelt liegt, hätte ich eine feministischere Einstellung erwartet.«

»Ich habe kein Problem damit, wenn ein Mädchen mit mir ausgehen will«, sage ich, nachdem der Husten sich gelegt hat. »Nur, weil es noch nie passiert ist, muss es ja nicht heißen, dass ich was dagegen habe.« Leah lacht. »Aber ich habe was dagegen, dass du Oregon schon gleich, nachdem ich dich kennengelernt habe, verlässt. Ob du's glaubst oder nicht, ich war gerade im Begriff, dich selbst zu fragen, ob du mit mir ausgehst.«

»Kann nicht angehen. Du bist zu unentschlossen.«

»Doch! Hast du nicht gesehen, wie rot ich geworden bin?«

»Okay, stimmt. Du bist total ausgeflippt da drüben. Ich dachte, du hättest einen Herzinfarkt oder so.« Leah zieht den Kopf ein. »Sorry, unpassend, nicht witzig, ganz schlecht.«

»Nein, ist in Ordnung.« Ich schließe die Augen. »Aber Halmoni wird traurig sein. Ich bin mir ziemlich sicher, dass sie glaubt, du seist meine einzige Chance, jemals eine richtige Freundin zu kriegen.« Jetzt, da ich weiß, dass ich nicht wirklich mit Leah zusammen sein kann, macht mir das Wort nicht mehr so viel aus. Mir ist eigentlich alles egal.

»Du hast deine After-Ball-Party sausen lassen, weil du mich mochtest.« Das sage ich, als sei es eine Tatsache, und wahrscheinlich ist das auch so, aber vor sechs Stunden hätte ich niemals gewagt, so was laut auszusprechen.

»Na klar.« Leah lächelt. »Warum hätte ich wohl die ganze Nacht mit irgendeinem zufälligen Bekannten im Krankenhaus verbringen sollen? So nett ist keiner.«

Leah und ich lassen uns auf ein angenehmes Schweigen ein.

Zwischen uns sind so viele ungesprochene Worte. So viele verpasste Gelegenheiten und schmerzliche Was-Wenns. Nach ein paar Minuten bittersüßer Stille kriecht Leahs Hand auf meine zu. Ich erwidere diese Geste, indem ich meine Finger mit ihren verflechte.

»Ich habe meinen Hamster umgebracht«, verkündet Leah.

»Hm, okay?« Ich bin mir nicht sicher, warum Leah den Tod von Nagetieren für ein gutes Gesprächsthema hält. Glaubt sie, ich werde weniger traurig über ihr Weggehen sein, wenn ich weiß, dass sie eine kaltblütige Mörderin ist?

»In den Frühlingsferien bin ich mit ein paar Freunden zum Skifahren verreist. Und ich hatte vergessen, jemanden zu bitten, meinen Hamster zu füttern. Als ich fünf Tage später nach Hause kam, war er tot.«

»Oh. Danke, dass du mir das anvertraust?« Die Nagetiergeschichte macht Leah nur noch anziehender – wenn das überhaupt möglich ist. Sie kam mir schon ein bisschen zu perfekt vor (mal abgesehen von diesem Tochter-eines-*nappeun-nom*-Ding). Ich weiß zu schätzen, dass sie makelbehaftet genug ist, um aus Versehen ein geliebtes Haustier zu töten.

»Worauf ich hinauswill, ist, ich bin nicht für so ein Ferndings geeignet«, sagt Leah.

»Ah.« Ehrlich, ich hatte nicht mal an eine Fernbeziehung gedacht. Eine derartige Bindung ist eher was für fest etablierte Paare wie Kevin und Julia – und die Unis der beiden liegen eine Viertelstunde voneinander entfernt. Eine Fernbeziehung mit einem Mädchen anzufangen, das ich erst vor zwölf Stunden kennengelernt habe, wäre aberwitzig. »Ja, das bist du bestimmt nicht. Ich will nicht so enden wie dein toter Hamster.«

»Der arme Rigatoni.«

»Der Hamster hieß Rigatoni?«

»Hm.«

Eine Welle der Trauer geht durch meinen Körper. Ich habe nicht die Kraft, ihr zu sagen, dass das Meerschweinchen meiner Kindheit Makkaroni hieß. Das wäre zu tragisch. »Das ist ein komischer Name«, sage ich schließlich.

Die Sonne lugt über den Horizont. Zum ersten Mal in meinem Leben habe ich offiziell durchgemacht. Ich kann nicht anders, ich muss mich einfach fragen, ob wohl jedes Wochenende mit Leah so wäre – in einer anderen Welt. Einer, in der sie nicht erst nach Martha's Vineyard und dann nach Vermont fahren würde.

Würden wir wach bleiben bis zum Sonnenaufgang, uns Geschichten über unsere Kindheit erzählen, über die Zukunft reden und über den Wert von Kunsterziehung streiten? Oder würden wir vielleicht bei Sonnenaufgang wach werden und zusammen romantische Fahrradausflüge unternehmen? Ich bin sowohl schlecht im Frühaufstehen als auch im Radfahren, aber für Leah würde ich es lernen.

»Das hier ist scheiße«, sagt sie.

»So scheiße.« Ich drücke Leahs Hand. Sie reagiert darauf, indem sie mir mit dem Daumen das Handgelenk streichelt.

»Da ist eine Sache ...« Sie beißt sich auf die Lippe und schüttelt dann den Kopf.

»Was?«

»Ich weiß von ...« Leah kichert ein bisschen. Das ist möglicherweise das niedlichste Geräusch, das ich je gehört habe. »Ich weiß, dass du mich vorhin angelogen hast.«

»Was? Wie das denn?« Diese Anschuldigung empört mich. Wenn überhaupt, dann bin ich heute Abend viel zu ehrlich zu Leah gewesen.

»Dieser Sex-Pakt. Du hast gesagt, das sei ein Witz.« Vermutlich gucke ich schuldbewusst, denn Leah schnippt mit den Fingern. »Aha! Ich hab doch gewusst, dass du gelogen hast.«

»Woher hast du das gewusst?«

»Du vergisst, dass Julia und ich Laborpartnerinnen sind. Das ist die engste Verbindung, die zwei Menschen nur haben können.«

»Mein Laborpartner und ich haben noch nie was zueinander gesagt, das nicht mit Messbechern und chemischen Verbindungen zu tun hat.«

»Alex, wir haben bereits festgestellt, dass du mehr unter

Leute musst.« Leah pikst mir in die Rippen. »Wie auch immer, in dem Moment, in dem Julia anfing, von diesem Sex-Pakt zu reden, hab ich gewusst, dass sie es ernst meint.« Leah zieht einen Klebezettel aus ihrer Handtasche. »Und als wir uns dann zum Fotografieren getroffen haben, hat sie mir auch noch das hier gegeben.« Erst als sie mir den Zettel reicht, wird mir bewusst, dass ein Kondom mit einem Klebestreifen auf der Rückseite befestigt ist.

»Ich bringe sie um«, murmele ich.

»Lies den Zettel«, sagt Leah.

»›Liebe Lele.‹ O Gott. Die Leute nennen dich Lele?« Ich schaue von dem Post-it auf.

»Absolut nicht«, sagt Leah. »Ich weigere mich, einen derart schrecklichen Spitznamen zu akzeptieren.«

Ich lese weiter. »›Ich weiß, ich musste dich anflehen, mit uns zu kommen …‹ Wow, das ist hart.«

»Sie musste mich nicht anflehen.«

»›Aber falls du und Alex beschließen solltet, euch unserem heiligen Pakt anzuschließen …‹ Okay, damit tritt sie sämtlichen Religionsgemeinschaften auf die Füße. ›… finde ich, ihr solltet vorbereitet sein. Alles Liebe, Julia.‹«

Ich ziehe das Kondom vom Zettel ab und reiche es Leah, die das Armaturenbrett anstiert.

»Du hast das nicht weggeworfen«, sage ich und unterstreiche damit das peinlich Offensichtliche.

»Ich war fasziniert.«

»Vom Sex-Pakt oder von mir?«

»Beidem.«

»Ich hab noch nicht mal jemanden geküsst. Ich weiß gar nicht, wie man Sex hat.« Das ist das Peinlichste, das jemand vor einer eventuellen sexuellen Begegnung nur sagen kann, aber ich halte es für das Beste, von vornherein unmissverständlich auf meinen Mangel an Erfahrungen aufmerksam zu machen.

»Glaubst du etwa, ich weiß das?«

»Ich hab keine Ahnung, mit wie vielen Leuten du schon zusammen warst«, sage ich. »Ich würde jemanden nie wegen seiner sexuellen Erfahrungen verurteilen oder diskriminieren. Siehst du, ich bin Feminist.«

»Alex …« Leah stöhnt.

»Sorry. Macht es die Stimmung kaputt, wenn ich mit dir streite?«

»Nein, im Gegenteil.« Leah packt mich am Hemdkragen und presst ihre Lippen auf meine. Unsere Körper werden zu einem seltsamen Haufen auf dem Vordersitz. »Also, ist ja wohl klar, ich hab immer recht«, sagt sie, als wir nach Luft schnappen müssen. »Aber, mein Gott, ist deine Sturheit attraktiv.«

»Oh, wirklich?« Ich lächele Leah süß an. »Sollten wir dann vielleicht darüber diskutieren, wie abgehängt die Älteren in der amerikanischen Kultur sind? Oder wie diese Gänse bloß immer wütender werden, wenn dein Dad weiterhin ihr Zuhause zubaut?«

»Ach, halt jetzt die Klappe und zieh dein Hemd aus«,

sagt Leah, die sich die Träger ihres Kleides von den Schultern schiebt. »Also … nur wenn du das hier wirklich tun willst.«

Ich hab das Hemd schon aus, ehe Leah am Ende des Satzes angekommen ist.

Madison

Schon als die Tür auffliegt, erkenne ich am Geräusch, dass Morgan den Laden betreten hat.

»Mad!? Wo bist du? Madison!«

Ich beiße von meinem Pop-Tart ab. Sicher wird Morgan mich ohne irgendwelche Hilfe finden. Ich bin die einzige Kundin im Laden. Alle viere von mir gestreckt liege ich mitten im Gang. Und um meine Beine verstreut liegen silberne Pop-Tart Verpackungen.

»Oh, Gott sei Dank.« Am Ende des Ganges taucht Morgan auf, ein nervöser Kevin hält sich im Hintergrund. Sie läuft auf mich zu, kickt den Müll aus dem Weg und kniet sich neben mich.

»Wie fühlst du dich? Auf welcher Stufe ist der Schmerz jetzt?«

»Ein bisschen besser. Wahrscheinlich auf sechs oder sieben.«

Morgan beäugt mich argwöhnisch. »Ehrlich?«

»Ich schwöre, es ist besser.« Das sage ich nicht Morgan zuliebe. Seit sich die Wege von Jake und mir offiziell getrennt haben, fühlt sich mein Körper ein wenig leichter an, meine Gelenke sind nicht mehr so schmerzhaft wie davor. Das hier ist immer noch ein schlimmer Lupus-Schub, aber ich glaube, die Erleichterung darüber, die Sache mit Jake beendet zu haben, hat meinen Stress etwas gelindert.

»Hat Jake dich hier allen Ernstes auf dem Fußboden sitzen lassen? So ein Arschloch.« Morgan schnappt sich ein Pop-Tart aus der Schachtel, an der ich gerade arbeite. Ich bin froh darüber, dass sie meine Entscheidung, Waren zu essen, ehe ich sie bezahlt habe, nicht infrage stellt. Und dass sie keine nörgelnden Kommentare über das Übel Junkfood von sich gibt.

»Ich habe mit ihm Schluss gemacht«, sage ich. »Und dann habe ich ihn angefleht zu gehen. Er hat alles richtig gemacht, ehrlich. Ich habe ihm keine Wahl gelassen.«

»Hm, natürlich hatte er eine Wahl. Er hätte deine blöde Bitte ignorieren und darauf bestehen können, bei dir zu bleiben. Das hätte ich getan.«

»Du bist meine Schwester.«

»Die Gene haben nichts damit zu tun! Kein anständiger Typ würde dich in einer Tankstelle sitzen lassen. Stimmt's, Kevin?«

»Öh ...« Kevin schaut von der Schachtel *Mirácoli* auf, die er studiert hatte. »Keine Ahnung, was ich dazu jetzt sagen soll.«

»Du sollst Madison sagen, dass du sie niemals sitzen lassen würdest, wenn es ihr schlecht geht«, sagt Morgan.

»Nein, du sollst Madison sagen, dass du meine Wünsche als autonomer Mensch respektieren würdest.«

Kevin guckt zwischen mir und Morgan hin und her.

»Na, ist wohl ausgeschlossen, dass ich hier gewinnen kann.« Er legt die *Mirácoli* wieder ins Regal zurück. »Wisst ihr was, ich hab Bock auf *Gatorade.* Ich geh jetzt mal … ja. Ich hol mir mal was.« Kevin sieht zu, dass er aus dem Gang mit den lange haltbaren Snacks rauskommt, er hält auf die Kühlschränke mit den Glastüren an der Seitenwand des Ladens zu.

»Kev wäre geblieben«, sagt Morgan.

»Du bist voreingenommen. Du hasst automatisch alles an Jake.«

»Kann sein. Aber das heißt nicht, dass ich mich irre.«

Ich strecke meine Finger und bewerte die Steifheit meiner Gelenke. Obwohl die Qualen nachgelassen haben, spüre ich immer noch überall dumpfen Schmerz. Ich kann mir überhaupt nicht vorstellen, mich von dieser Stelle hier auf dem matschverschmierten Fliesenboden wegzubewegen. Morgan registriert meine Bewegungen. Normalerweise würde sie darauf bestehen, unsere Mom zu informieren oder mir ein Bad einlaufen zu lassen, aber heute Nacht legt sie mir nur eine beruhigende Hand auf den Schenkel.

In der relativen Stille des Minimarkts sitzen wir zusammen. Die einzige Angestellte hustet immer mal wieder an der Kasse und ich kann Kevin hören, der vor dem Getränkekühlschrank hin und her läuft, aber es ist erstaunlich friedlich unter den leise summenden Neonröhren. Ich warte darauf, dass Morgan etwas sagt. Immer, wenn wir in

Streit geraten, entschuldigt sie sich als Erste. Ich bin definitiv der sturere Zwilling.

Morgan enttäuscht nicht. Nach einigen weiteren Sekunden der Stille holt sie tief Luft. »Es tut mir wirklich leid, Mad. Ich hab das Gefühl, du bist nur in diese Lage geraten, weil ich den ganzen Abend so besorgt und überfürsorglich gewesen bin. Als ob du dir zu viel abverlangt hättest, weil du mir beweisen wolltest, dass ich falsch liege oder so. Ich weiß, ich muss mich beruhigen und dich dein Leben leben lassen, aber ich werde so paranoid. Ich hab das Gefühl, ich brauche einen Therapeuten oder so.«

»Du solltest dir auf jeden Fall einen Therapeuten suchen«, sage ich.

»Was wir brauchen, ist Paartherapie«, sagt Morgan. »Und wir sollten Mom mitnehmen. Sie ist die Schlimmste von uns.«

»Unsere arme Mutter. Wie oft hast du sie heute Nacht angerufen?«

»Zwei Mal«, sagt Morgan.

»Hey, ich auch!« Ich breche ein Stück von meinem Blaubeerkuchen ab und reiche es Morgan. Sie kaut nachdenklich.

»Also, verzeihst du mir?«

»Ja und nein.«

»WAS!?« Morgan fliegen die Krümel aus dem Mund. »Ich fand, das war eine gute Entschuldigung! Warte mal. Ich versuche es noch mal.«

»Nein, so hab ich das nicht gemeint. Ist doch klar, dass ich dir vergebe, ich vergebe dir doch immer, aber …«

»Aber was?« Ich merke, dass der Gedanke, dieser Konflikt könne nicht umgehend gelöst werden, Morgan in Panik versetzt. Sie ist der »Geh nie wütend zu Bett«-Typ. Obwohl sie wohl eigentlich eher der »Verlasse niemals einen Schauplatz, bevor nicht jede/r jedem/r vergeben hat«-Typ ist.

»Aber … und ich will nicht, dass sich das schlimm anhört …«, sorgfältig wähle ich meine Worte. »Aber irgendwie drehst du es wieder so hin, als würde es um dich gehen. Du brauchst dich nicht zu entschuldigen, weil ich beschlossen habe, auf ein Dach zu klettern und danach um vier Uhr morgens zu einer Party zu gehen. Das war ganz allein mein Ding.«

»Ja, du warst ziemlich blöd.«

»Hey, ein bisschen ist das auch deine Schuld.«

»Ich weiß nicht«, sagt Morgan. »Vielleicht sollten wir damit anfangen, dir für alles die Schuld zu geben. Würde das die Jahre meiner Selbstbezogenheit aufwiegen?«

»Nein. Naja, vielleicht. Wer weiß.«

Ich bin erleichtert, dass zwischen uns alles halbwegs normal ist. Zweifellos wird Morgan schon bald wieder versuchen, mein Leben zu mikromanagen, doch mir kommt es so vor, als würde sie langsam anfangen, meine Seite der Sache ein bisschen besser zu verstehen. Aber Morgan scheint irgendwie nicht ganz sie selbst zu sein. Entschuldigungen sind ihr das Liebste auf der Welt. Normalerweise fängt sie damit an, einen Tag im Spa zu planen oder eBay nach Halsketten für Zwillinge zu durchsuchen, sobald unsere Probleme gelöst sind. Zu Hause habe ich drei Armbänder, vier Anhänger und ein Hundehalsband in meinem Schmuckkästchen. Alles speziell für Zwillinge entworfen. Aber jetzt ist ihre Miene finster.

»Bist du okay? Du wirkst so traurig.«

Morgan zuckt mit den Schultern. »Wegen Zoe. Wir haben die ganze Nacht gestritten.«

»Wegen mir?«

Morgan funkelt mich an. »Und wer glaubt jetzt, dass immer alles mit ihr zu tun hat?«

»Stimmt, sorry.«

»Es war einfach seltsam«, sagt sie.

Ich will sie drängen, das genauer auszuführen, aber ich spüre, dass jemand hinter uns steht. Ich drehe den Kopf und sehe Kevin am Ende unseres Ganges in kleinen Kreisen laufen.

»Kevin, was machst du da? Spionierst du uns aus?«

»Was? Nein!« Kevin kommt zu uns. »Mir ist unangenehm, dass die Kassiererin mich so komisch anguckt.«

»Weil du dich bei den Kühlregalen rumdrückst«, sage ich. Als ob Kevins Rumdrücken seltsamer wäre, als mein Verdrücken unbezahlter Waren auf dem Fußboden.

Kevin macht sich nicht die Mühe, darauf eine witzige Antwort zu geben. Er brabbelt weiter: »Ich dachte, ich sollte mal vorne an der Kasse vorbeigehen, damit ich nicht verdächtig wirke, wisst ihr? Aber da hat mich die Frau gefragt, was wir hier machen, und ich wusste nicht, was ich sagen sollte. Also hab ich geantwortet: ›Meine Freundinnen testen die Pop-Tarts‹, und sie hat gesagt: ›Das ist nicht erlaubt.‹ Dann hab ich gesagt, selbstverständlich würde ich die Pop-Tarts bezahlen. Aber ich wusste nicht, wie viele ihr schon gegessen hattet, deshalb habe ich so etwa fünfundzwanzig Schachteln gekauft. Wenn wir also für die alle zusammenlegen könnten ... ich bin gerade ein bisschen knapp bei Kasse.«

»Fünfundzwanzig Schachteln! Wie könnte ich jemals ...«

»Und dann hat sie gesagt, sie mag es nicht, wenn sich irgendwelche hergelaufenen Leute im Laden aufhalten, weil es letzten Monat hier einen Überfall gegeben hat. Ein Kerl mit einem Gewehr. Sie war dabei und alles.« Endlich hört Kevin auf zu reden. Er guckt zwischen Morgan und mir hin und her, als die Bedeutung seiner Worte zu uns durchdringt.

»Oh mein Gott. Julia hatte recht.« Morgan klingt verständlicherweise erstaunt. Julias Angewohnheit, aus wirklich allem eine Katastrophe zu machen, fußt normalerweise nicht auf der Realität.

»Wir sollten sehen, dass wir hier rauskommen. Das ist kein sicherer Ort. Und wir wollen der Frau nicht noch mehr Angst einjagen.« Morgan guckt mich an. »Kannst du laufen?«

»Ja, wenn du mich ein bisschen anhebst«, sage ich. »Auf gar keinen Fall bleibe ich hier noch länger.«

Morgan hilft mir, vom Boden aufzustehen, während Kevin so viele Schachteln Pop-Tarts zusammenrafft, wie er nur in den Armen halten kann. Meinen Gelenken geht es besser, trotzdem fällt mir das Gehen leichter, wenn ich mich auf jemanden stützen kann. Mit einem Arm hält Morgan meine Taille und ich benutze ihre Schulter als Krücke. Meine Schwester hat vielleicht nicht die Kraft, die tägliches intensives Baseballtraining mit sich bringt, aber sie stützt mich schon so lange, dass sie es gewohnt ist.

»Und was ist los mit dir und Zoe?«, frage ich, als wir drei den Laden verlassen. Morgan schaut schnell rüber zu Kevin, aber der hat so viel mit seinem Armvoll blauer Schachteln zu tun, dass ihm völlig egal ist, was wir sagen.

»Kann ich dir nicht erzählen.« Morgan lässt meinen Arm kurz los, um die Tür aufzustoßen. Die Sonne geht gerade auf und ich muss blinzeln, damit ich Kevins Auto am anderen Ende vom Parkplatz sehen kann.

»Du musst es mir erzählen«, sage ich. »Sonst wäre das ungerecht, weil du alles weißt, was mit mir nicht stimmt.«

»Ich kann nicht.« Ich verdrehe die Augen. Morgan hält nur noch drei Sekunden durch. »Okay, gut.« Sie senkt die Stimme. »Aber du darfst es niemandem weitersagen, bis Zoe es erlaubt.«

»Ooh, okay.« Ich lehne mich weiter zu ihr rüber. Ich hab was übrig für Geheimnisse, aber geht das nicht allen so?

»Zoe ist runter von der Yale-Warteliste.« Morgan flüstert das so, als wäre das eine große Verschwörung, mit der niemand hätte rechnen können. Aber mich überrascht das nicht besonders. Ich war geschockt, dass Zoe überhaupt auf der Warteliste gelandet war. Da sie in unserem Jahrgang die Schlauste ist und Yale-Absolventen in der Familie hat, war ich davon ausgegangen, dass sie ziemlich weit oben auf der Liste stand.

»Interessant,« sage ich vorsichtig.

»Interessant!?« Morgan hat vor Aufregung ganz große Augen und sie packt meinen Arm viel zu fest. Es ist nicht schwer, die Leerstellen zu füllen. Meine Zwillingsschwester ist wirklich ein guter Mensch. Sie wird nicht eifersüchtig oder neidisch, wenn ihren Freunden coole Sachen passieren. Echt, das absolute Gegenteil ist der Fall. Es ist leicht, sich vorzustellen, dass ihre Aufregung über das erträgliche Maß hinausgeschossen ist und sie wenig Rücksicht auf Zoes Gefühle genommen hat. Die, wie ich vermute, eine Mischung aus Angst und Zwiespältigkeit waren.

»Wie in aller Welt konntest du all das erraten?«, fragt Morgan, nachdem ich ihr diese Hypothese unterbreitet habe. Wir beide haben das Auto als Erste erreicht. Irgendwie ist eine chronische Autoimmunerkrankung nicht so eine große Behinderung wie Kevins Berg Pop-Tarts.

»Keine Ahnung.« Ich zucke mit den Schultern. »Ist dir

nicht aufgefallen, dass Zoe sich viel mehr auf die Uni gefreut hat, nachdem sie in Yale nicht angenommen worden war?«

»Ich … hab ich wirklich nicht …« Morgan lässt sich auf die Kühlerhaube des Minivans sacken. »Ich hatte angenommen, dass Yale noch immer ihr Traum war. Ich konnte doch nicht wissen, dass ich sie bitten sollte zu bleiben. Wie hätte ich das ahnen können? So was sieht Zoe überhaupt nicht ähnlich.«

»Hey, Leute? Wir müssen noch mal in den Laden.« Kevin hat uns endlich eingeholt und lässt ein paar von seinen Schachteln auf die Kühlerhaube fallen.

»Warum?«

»Beim Gehen hab ich nachgezählt und ich glaube, ich hab nur dreiundzwanzig Schachteln«, sagt Kevin. »Ich will nur sicher sein, dass ich auch kriege, wofür ich bezahlt habe. Oder vielleicht kann ich mir ja auch das Geld dafür erstatten lassen.«

»Das geht nicht.« Morgan angelt Kevins Autoschlüssel aus seiner Tasche, schließt das Auto auf und wirft Pop-Tarts auf den Rücksitz. »Madison ist krank und ich hab was zu erledigen.«

»So was wie, deiner Freundin zu sagen, dass du möchtest, dass sie in Oregon bleibt?«, flüstere ich, als Morgan mir beim Einsteigen hilft.

»So was wie, nicht in einen bewaffneten Raubüberfall zu geraten!«, sagt Morgan so laut, dass Kevin es hören kann.

Dann wendet sie sich wieder mir zu und lächelt. »Aber auch, was du da gesagt hast.«

Kevin grummelt, rutscht aber auf den Fahrersitz und startet den Motor. Ich mache die Augen zu, als Morgan mir den Gurt anlegt und ihn einrasten lässt. Ich bin absolut in der Lage, mir selber einen Gurt anzulegen, aber ausnahmsweise beschwere ich mich nicht. Manchmal ist es schön, Hilfe zu haben.

Julia

Keine Ahnung, wie es dazu kommen konnte, aber ich bin die Einzige, die nach der Höllenkatze fahndet. Ich, Julia Bethany Harmond, eingeschworene Katzenhasserin. Die Einzige, die es nicht kratzen würde, wenn die Katze tot aufgefunden werden würde.

Zoe ist noch mit mir draußen, aber sie trödelt hinterher, streichelt das Katzenhalsband und suhlt sich in Kaskaden von Selbstmitleid.

»Mein Leben ist vorbei. Der Kater ist tot. Mein Leben ist vorbei.« Beim letzten Wort bricht ihre Stimme. Ich ignoriere ihr Drama und setze die Durchsuchung der Gebüsche fort, die die Einfahrt säumen.

»Hast du mal drüber nachgedacht, mir bei der Suche nach dem verdammten Ding zu helfen?«, frage ich.

»Ich helfe doch«, sagt Zoe. »Ich halte die Taschenlampe.«

»Zoe, die Sonne geht auf. Wir brauchen die Taschenlampe nicht mehr.«

»Ach.« Zoe starrt den Horizont an, als wäre ihr gerade erst aufgefallen, dass wir nicht mehr von Dunkelheit umgeben sind. »Das ist cool.«

»Genau. Wie wär's also, wenn du das Handy weglegst und dich auf die Suche machst?«

Zoe starrt mich an. Dann nickt sie und lässt ihr Handy fallen. Mit einem gedämpften Knirschen landet es auf dem Kies der Auffahrt. Dramatischer geht's wirklich nicht. Braucht man gar nicht erst zu versuchen.

Ich hab mich ganz auf die Büsche konzentriert, weil ich da eine Bewegung gesehen habe. Definitiv. Könnte ein Kaninchen gewesen sein oder so was, aber das ist wenigstens eine Spur. »Zoe?« Ich drehe mich um und sehe meine Freundin bei ihrem Handy zwischen den Steinen liegen.

»Willst du mich verarschen? Willst du diese Katze überhaupt finden?« Ich stürme zu Zoe rüber und versuche, sie hochzuziehen, aber die Schwerkraft ist auf ihrer Seite. Sie hält eine Hand hoch, um die Sonne abzuschirmen, und lässt das Halsband an einem Finger baumeln. Das Bimmeln des Glöckchens ist wirklich mitleiderregend.

»Ich weiß deine Bemühungen zu schätzen«, sagt Zoe. »Aber wir haben sein Halsband gefunden. Eine Krähe oder ein Bär muss ihn gefressen haben – und das ist übriggeblieben. Ich akzeptiere, dass Bulldog tot ist und mein Leben offiziell vorüber.«

»Was in aller Welt redest du da?« Wieder zerre ich an Zoes Arm und dieses Mal setzt sie sich auf. »Katzen tragen Halsbänder, die ganz leicht abgehen, damit sie nirgendwo hängen bleiben.« Es ist ein Schock, aber in diesem Gespräch bin ich diejenige, die über detaillierte Kenntnisse in Sachen Katzensicherheit verfügt. »Ist nicht so toll, dass das

Halsband abgegangen ist, aber das heißt nicht, dass Höllenkatze tot ist.« Leider, denke ich still für mich.

»Echt?« Zoe sieht aus, als würde sie gleich weinen. »Ich hatte keine Ahnung.« Ich versuche ihr beruhigend den Unterarm zu reiben, aber ich bin nicht so richtig gut darin, aufgewühlte Menschen zu trösten. »Danke, dass du Bulldog nicht aufgibst. Ich weiß, du magst ihn nicht.«

»Ich verabscheue ihn total«, sage ich und Zoe lächelt.

»Vermutlich sollten wir uns wieder auf die Suche machen.« Sie steht auf und bürstet sich den Kies von den Beinen. »Wenn wir ihn nicht bald finden, muss ich meinen Onkel anrufen. Und das bedeutet, dass ich auf alle Fälle in Yale landen werden.« Zoe stöhnt und kickt ein paar Steinchen ins Gras.

»Warte, wovon sprichst du?« Dieses Mal bin ich diejenige, die sie zurückzieht. »Was hat das mit Yale zu tun? Bist du nicht abgelehnt worden?« Ich zucke zusammen. Das war nicht die einfühlsamste Art, Zoe an so eine kolossale Enttäuschung zu erinnern, aber ich bin total durcheinander.

»Ich bin runter von der Warteliste«, sagt Zoe finster. »Aber ich will eigentlich nicht dahin. Das war es, worüber Morgan und ich uns gestritten haben.«

»Oh, wow.« Das ist sehr viel Information auf einmal, aber an Zoes missmutiger Miene sehe ich schon, dass sie an einem vertiefenden Gespräch zum Thema Wartelisten kein Interesse hat.

»Was hat Yale mit der Katze zu tun?«, frage ich stattdessen.

»Mein Onkel ist mega besessen von Yale«, sagt Zoe. »Er wird am Boden zerstört sein, wenn ich mich für Oregon entscheide. Und er wird am Boden zerstört sein, wenn ich seinen Kater verliere.«

»Du machst dir also Sorgen, dass so viel bodenlose Enttäuschung auf einmal ihn umbringen könnte?«

»Eher, dass damit ein unlösbares Familiendrama heraufbeschworen wird.«

»Verstehe.« Ehrlich, ich hab das Gefühl, die Beziehung zu diesem Onkel zu beenden, wäre vielleicht das Beste für Zoes Familie. Ich erinnere mich noch genau daran, dass ihre Mom ihn einen ich-besessenen Soziopathen genannt hat – und ich glaube, Zoes Vater hat seinen Bruder auch nicht besonders gern. Das fühlt sich aber doch nicht so an, als sollte ich es laut sagen. »Gut, dann lass uns diese Katze finden. Damit du nicht nach Yale gehen musst.«

Zoe nickt.

Seite an Seite gehen wir die sich schlängelnde Auffahrt entlang, Zoe auf Zehenspitzen im Gras und ich mit möglichst leichtem Schritt auf dem Kies. Die aufgehende Sonne hat eine Horde von Mücken geweckt und alle paar Sekunden muss ich eins dieser blutsaugenden Monster wegklatschen. Wenn ich gottähnliche Fähigkeiten besäße, wüsste ich nicht, welche Spezies ich zuerst auslöschen würde, Mücken oder Katzen. Wahrscheinlich Mücken, hauptsächlich, weil alle Mücken hassen und ich eine Heldin wäre. Aber die Entscheidung würde knapp ausfallen.

»Siehst du was?«, flüstert Zoe.

»Nee. Aber ich könnte schwören, dass er vorhin im Gebüsch war.«

Ich spüre, wie Zoe mit jedem Schritt, den wir machen, mutloser wird. Ein Blick in ihre Richtung bestätigt meinen Verdacht. Ihre Schultern hängen, sie hebt kaum die Füße vom Boden und tut nicht mal so, als würde sie nach der Katze Ausschau halten.

Ich verstehe nicht, warum es Zoe so deprimiert, von der Warteliste runter zu sein. So lange ich sie kenne, redet sie schon von Yale. Aber Leute verändern sich vermutlich. Was wirklich keinen Sinn ergibt, ist die Verbindung zwischen Yale und Höllenkatze. Da ist ein logischer Bruch und das passt nicht zu Zoe, der Königin der Rationalität.

»Warum scherst du dich überhaupt darum, was dein Onkel denkt?«, frage ich.

»Also normalerweise ist mir das auch egal«, sagt Zoe. »Aber wenn ich diesen Kater verliere, werde ich mich ziemlich beschissen fühlen.«

»Genau, aber Höllenkater zu verlieren ist und bleibt deine Schuld, ob du nun nach Yale gehst oder nicht.«

Sie funkelt mich wütend an.

»Warte, nein, vergiss, dass ich das gesagt habe.«

Zoe und ich gehen weiter. Keine von uns beiden sucht jetzt wirklich nach der Katze. Mir liegt mehr daran, Zoe zur

Vernunft zu bringen, doch das erweist sich als schwierig. Wir haben vierundzwanzig Stunden nicht geschlafen und ich habe nicht Zoes logisches Gehirn. Meine eigene Bewerbung für Yale ist immerhin postwendend abgelehnt worden.

»Worauf ich hinauswill: Das ist dein Leben«, sage ich. »Du solltest dich nicht von deiner Familie daran hindern lassen, die für dich beste Entscheidung zu treffen. Und es ist nicht mal deine ganze Familie! Es ist dein megaobsessiver Onkel und vielleicht dein Dad, die wollen, dass du nach Yale gehst. Mir wäre es viel lieber, wenn du hierbleiben würdest.«

Zoe bleibt ganz plötzlich stehen. »Du möchtest, dass ich hierbleibe? Und das sagst du nicht nur so daher?«

»Na, ja.« Keine Ahnung, warum sie sich so seltsam aufführt. »Du solltest aber auf keinen Fall große Lebensentscheidungen davon abhängig machen, was ich will. Aber selbstverständlich wäre es mir lieber, dich in dem Staat zu behalten, in dem ich auch bin.«

Zoe verzieht das Gesicht und sie wirft mir die Arme um den Hals. Ich habe jetzt begriffen, dass Zoe ein Mensch ist, der unbedingt seinen geregelten Nachtschlaf braucht. Oder vielleicht verfüge ich auch nur über die bemerkenswerte Gabe, bei Schlafentzug noch einen klaren Kopf zu bewahren. Das ist etwas, das ich in meinem Lebenslauf unter *Besondere Fähigkeiten* angeben könnte. Ich könnte Ärztin in der Notaufnahme werden. Oder irgend so eine Wissenschaftlerin, die nachtaktive Tiere erforscht.

»Ich hab mir gewünscht, dass jemand das sagt«, murmelt Zoe an meiner Schulter. »Ich finde es furchtbar, dass es für Morgan gut und schön ist, wenn ich ans andere Ende des Landes ziehe.«

Ich tätschele Zoes Rücken, während sie nach Luft japst, hickst und weint. Das klingt jetzt hart, aber Zoe wäre schrecklich als Nachtaktive-Tiere-Wissenschaftlerin.

»Ich verstehe nicht, was mit mir nicht stimmt«, fährt Zoe fort. »Normalerweise kann ich meinen Scheiß zusammenhalten, aber heute Nacht ist alles so emotional gewesen und ...«

»Psst, Zoe.« Ich schubse meine Freundin von der Schulter und starre in die Büsche. »Hast du das gehört?« Ich hasse es, einen berührenden Moment zu ruinieren, aber ich schwöre, dass da ein Rascheln war. Und wenn wir Höllenkatze finden, würde das Zoes Angst etwas lindern.

»Was soll ich gehört haben?«

»Psst.« Ich halte ihr den Mund zu. Da bewegt sich was, definitiv, aber ich kann nicht ausmachen, wo das Geräusch herkommt. Es ist auch eher ein Knirschen als ein Rascheln. Mit Blicken suche ich die Umgebung ab, aber ich sehe keine Katze und das Geräusch wird lauter. Ganz kurz befürchte ich, dass es ein größeres, noch furchteinflößenderes Tier ist, aber dann höre ich einen Motor und Alex' Subaru erscheint am Ende der Zufahrt.

»Ist nur Alex«, sagt Zoe, die noch mutloser klingt als zuvor.

»Nein, das ist gut«, versichere ich ihr, obwohl ich mich gar nicht so sicher fühle. »Jetzt haben wir noch jemanden, der uns beim Suchen helfen kann. Und wir können das Auto nehmen und die ganze Gegend absuchen.«

Ich lotse Alex die Auffahrt runter wie jemand auf dem Rollfeld, der Flugzeuge auf die Startbahn winkt. (Vielleicht noch ein Beruf, bei dem Nachtwachheit erforderlich ist?) Alex bremst ab, hält neben uns an und lässt das Fenster runter.

Nun, dem durchschnittlichen Betrachter würde es nicht unmittelbar auffallen, aber ich kann mit absoluter Sicherheit behaupten, dass Alex vor Kurzem Sex hatte. Da sind die zerwühlten Haare, zwei offene Knöpfe an seinem Oberhemd und der Beifahrersitz ist viel weiter zurückgeklappt, als sich ein normaler Beifahrer wünschen würde. Außerdem liegt da noch dieser Zettel, den ich Leah heimlich zugesteckt hatte, in der Hoffnung, dass es bei ihr und Alex funken würde.

»Hey.« Alex steckt den Kopf aus dem Fenster.

»Selber hey.« Ich widerstehe dem Drang, ihn sofort nach intimen Augenblicken mit Leah auszufragen. Alex ist ein verschlossener Junge und ich bin von vornherein ein Risiko eingegangen, als ich Leah diesen Zettel gegeben habe. Alle inquisitorischen Befragungen werden warten müssen, bis wir allein sind.

»Sucht ihr eine Katze?«

»Ja, wir haben gesucht, aber … Moment mal.«

Ich war so abgelenkt davon, dass Alex in romantische Aktivitäten involviert war, dass ich das Grinsen in seinem Gesicht nicht bemerkt hatte. Und das ist nicht das ganz normale Ich-hatte-gerade-Sex-Grinsen. (Nicht, dass ich damit viel Erfahrungen hätte.) Nein, es ist ein selbstzufriedenes, ich-weiß-was-was-du-nicht-weißt-Grinsen.

»Was? Hast du ihn gefunden?«

»Sicher bin ich mir nicht. Ich weiß ja nicht, wie er aussieht.« Alex winkt uns heran. Zoe und ich lugen durch die getönten Scheiben auf den Rücksitz. Neben Alex' zerknittertem Schlips (ein weiterer Beweis dafür, dass er Sex hatte, wenn ihr mich fragt) erspähe ich nicht eine, sondern zwei Katzen. Den bösartigen Haufen orangefarbener Fussel, der gemeinhin als Höllenkatze bekannt ist, und eine räudige Siamkatze mit leuchtend grünen Augen.

Es sieht ganz so aus, als hätte Höllenkater bei seiner Flucht aus der Hütte eine Freundin gefunden. Eine Freundin, der er jetzt zufrieden auf dem Rücksitz von Alex' Auto das Fell pflegt.

Zoe

»Du bist so ein liebes Katzi. Wusstest du das, Bulldog? Du bist das beste Katzi auf der ganzen Welt.«

Ich kraule Bulldog hinter den Ohren. Sein ganzer Körper vibriert, als er glücklich schnurrt, und er schmiegt sich an meine Hand, damit ich ihm auch die andere Seite seines Kopfes kraule. Die turbulente Stunde, die ich von Bulldog getrennt verbracht habe, hat meine Liebe zu diesem pelzigen Kerl gesteigert. Vielleicht biete ich mich Onkel Ross sogar als Katzensitterin an, wenn er verreist ist. Mal sehen.

»Ich kann nicht fassen, dass es Morgen ist«, beklagt sich Julia. »Ich muss rauskriegen, was mit meiner Vagina nicht stimmt. Um Punkt neun werde ich meine Ärztin anrufen. Ich kann nicht länger warten.«

»Es ist Sonntag«, sagt Alex. Bulldogs neuer Freund sitzt friedlich neben ihm auf der Sofalehne.

»Na, dann werde ich wohl noch ein bisschen länger warten. Aber Montagmorgen rufe ich sie sofort an.«

»Montag haben wir einen Test.«

»Wirst du wohl aufhören, gegen alles, was ich sage, Einwände zu erheben, Alex? Ich will auf etwas Bestimmtes hinaus.«

»Und was ist das genau?«, frage ich.

»Dass es absolut ungerecht ist, dass ich diese ganze Sache mit dem Sex-Pakt eingefädelt habe und selbst nicht zum Schuss gekommen bin. Sogar der blöde Höllenkater hat es geschafft, eine Partnerin zu finden.«

»Tja, ich glaube nicht, dass die beiden eine sexuelle Beziehung haben.«

»Warum? Weil sie beide männlich sind?« Julia verdreht den Kopf, um den Intimbereich des Siamesen zu inspizieren. Alex und ich lachen. Wir kuscheln beide jeweils ein Katzentier, während Julia vor dem Fernseher auf und ab tigert. »Gerade du solltest wissen, dass die Liebe hinfällt, wo sie eben hinfällt. Warum kannst du nicht die Wünsche von …«

»Julia, bitte, halt die Klappe.« Man muss es Julia anrechnen, dass sie ihre Tirade gegen Homophobie in der Welt der Hauskatzen einstellt. »Bulldog ist kastriert, er wird sich nicht an sexuellen Aktivitäten beteiligen. Sein*e Freund*in ist wahrscheinlich auch operiert.« Bulldogs aufgegriffene Gefährtin war ohne Halsband unterwegs, aber Alex hat angeboten, den Tierarzt nach einem Mikrochip suchen zu lassen, sobald die Praxis aufmacht.

»Nehmt das, ihr blöden Katzen.« Julia zeigt anklagend mit dem Finger auf Bulldog. »Ihr werdet keinen Sex vor mir haben. Wie findet ihr das als Karma?«

Ich ziehe Bulldog dichter an mich heran, um ihn vor Julias Zorn zu schützen. Aber Bulldog hat natürlich kein Interesse an meiner Zuneigung und windet sich aus meinem Griff.

Seit ich draußen mit Julia geredet habe, fühle ich mich ruhiger. Sie hatte natürlich recht. Da gab es keine logische Verbindung zwischen dem verloren gegangenen Bulldog und Yale. Aber seit wir den Kater gefunden haben, ist die Entscheidung, auf die Uni von Oregon zu gehen, viel leichter für mich geworden. Wen kratzt es, was mein Onkel denkt? Obwohl ich da wohl noch diese kleine Angelegenheit mit dem kaputten Türknauf erklären muss.

»Wie geht es deiner Oma?«, fragt Julia Alex.

»Ja, wie geht es ihr?« Während ich mich die ganze Nacht wegen Unizulassungen zur Hysterie hochgeschaukelt habe, hatte Alex mit echten Problemen zu tun.

»Die Operation ist wirklich gut gelaufen. Es hat ein bisschen länger gedauert, als …«

»Wir sind wieder da-ha!«, schmettert Morgan, als die Haustür aufgeht.

Die Zwillinge kommen zuerst rein. Madison ist blass, sie stützt sich auf Morgan, aber sie lächelt. Die beiden gehen langsam aufs Sofa zu und Alex und ich springen gleichzeitig auf, um Madison Platz zu machen.

»Keine Sorge, Leute. Ich hab die Pop-Tarts. Kein Problem!«, ruft Kevin, als er ins Haus stolpert. Sein Gesicht ist hinter dem gigantischen Berg Pop-Tarts in seinen Armen verborgen. Er grunzt und lässt ein paar Schachteln Blaubeere und eine mit braunem Zimtzucker auf den Boden fallen, ehe es ihm gelingt, seinen Vorrat auf dem Küchentisch abzulegen.

»Heilige Scheiße. Sind das viele Pop-Tarts«, sagt Julia. Sie rennt zum Tisch, um sich Kevins Beute anzusehen, und Alex folgt ihr.

Ich warte, während Morgan Madison ein Kissen nach dem anderen reicht und ihr eine Vliesdecke über die Beine breitet.

Erst nachdem Madison drei Mal geseufzt und sie gezielt angefunkelt hat, widmet Morgan mir ihre Aufmerksamkeit. Manche Dinge ändern sich eben nie.

»Hey«, sagt Morgan.

»Hey«, erwidere ich.

Im Licht der frühen Morgensonne sieht Morgan erschöpft aus. Meine Freundin ist in jeder Lebenslage wunderschön, aber ich würde zugeben, dass sie im Moment etwas mitgenommen wirkt. Unter ihren geröteten Augen prangen blau-lila Ringe und ihre Haare stehen wild in alle Richtungen ab. Ich kann mir gar nicht vorstellen, wie unattraktiv ich aussehen muss. Stundenlanges Weinen macht wohl niemanden schöner.

»Ich bin ja so froh, dass du die Katze gefunden hast«, sagt Morgan. »Und noch eine dazu.«

»Und ihr habt es geschafft, einen ganzen Laden voll Pop-Tarts anzuschleppen.«

»Ist eine lange Geschichte«, sagt Morgan. »Unter Druck ist Kevin nicht besonders gut.«

»Könnt ihr beide mal lauter sprechen?«, fragt Madison von der Couch. »Ich will lauschen, aber die sind zu laut.«

»Oh mein Gott.« Morgan zerrt mich den Flur hinunter und in das erste Zimmer, den Yale-Motto-Horror, den ich die ganze Nacht gemieden habe. Sogar bei geschlossener Tür kann ich Alex, Kevin und Julia noch in der Küche brüllen hören.

»Ist dieser Raum okay für dich?«, fragt Morgan.

»Ja. Jetzt macht es mir nichts mehr aus.« Ich lasse den Blick über Banner, Poster und Baseball Caps schweifen. All das Marineblau und Weiß fühlt sich nicht mehr so bedrohlich an wie noch vor sechs Stunden.

»Hör mal …«, setzt Morgan an, aber ich schüttele den Kopf.

»Lass mich zuerst.« Ich hole tief Luft. »Ich habe mich natürlich gegen den Platz von der Warteliste entschieden. Wenn ich ehrlich bin, war das schon beschlossene Sache, ehe ich dir davon erzählt habe. Und es war nicht fair von mir zu erwarten, dass du auf eine bestimmte Art reagierst. Das ist das Beste für mich, ganz gleich, was es für uns bedeutet.« Ich denke zurück daran, wie emotional ich geworden bin, als Julia ganz nebenbei erwähnt hat, dass sie mich am liebsten in Oregon behalten wollte. »Aber ich hoffe wirklich, dass du froh bist, dass ich hier in Oregon bleiben werde. Sonst …«

Ich starre auf meine nackten Füße. Mein Magen möchte sich umdrehen bei der Vorstellung, dass Morgan über meine Entscheidung enttäuscht sein könnte. Aber dann schaue ich auf, sie lächelt, und das beruhigt mich. »Okay, jetzt bist du dran.«

»Ich wollte eigentlich nur sagen: Ich möchte, dass du bleibst«, erklärt Morgan schlicht.

Erleichterung durchflutet meinen erschöpften Körper. Es war schön, als Julia ein ähnliches Gefühl äußerte, aber es war Morgans Bestätigung, nach der ich mich die ganze Nacht gesehnt habe.

»Ich wollte nicht egoistisch sein«, erklärt sie. »Ich wollte, dass du die Entscheidung triffst, die für dich richtig ist. Aber laut Madison sind mir all die Anti-Yale-Vibes, die du abgestrahlt hast, eindeutig entgangen.«

»Also, ich hätte das auf eine reifere Art handeln können, wenn ich von Anfang an klar gesagt hätte, was ich will.«

»Aber dann wäre uns diese megageile Nacht voller Schluchzen und Sconesmachen entgangen.«

»Oh mein Gott, meine Scones!«

Ich weiß nicht, wie lange es dauert, bis Teig schlecht wird, aber es kann unmöglich gut sein, dass meine ungebackenen Scones seit Stunden auf der Arbeitsfläche liegen. Ich laufe zur Tür, bleibe dann aber stehen, um mich zu versichern, dass Morgan mir folgt. Als ich mich umdrehe, ist ihr Gesicht nur Zentimeter von meinem entfernt. Ich gebe ihr schnell einen kleinen Kuss. Normalerweise würde ich nicht aufhören wollen, sie zu küssen, aber im Moment hat Morgans Atem nichts Verlockendes.

»Ich liebe dich«, flüstere ich.

»Ich dich auch«, flüstert Morgan zurück.

Hand in Hand gehen wir den Flur entlang zurück ins

Wohnzimmer. Madison begrüßt uns mit einem widerwärtigen Daumen hoch von der Couch. Julia, Kevin und Alex bemerken uns kaum. Sie sind zu sehr damit beschäftigt, ein Pop-Tart-Tasting zu organisieren.

»Seid ihr sicher, dass ihr Pop-Tarts zum Frühstück wollt?«, frage ich. »Ich wollte Scones für alle machen.«

»Redest du von dem Haufen Matsch in der Küche, in dem eine Ameisenfamilie wohnt?«, fragt Julia. »Ich verzichte.«

»Im Ernst?« Ich renne in die Küche. Julia hat übertrieben – da sind zwei oder drei Ameisen, nicht Hunderte –, aber selbst ein paar Ameisen bedeuten wahrscheinlich, dass ich den Teig verloren geben sollte. Die Scones wären ohnehin überknetet gewesen.

Als ich wieder ins Wohnzimmer zurückkomme, hält Julia schon eine Handvoll Kuchen für mich zum Verkosten bereit. Sie liest die Packungsaufschriften vor. »Wir haben Brauner Zimtzucker. Wir haben Marshmallowfüllung. Wir haben Schoko Chip. Wir haben die Sonderedition Erdbeermilch. Wir haben sämtliche Arten Beeren mit und ohne Zuckerguss.«

»Ich will alle mit Erdbeermilch«, sagt Madison und Julia wirft ihr drei Schachteln auf die Couch.

»Dann nehme ich wohl die Blaubeeren ohne Zuckerguss.« Ich kuschele mich auf einen Sessel und wickele mir eine der freien Decken um die Beine. »Wir legen doch zusammen dafür, oder, Kev?«

»Alex kann die Dinger mit seinem Lottogewinn bezahlen«, sagt Julia.

»Moment mal, hast du tatsächlich in der Lotterie gewonnen?«, frage ich.

»Irgendwie.« Alex zuckt mit den Schultern.

»Was bedeutet ›irgendwie‹?«, fragt Madison. Sie versucht, sich aufzusetzen, aber es fällt ihr schwer. Sowie Morgan sieht, dass sie Schmerzen hat, läuft sie zu ihr und richtet die Kissen so, dass Madison eine aufrechtere Position annehmen kann.

»Alle, bis auf eine Zahl, waren richtig. Es war also nicht der Jackpot, das wären Millionen gewesen. Aber meine Großmutter hat fünfzigtausend Dollar gewonnen.«

»HEILIGE SCHEISSE!«

»Oh mein Gott!«

»Im Ernst?!«

Bei so viel Aufmerksamkeit wird Alex rot. Nachdem er uns versichert hat, dass das Geld für seine Ausbildung an der Uni und möglicherweise für Rückzahlungen an Kevin für eine Lastwagenladung Pop-Tarts verwendet werden wird, macht er sich plötzlich an seinem Handy zu schaffen. Und Julia lächelt ihn an.

Zu sechst sitzen wir in einem eiförmigen Kreis und tauschen Geschichten aus, während draußen die Sonne höher steigt und durch die angeberischen Erkerfenster meines Onkels fällt. Unter Jubel von Julia, Madison und Morgan und ziemlich viel Verwirrung von den Jungs, die gar nicht wussten, dass es eine andere Option gegeben hat, verkünde ich, dass ich an die Uni von Oregon gehen werde. Julia liefert eine stark ausgeschmückte Schilderung unserer Katzenjagd, und ich mache mir nicht die Mühe, irgendwas richtigzustellen, wenn sie Saltos von der Veranda und blutige Pfotenabdrücke im Kies für den dramatischen Effekt hinzufügt. Madison erzählt allen von Jakes und ihrem Abenteuer auf dem Dach und Morgan schafft es, mitzulachen. Und Julia beschreibt in unangenehm lebhaften Einzelheiten den Schmerz, den sie empfunden hat, als sie und Kevin Sex haben wollten.

»Was sagt Netdoktor?«, fragt Madison.

»Da habe ich eine ganze Menge dazu gefunden«, sagt Julia. »Ganz oben auf der Liste war Endometriose, aber ich hoffe wirklich, dass es nicht ganz so ernst ist. Vor Montag kann ich aber meine Ärztin nicht anrufen, vielleicht mache ich die Sache mit dem Fragebogen also noch mal.«

»Wir wollen Julias Netdoktor-Obsession nicht noch befeuern«, sagt Kevin.

»Hey, kein Wort gegen Netdoktor«, sagt Madison. »Meine Mom hat durch deren Selbstdiagnose-Tool rausgefunden, dass ich Lupus habe.«

»Ja, und dann hat das der richtige Arzt so ungefähr eine halbe Stunde später diagnostiziert«, sagt Morgan und alle lachen.

Ich nehme mir noch ein Pop-Tart. Julia klickt einen Song von dem deutschen Sänger an, den sie so liebt. Alex und Kevin sitzen nebeneinander auf dem Fußboden. Alex textet emsig und Kevin schmust mit beiden Katzen. Auf dem Sofa beobachtet Morgan Madison, deren Augenlider flattern. Auf und zu.

»Tut mir leid, dass wir alle keinen Sex hatten«, sage ich zu Julia, als der Song zu Ende ist. Weil ich weiß, dass sie enttäuscht vom Ausgang dieser Nacht ist und weil ich es nicht ertrage, mir noch eine Ballade von Fynn Ludwig anzuhören.

»Äh.« Julia zuckt mit den Schultern. »Der Sex-Pakt ist nicht total gescheitert.«

»Moment mal, was? Hat jemand Sex gehabt?«

Ich schaue mich im Raum um. Julia und Kevin waren es eindeutig nicht, weil sie irre Schmerzen hatte, wann immer sie sich einander genähert haben. Ich und Morgan auch nicht. Zu Beginn des Abends hätte ich darauf gesetzt, dass Madison und Jake eine reelle Chance haben, aber Madison hat in ihrem Zustand garantiert nichts irgendwie Körperliches getan.

Damit bleibt nur Alex. Der mit hochroten Wangen wie besessen textet.

Der Typ, bei dem es am wenigsten abzusehen war, hat es geschafft. Wahrscheinlichkeit ist doch was Schönes.

Ich schaue zu Julia, die ein winziges bisschen nickt und lächelt. Wenn Alex nichts sagt, werde ich sein Geheimnis ganz bestimmt nicht verraten. Abgesehen davon geht Leah nächstes Jahr nach Middlebury, was immer sich also zwischen den beiden abgespielt hat, wird kompliziert gewesen sein.

»Ich rede natürlich von den Katzen, damit das ganz klar ist«, sagt Julia.

»Ich, was?!« Morgan fliegen ein paar Krümel aus dem Mund. »Ist die andere Katze deshalb hier? Ist das eklig.«

»Die Katzen sind nicht sexuell aktiv«, wiederhole ich, damit alle was davon haben.

»Das war Alex' Idee«, sagt Julia, die mich komplett ignoriert.

»Nein, war es nicht!« Julias Anschuldigung reicht, Alex legt das Handy weg. »Ich habe zufällig zwei Katzen zusammen am Straßenrand gefunden und ich wusste nicht, welche eure war.«

»Leute!« Ich haue die Faust auf die gepolsterte Sofalehne, was nicht dazu beiträgt, meine Freunde zum Schweigen zu bringen. »Bulldog ist biologisch nicht dazu in der Lage, Sex zu haben.«

»Du meinst Höllenkatze?«, sagt Julia.

»Ich nenne ihn Spider-Cat«, sagt Madison.

»Wie auch immer ihr ihn nennen mögt, dieser Typ hat keinen Sex.«

Alle starren wir Bulldog an, der sich emsig den Schwanz leckt – die hitzige Debatte über sein Sexualleben geht ihm an den Ohren vorbei. Sein neuer Freund maunzt und rollt sich neben ihm zusammen.

Madison fängt an zu schnarchen unter ihrem Deckenhaufen. Nur ein paar Minuten später ist Morgan neben ihr eingeschlafen. Julia und ich reden noch eine Weile über das potenziell lukrative Geschäft der Partnervermittlung im Haustierbereich, aber dann döst auch sie ein. Auf dem Fußboden sackt Kevin immer tiefer auf Alex' Schoß. Alex rührt das nicht, er stützt das Handy einfach auf dem Kopf seines Freundes ab.

Als Alex sieht, dass ich noch wach bin, legt er das Handy hin, macht leise eine Packung Erdbeer-Pop-Tarts mit Zuckerguss auf und gibt mir eins. Wir stoßen unsere Kuchen aneinander wie Champagnergläser. Ich beiße ab, aber Alex ist viel zu beschäftigt, er lächelt und wirft verstohlene Blicke auf sein Telefon.

»Wie war es?«, flüstere ich. Nicht, weil ich ihn verlegen machen will, sondern weil es mich wirklich interessiert.

»Sieht man es mir so deutlich an?«, flüstert Alex zurück.

»Naja, Julia hat dich schon ein bisschen verraten.«

»Diskretion ist keine Fähigkeit, über die sie verfügt.«

»War schon immer so.«

Schweigend kauen wir und ich rechne nicht damit, dass er meine Frage beantwortet. Aber nach ein paar weiteren Bissen schafft Alex es nicht, noch länger an sich zu halten.

»Es war unerwartet. Und komisch. Und irgendwie chaotisch«, sagt Alex, dabei leckt er sich den Zucker von den Fingern. »Aber hauptsächlich war es fantastisch.« Er lächelt und wendet sich wieder seinem Handy zu.

Draußen wird der Tag immer heller und ich weiß, ich sollte anfangen sauber zu machen. Aber diese Unordnung werde ich auf gar keinen Fall allein beseitigen – und meine Freunde wirken viel zu friedlich, um geweckt zu werden. In zehn Minuten werde ich alle aufscheuchen. Dann können wir sauber machen und uns eine glaubwürdige Erklärung für die kaputte Tür zusammenzimmern. Eine, in der idealerweise kein Wort darüber verloren wird, dass der Kater verloren gegangen ist und meine Freunde Rollenspiele mit Fantasy-Motto getrieben haben.

Ich werfe noch einen Blick auf Alex. Die Augen sind ihm zugefallen, sein Kopf nickt auf und ab zwischen Schlafen und Wachen. Vorsichtig nehme ich ihm das Telefon aus der Hand und lege es mit dem Display nach unten auf den Teppich. Nach allem, was Kevin heute Nacht durchgemacht hat, wäre es ihm bestimmt nicht recht, wenn er von einem Handy geweckt wird, das ihm auf den Kopf fällt.

Ich mache es mir wieder auf meinem Sessel bequem, ziehe die Füße unter den Hintern und lasse den Kopf auf der gepolsterten Armlehne ruhen. Ich beobachte, wie meine Freunde friedlich schlafen, und spüre, wie meine eigene Atmung langsamer wird. Eine vertraute Ruhe geht durch meinen Körper. Etwas anderes ist da auch noch. Glück trifft es nicht genau – kann irgendjemand wahrhaft glücklich sein, wenn er vierundzwanzig Stunden wach war? Nein, es fühlt sich eher an wie Zufriedenheit.

Keine Ahnung, ob ich die optimale Uni gewählt habe. Oder wie mein Onkel auf seine kaputte Tür reagieren wird. Ich weiß nicht, was mit mir geschieht – oder überhaupt mit irgendeinem von uns – nach dem Schulabschluss. Normalerweise macht mich diese Art Unvorhersagbarkeit völlig fertig. Aber wenn ich heute Nacht eines gelernt habe, dann ist es, dass ein bisschen Unvorhersagbarkeit doch gar nicht so schlecht ist.

Danksagung

Du hast mein Buch gelesen! Was?! Ich kann es immer noch nicht glauben. (Es sei denn, du hast gleich zur Danksagung vorgeblättert. Wenn das so ist, hast du dir den langweiligsten Teil ausgesucht. Geh zurück zum Anfang.) Aber im Ernst, danke, dass du dieses Buch zur Hand genommen, es gelesen und vielleicht auch gemocht hast. Dass du in diesem Universum existierst, macht mich extrem glücklich.

Nur für den Fall, dass es zwei Uhr morgens ist und du schlafen musst, aber immer noch irgendwie Interesse an dieser Danksagung hast, werde ich mich kurz fassen.

Ich danke meiner Agentin Stacey Kondla dafür, dass sie mag, was ich schreibe. Und weil meine vielen E-Mails sie nicht verärgert haben. Du bist eine unglaubliche Vorkämpferin für mein Werk und ich bin so dankbar dafür, dich in meinem Team zu haben.

Ich danke meiner Lektorin Christina Pulles dafür, dass sie an dieses Projekt geglaubt hat. Von Anfang an hast du meine Vision von diesem Buch total verstanden. In der Zusammenarbeit mit dir haben sich alle meine Hoffnungen verwirklicht, wie es sein könnte, eine echte Autorin zu sein, live und in Farbe.

Ich danke jedem*r Englischlehrer*in, den*die ich je hatte. In euren Klassenräumen habe ich meine lebenslange Liebe zum Aufsatz mit fünf Absätzen entdeckt und ohne euch wäre ich heute nicht hier. (Tut mir leid, dass ich *Eine Geschichte aus zwei Städten* immer noch nicht zu Ende gelesen habe. Irgendwann mal.)

Ich danke dem Fachbereich Religon des Carleton College. Wenn mich Leute fragen, warum ich dieses Hauptfach gewählt habe, sage ich immer, dass der Fachbereich Religion die besten Schreib-Lehrer hatte. (Ich hab auch das Neue Testament nicht zu Ende gelesen. Ist auch nicht so wahrscheinlich, dass ich es tue.)

Ich danke dem ganzen *Hamline University MFAC Program*. Unter euch tollen Leuten habe ich meine Liebe zum Schreiben wiederentdeckt. Das habe ich der Kraft dieser Gemeinschaft zu verdanken. Ich würdige jeden Studenten, jedes Mitglied der Fakultät, jeden Workshop-Leiter – besonders meine Ratgeberinnen Marsha Qualey, Swati Avasthi und Emily Jenkins. Ich strebe danach, wenigstens ein Bruchteil eurer Brillanz zu erreichen.

Ich danke meiner wunderbaren Schreibgruppe. Ihr seid die besten Kritiker, Cheerleader und Freunde, die ich mir nur wünschen kann. Dieses Buch wäre ganz anders (und viel schlechter) ohne euer gut durchdachtes Feedback.

Ich danke meiner Familie, die nie an meiner Fähigkeit gezweifelt hat, diese Sache mit dem Schreiben hinzukriegen. Ihr überschätzt meine Fähigkeiten oft, aber ich bin euch ewig dankbar für eure unerschütterliche Unterstützung.

Und am Ende will ich meinem Ehemann danken, der gelegentlich Interesse an meinem Schreiben geheuchelt hat und noch viel häufiger dafür gesorgt hat, dass unser Hund ruhig geblieben ist, wenn ich gearbeitet habe. Dieses Buch würde ganz bestimmt auch ohne dich existieren, aber meine Wertschätzung hast du trotzdem.

Foto: © Pallavi Sharma

Autorin

Kalena Miller ist Lehrerin, Lektorin und Autorin von Kinder- und Jugendbüchern. Sie studierte Theologie und Gender Studies am Carleton College, bevor sie ihren Abschluss in Kreativem Schreiben an der Hamline University machte. Derzeit lebt sie mit ihrem Mann und einem liebenswerten, leicht neurotischen Hund in Hopkins, Minnesota.

Übersetzerin

Catrin Frischer, im Herzen Schleswig-Holsteins geboren, hat viele Jahre in Hamburg gelernt, gelebt, gelacht und viel gearbeitet. Nun haust sie mit mehrbeinigen Gefährten auf einem Deich, guckt in den Himmel und über die Wiesen, spinnt Wolle und Wörter, backt eigenes Brot – oder steigt in die Buchstabenminen, um dort Geschichten aus einer fremden in die eigene Sprache zu übertragen.

Mehr zu unseren Büchern auch auf Instagram

Beth Reekles

Love Locked Down

448 Seiten, ISBN 978-3-570-31504-0

Imogen will nach einem One-Night-Stand gerade das Haus verlassen, als der komplette Wohnblock abgeriegelt wird: Eine Woche strikter Lockdown mit einem Typ, von dem sie nicht mal den Vornamen weiß! Einen Stock höher können Isla und Danny, frisch verliebt, gar nicht genug Zeit zusammen verbringen. Aber wie lang kann Isla ihre perfekte Fassade aufrechterhalten? Bei Zach und Serena nebenan kriselt es schon länger und aus einer simplen Pizzabestellung wird ein Riesenstreit. Vlogger Ethan im ersten Stock hält es ohne Charlotte, die bei ihren Eltern festsitzt, kaum aus. Und in Apartment 22 werden Olivas Vorbereitungen für die Hochzeit der besten Freundin zum Albtraum: eine ganze Woche mit Brautzilla plus zwei Brautjungfern in ihrer kleinen Wohnung – und dazu Homeoffice!

Ariel Kaplan

Wer kapiert schon, was Liebe ist

448 Seiten, ISBN 978-3-570-31335-0

Aphra ist nie um eine Antwort verlegen. Ihre beste Freunde Bethany ist wahnsinnig hübsch. Beide haben so ihre Selbstzweifel. Aber zusammen? Da trauen sie sich sogar zu, den umwerfenden Greg für sich zu gewinnen, na ja, also für eine von ihnen. Da Bethany nie weiß, was sie zu Greg sagen soll, dichtet kurzerhand Aphra für sie die Textnachrichten. Was als kleiner Trick unter besten Freundinnen beginnt, entwickelt sich allerdings langsam aber sicher Richtung Desaster. Denn während sie so hin- und herschreiben, verknallt Aphra sich immer mehr in den witzigen und wortgewandten Greg. Doch, was geschieht, wenn er herausfindet, dass sie ihn täuschen? Und wie soll es nur mit Aphras und Bethanys Freundschaft weitergehen?

30451

cbt

www.cbj-verlag.de

David Yoon

Frankly in Love

496 Seiten, ISBN 978-3-570-16575-1

Als Sohn koreanischer Einwanderer in Kalifornien lebt Frank Li zwischen zwei Welten. Obwohl er fast kein Koreanisch spricht, respektiert er seine Eltern, die ihm alles ermöglicht haben. Doch sie haben eine Regel: Frank darf nur ein koreanisches Mädchen daten. Als Frank sich in Brit verliebt, ein weißes Mädchen, schließt er mit seiner Kindheitsfreundin Joy einen Pakt: Sie werden ein offizielles Paar, während sie heimlich jemand anderen treffen. Was soll da schon schiefgehen? Doch als Franks Leben eine unerwartete Wendung nimmt, merkt er, dass er rein gar nichts verstanden hat: weder die Liebe noch sich selbst ...